Burkhard Sonntag

Wege nach Lyonesse

Roman

© 2017 Burkhard Sonntag (burkhard.Sonntag@web.de)

Covergestaltung: Inga Sommar

ISBN: 9783744817585

Herstellung und Verlag: BoD - Books on Demand, Norderstedt

Druck: Books On Demand

Printed in Germany

Für Miriam

1.) Budapest

Am Freitag, dem ersten August 2008 verfinsterte sich die Sonne.

Der Kernschatten des Mondes raste von Kanada aus über das Polarmeer, an Grönland und Spitzbergen vorbei auf Europa zu und wo er hinfiel, dort wurde es zwei Minuten lang Nacht.

In Budapest hingegen nahmen nur wenige Sternkundige von dem Ereignis Notiz.

Ben Whitcombe interessierte sich nicht für Astronomie.

Am Vörösmarty-Platz stieg er aus der U-Bahn, ging den Bahnsteig entlang und die Treppe hinauf.

Oben angekommen traf ihn das Tageslicht wie ein Schlag.

Plötzlich waren die Kopfschmerzen wieder da. Ben kniff die Augen zusammen und schaute sich vorsichtig blinzelnd um.

Es war zehn Uhr vormittags. Über die weiße Fassade des Café Gerbeaud wölbte sich ein wolkenlos blauer Sommerhimmel.

Touristen schlenderten umher und fotografierten einander vor der kleinen Grünanlage mit den Platanen und dem Denkmal des Dichters, welcher dem Platz seinen Namen gegeben hatte. Kinder rannten lachend über das Pflaster und jagten Tauben. Eine Gruppe von Straßenkünstlern musizierte.

Ben betrat das Café und suchte einen Tisch im hinteren Teil, wo es kühler und dunkler war. Er setzte sich und orderte einen Espresso.

Am Nebentisch saß ein übergewichtiger Tourist in Shorts und buntem Hemd. Er trank Bier und blätterte in einem deutschsprachigen Reiseführer. Möglicherweise las er gerade davon, dass das Gerbeaud vor hundertfünfzig Jahren, zur Zeit der Donaumonarchie ein Treffpunkt von Künstlern und Literaten war, die Tisch an Tisch neben Kaufleuten und kaiserlichen Beamten über Politik und Kultur diskutierten, während in einer finsteren Ecke des selben Raumes ein Trupp von Anarchisten inkognito die nächste Revolution plante.

Ben schloss die Augen und versuchte, sich zu entspannen: Einatmen. Ausatmen. Lauschen: Geschirrklappern.

Gedämpftes Stimmengewirr. Leise schluchzende Nostalgiemusik, stilecht mit Rauschen und Knacken als käme sie von einer Schellack-Platte aus den dreißiger Jahren des letzten Jahrhunderts.

Die Kopfschmerzen wurden erträglicher und Ben schlug die Augen wieder auf.

Der Espresso kam in einem Tässchen aus dünnem, grün-weißem Porzellan. Dazu gab es ein Glas Mineralwasser, einen Keks und ein Kännchen mit Sahne.

Ben öffnete seinen Aktenkoffer und nahm ein kleines Notizbuch heraus. Er trank einen Schluck Wasser, nippte am Kaffee, schlug das Büchlein auf und nahm den Federhalter in die Hand.

Ich brauche einen Plan, dachte er.

Einen Plan für die nächsten Stunden. Stunden, die entscheidend sein werden. Es geht um neunzig Millionen Euro. Machen wir uns nichts vor: Das Geschäft hängt an einem seidenen Faden.

Ich muss mit New York verhandeln. Und ich muss Jenkins informieren. Aber den erreiche ich nicht.

Erst vorgestern war Ben aus London zurückgekommen. Richard Jenkins hatte ihn in die Firmenzentrale von Goldstein & Liebman zitiert und ins Gebet genommen. Ben hatte versprechen müssen, das Projekt zu retten. Man hatte ihm Zeit gegeben bis zum heutigen Freitag. Die Frist endete mit dem Schluss der Londoner Börse, unter Berücksichtigung der Zeitverschiebung also um Achtzehn Uhr dreißig.

Ben schaute auf seine Armbanduhr. Bleiben mir noch genau acht Stunden und fünfzehn Minuten, dachte er.

Seine anfängliche Zuversicht hatte sich vor zwei Stunden zerschlagen, als der letzte ernsthaft interessierte Investor abgesprungen war.

Dennoch hatte Ben sich nicht geschlagen gegeben und umgehend ein neues Angebot gemacht. Dann hatte er versucht, Jenkins zu kontaktieren, aber bislang ohne Erfolg. Das war nicht ungewöhnlich: Jenkins verbrachte den Freitag üblicherweise auf dem Golfplatz und ließ sich dort ungern stören.

Ich kann nachweisen, dass ich es versucht habe, dachte Ben. Das verschafft mir Galgenfrist. Mit Glück konnte er auf Zeit spielen und hätte Gelegenheit, am Wochenende noch einmal in Ruhe mit New York zu verhandeln. Oder eine Alternative zu finden.

In New York war es jetzt kurz nach vier Uhr morgens. Um diese Zeit geht dort niemand ans Telefon. Es bleibt mir nichts anderes als zu warten. Eine Stunde? Zwei Stunden?

Er seufzte, trank einen Schluck Wasser und nippte erneut am Espresso.

Untätig herumzusitzen war noch nie seine Art gewesen.

Er griff zum Federhalter. Fein säuberlich zog er eine Linie unter die soeben gemachten Notizen.

Er blätterte um.

Nächster Punkt.

Jessica.

Ben schrieb den Namen auf den Anfang einer neuen Seite. Ausrufezeichen dahinter. Unterstreichen. Einmal, zweimal, dreimal.

Ben war Leistungsdruck gewohnt. Er konnte Prioritäten setzen und Entscheidungen treffen. Das war sein Job. Ohne diese Fähigkeit hätte er niemals die Position erreicht, welche er innehatte.

Gerade achtunddreißig Jahre alt, hatte er es geschafft, die Leitung der örtlichen Niederlassung eines international operierenden Finanzunternehmens zu übernehmen. Bens Jahreseinkommen lag im sechsstelligen Bereich; er war verantwortlich für dreißig Angestellte und zeichnungsberechtigt für hohe Millionenbeträge.

Aber das hier war anders:

Jessica.

Er hatte sie verletzt.

Es war keine Absicht gewesen, sondern Gedankenlosigkeit, das konnte man wieder in Ordnung bringen!

Er würde ihr einen Ring schenken. Ben kannte sich mit solchen Sachen nicht aus, aber es gab einen Juwelier, auf dessen Urteil er vertraute.

Kostenpunkt? Zehntausend Euro? Besser zwanzig? Jessica hatte einen edlen Geschmack. Hier und heute war nicht der Zeitpunkt, am falschen Ende zu sparen. Wichtig war, dass das Schmuckstück ihr gefiel.

Sie soll begreifen, dass es mir leidtut, dachte er. Nicht bloß auf den Ring kommt es an, sondern vor allem auch auf die Art und Weise, wie ich ihn überreiche.

Er nahm einen weiteren Schluck und starrte in seine Tasse. Ich werde ihr einen Heiratsantrag machen. Anders geht's nicht.

Ben seufzte. Ganz schön heftiger Einsatz. Aber früher oder später wird mir eh nichts anderes übrig bleiben, dachte er. Er würde zu seiner Verantwortung stehen. Auf keinen Fall würde er zulassen, dass das Kind ohne Vater aufwächst.

Abgesehen davon: Er mochte sie wirklich. Und wenn er ehrlich war, dann hatte er schon oft genug darüber nachgedacht, ihr die wichtigste aller Fragen zu stellen. Es ist also nichts verloren. Im Gegenteil. Er liebte sie und er wollte sie nicht verlieren. Vor allem und gerade jetzt nicht.

Er nahm einen Schluck Wasser.

Weiter im Plan: Ort und Zeit. Ich benötige einen Tisch in einem guten Restaurant.

Sie muss spüren, dass es etwas ganz Besonderes ist. Ich brauche ein edles Lokal, das sie nach Möglichkeit noch nicht kennt.

Das Gundel? Gute Idee!

Wann? Morgen Abend wäre zu spät. Diese Sache duldete keinen Aufschub! Es musste heute sein. Je eher, desto besser!

Ben überschlug die Zeit, die ihm blieb.

Mit etwas Glück könnte er sein Büro gegen sieben Uhr verlassen. Nach Hause fahren, rasch umziehen und ... um neunzehn Uhr dreißig könnte er im Gundel sein. Dann hätten sie vier Stunden. Spätestens um Mitternacht sollte er wieder zurück an den Schreibtisch. Mitternacht hier entspricht sechs Uhr abends in New York.

Jessica würde enttäuscht sein, aber das musste sie verstehen, es ging schließlich um neunzig Millionen Euro.

Was fehlte noch?

Zu einem Heiratsantrag gehören Rosen! Möglichst rot und möglichst viele. Die würde er ihr jetzt ins Haus schicken. Dazu eine Karte. Und dann musste er sich wieder um seine Geschäfte kümmern.

Ben griff zum Handy und tippte eine Nachricht an seine Sekretärin.

Wenige Minuten später klingelte es.

Bens Miene hellte sich auf, als er die Nummer auf dem Display sah.

„Was gibt's, Rachel?", fragte er.

„Alles erledigt, Chef!", kam es zurück.

„Der Tisch?"

„Ist reserviert. Heute Abend, zwanzig Uhr im Gundel!"

„Prima. Die Blumen?"

„Zoltan ist unterwegs!"

Zoltan, der Fahrer war nebenbei auch für Besorgungen aller Art zuständig.

„Wunderbar!"

„Äh ...?"

War da ein leichter Vorwurf in Rachels Stimme?

„Ja?"

„Sie möchten die Karte doch sicherlich eigenhändig unterschreiben?"

Ben zuckte zusammen und nuschelte etwas Unverständliches. Es war nicht das erste Mal, dass Rachel ihn vor einem Fehler bewahrte. Auf ihre weibliche Intuition war Verlass.

„In einer halben Stunde bin ich wieder im Büro", sagte er und dann, nach einer kleinen Pause: „Sonst alles in Ordnung?"

„Selbstverständlich, Chef!"

„Haben Sie von Jenkins gehört?"

„Nein, aber ich bleibe dran!"

„Gut. Und versuchen Sie weiter, in New York anzurufen. Vielleicht erreichen wir ja einen Frühaufsteher!"

„Wird gemacht, Chef!"

Er verabschiedete sich, unterbrach die Verbindung und schaute nach der Bedienung.

Die beachtete ihn nicht. Stattdessen erklärte sie einem vier- oder fünfjährigem Mädchen die eindrucksvolle Kuchenauswahl auf ihrem Servierwagen.

Ben öffnete seine Aktentasche. Sein Blick fiel auf ein silbernes Aluminiumröhrchen. Nachdenklich nahm er es in die Hand und legte es neben sich auf den Tisch. Sein Schulfreund Francesco hatte ihm diesen Gegenstand vor einer Weile zugesteckt. Das Röhrchen enthielt eine Zigarre: Eine einzeln verpackte „Romeo y Julieta"".

Ben war überzeugter Nichtraucher. Dennoch hatte er diese Zigarre wie einen Talisman über mehrere Monate im Aktenkoffer mit sich herumgeschleppt.

Ben nippte an seinem Kaffee, dann meldete sich das Telefon erneut.

„New York hat abgesagt!", berichtete Rachel.

Ben hielt sich fest. Ihm wurde schwindelig.

„Was ist passiert?"

„Vor einer Minute kam ein Fax", fuhr Rachel fort, „sie haben kein Interesse an dem Deal!"

Neunzig Millionen Euro, dachte Ben. Das Geld ist weg. Verbrannt, ab durch den Schornstein.

Oder doch nicht?

Es musste eine Lösung geben!

„Was ist mit Jenkins?", fragte Ben.

„Jenkins ist unterwegs!", berichtete Rachel.

„Wohin?"

„Zu uns. Nach Budapest."

„Wie bitte?"

„Ich habe es auch gerade erst erfahren, kurz nachdem das Fax aus New York hereinkam."

Ben ließ sein Handy fallen. Ihm wurde schwarz vor Augen. Dann riss er sich zusammen und nahm das Telefon wieder in die Hand.

„Ist alles in Ordnung bei Ihnen?", fragte Rachel.

Ben ging darauf nicht ein.

„Wann wird er hier sein?", fragte er zurück.

„Das weiß ich nicht!"

„Warum nicht?"

„Die Reise ist streng geheim. Wir sollen nichts davon wissen!"

„Was heißt das?"

„Jenkins ist seit gestern vom Erdboden verschwunden. Niemand im Londoner Büro will sagen, wo er steckt. Aber vorhin hat sich einer der Jungs verplappert!"

Diese Geheimniskrämerei war nicht nur höchst ungewöhnlich, sondern extrem verdächtig. Ben wurde hellhörig.

„Schicken Sie Zoltan zu mir!"

„Äh... soll er vorher noch die Blumen besorgen?"

Diese Blumen! Die Blumen waren wichtig, aber Ben musste Prioritäten setzen.

„Finden Sie unbedingt heraus, wann Jenkins hier auftauchen wird. Und Zoltan soll sofort herkommen!"

„Ich werd's ausrichten. Wo soll er Sie abholen?"

Ben zögerte einen Moment.

„Schicken Sie ihn zum Taxistand am Vörösmarty-Platz, an der Ecke zur Harmincad Utca!"

„Sie meinen beim Café Gerbeaud?"

Ben fühlte sich ertappt. Rachel verfügte über einen detektivischen Spürsinn. Trotzdem brauchte Ben kein schlechtes Gewissen zu haben: Er hatte schon oft mit

Geschäftspartnern im Gerbeaud gespeist und so mancher Abschluss war mit dem hauseigenen Sekt gefeiert worden.

„Genau dort. Und zwar so schnell wie möglich!"

Ben zögerte einen Moment.

„Bitte!", fügte er hinzu.

„Schon unterwegs!"

Wie lange brauchte Zoltan wohl?

Ben trank den letzten Rest Kaffee aus und winkte nach der Bedienung. Sie lächelte, als sie an seinen Tisch trat. In ihrem schwarzen Kleid mit weißer Schürze sah sie sehr adrett aus.

Er reichte ihr einen Geldschein. Als sie sich anschickte, das Wechselgeld herauszugeben, schüttelte er den Kopf, bedankte sich und ihm gelang sogar ein Lächeln. Rasch erhob er sich und ging hinaus.

Zoltan wartete schon am Taxistand. Wie hatte dieser Teufelskerl das bloß geschafft? Er stand da wie die Ruhe selbst, an den marineblauen BMW gelehnt und trug eine sehr dunkle Brille auf der Nase. Angestrengt starrte er in die Luft und bemerkte Ben erst, als der ihm auf die Schulter tippte. Sofort nahm Zoltan die Brille ab, steckte sie in die Hemdtasche und öffnete die Wagentür.

Auf der Rückbank lag ein enormer Strauß roter Rosen. Darunter steckte ein Kuvert und die Rechnung. Ben nahm Beides an sich und öffnete das Kuvert. Rachel hat Geschmack, dachte Ben, als er die Grußkarte sah. Dann schrieb er ein paar Worte darauf und steckte sie wieder zurück.

Zoltan startete den Motor.

„Wohin fahren wir, Chef?"

Ben überlegte kurz.

Jenkins war wichtig, aber Jessica war wichtiger. Immer schön Eines nach dem Anderen: Ein kurzer Abstecher zu dem Juwelier würde nicht lange dauern und den Ring hätte er schnell ausgesucht. Die paar Minuten waren gut investiert, um sein Privatleben wieder in Ordnung zu bringen. Ben nannte die Adresse des Schmuckladens.

Zoltan wendete das Fahrzeug und reihte sich in den dichten Verkehr ein. Sie kamen nur quälend langsam vorwärts.

„Mit der Metro wären Sie schneller," sagte Zoltan, als sie die Nordseite des Elisabeth-Platzes passierten, „aber so sehen Sie etwas von der Stadt!"

Ben antwortete nicht. Er mochte es nicht, wenn seine Mitarbeiter Konversation machten. Wenn ich Unterhaltung will, gehe ich ins Kino, dachte er. Abgesehen davon war Ben kein Tourist, sondern kannte sich hier bestens aus.

Zoltan sollte das wissen, aber manchmal scherte er sich nicht darum und spielte den Entertainer. Paradoxerweise tat er das immer dann, wenn Ben extrem unter Strom stand und interessanterweise schaffte Zoltan es tatsächlich regelmäßig, Ben so abzulenken, dass er am Ende der Fahrt tatsächlich viel ruhiger und entspannter war.

Sie bogen nach rechts in die Bajcsy-Zsilinsky-Straße. Zoltan bremste. Der Verkehr kam völlig zum Stillstand. Zoltan trommelte mit den Fingern auf das Armaturenbrett.

„Haben Sie die Sonnenfinsternis gesehen, Chef?", fragte er.

Ben schüttelte den Kopf.

„Das sollten Sie sich anschauen!"

Ben schwieg beharrlich.

„Nehmen Sie meine Spezialbrille, Chef!"

Zoltan griff mit der rechten Hand in seine Hemdentasche und holte die schwarze Brille hervor, die er vorhin auf der Nase hatte. Sie war billig gemacht, mit einem Rahmen aus Pappe und Gläsern aus völlig schwarzem Plastik.

Ben schüttelte abermals den Kopf.

„Danke."

„Die Gelegenheit haben Sie frühestens erst in drei Jahren wieder!"

Ben wusste, dass Zoltan keine Ruhe geben würde. So setzte er die Brille widerwillig auf und schaute in Richtung Sonne.

„Sehen Sie etwas?"

Ben schüttelte den Kopf.

„Sie können ruhig die Türe öffnen und aussteigen. Wir stecken sowieso fest!"

Ich habe weiß der Himmel genug andere Probleme als diese Sonnenfinsternis, dachte Ben. Aber dann schaute er doch in Richtung Sonne und stellte fest, dass man mit genügend Phantasie tatsächlich glauben konnte, dass dort eine kleine Ecke fehlte.

Hinter ihnen hupte jemand.

Es ging im Schritttempo weiter, über den Deák-Platz und an der evangelischen Kirche vorbei.

„Interessant, nicht wahr?"

Ben setzte die Brille wieder ab und gab sie wortlos zurück. Zoltan steckte sie in seine Hemdtasche.

Sie standen jetzt vor einer Ampel, ordneten sich hinter der alten Synagoge links ein und überquerten die Straßenbahnschienen.

„Früher galt so eine Sonnenfinsternis als Unglückszeichen!"", sagte Zoltan, „Wussten Sie das?"

Ben zuckte zusammen.

Sie bogen nach links auf die mehrspurige Rákóczi-Allee und weil Zoltan einfach die Busspur benutzte, ging es zügig voran.

„Vor dem Bahnhof bitte rechts abbiegen!", sagte Ben.

Zoltan nickte.

Das Handy meldete sich.

„Ich habe nachgeschaut", sagte Rachel, „um elf Uhr zwanzig landet der British Airways Flug Nummer 866 aus Heathrow. Ich gehe davon aus, dass Jenkins da drin sitzt!"

„Wie spät ist es?"

„Viertel vor elf. Wenn Sie sich beeilen, schaffen Sie es noch rechtzeitig!"

Auch wenn ihm eigentlich nicht danach war, musste Ben lächeln.

„Gute Arbeit!", sagte er und spürte, dass Rachel am Telefon ein bisschen verlegen wurde. Diese Frau war definitiv ihr Geld wert.

„Haben Sie herausfinden können, was Jenkins vor hat?"

„Ich nehme an, das wird er mit Ihnen selbst besprechen!"

„Sagen Sie alle Termine ab! Und erzählen Sie den Kollegen im Büro nichts davon."

Ben unterbrach die Verbindung. Dann wandte er sich an Zoltan.

„Nicht abbiegen! Wir fahren nach Ferihegy!"

„Zum Flughafen? Nicht zum Juwelier?"

Ben nickte.

„Wir holen Jenkins ab!", sagte er knapp.

Zoltan zeigte keine Regung.

„Was machen wir mit den Blumen?", fragte er.

Zum Teufel mit den Blumen! Das war jetzt ein Notfall! Jessica würde Verständnis haben müssen.

„Die Rosen sind doch sicher nicht für Jenkins?", fuhr Zoltan fort, „Ich meine ... er wäre vermutlich sehr irritiert ..."

Ben schüttelte den Kopf. Am liebsten würde er die Blumen auf der Stelle in den nächsten Mülleimer werfen. Zoltan schien seine Gedanken zu lesen.

„Wäre schade drum!", sagte er.

Ben entdeckte einen Taxistand am Straßenrand. Er bat Zoltan, kurz anzuhalten, sprang hinaus, griff den Blumenstrauß, drückte ihn mitsamt einem größeren Geldschein und knappen Instruktionen dem nächstbesten Taxifahrer in die Hand und stieg wieder in den Wagen.

Zoltan lächelte.

„Jetzt geht's zum Flughafen?"

Ben nickte, lehnte sich im Sitz zurück - und schrak gleich wieder auf.

Mit den Blumen war nun auch die Grußkarte unterwegs zu Jessica! Darauf stand die Einladung zum Essen im Gundel. Wenn er das jetzt absagte, würde Jessica ihn umbringen! Aber beim Essen würde Jessica ein Versöhnungsgeschenk erwarten. Abgesehen davon: Er hatte sich vorgenommen, ihr einen

Heiratsantrag zu machen, und dabei würde er bleiben. Also brauchte er den Ring!

Ben sprach ein Stoßgebet und schaute auf die Uhr. Für einen Umweg blieb keine Zeit mehr. Er griff zum Handy und wählte die Nummer des Juweliers. Dort hatte er schon öfter Sachen für Jessica gekauft. Der Mann kannte ihren Geschmack und ihre Ringgröße. Ben bat ihn, einen der Gelegenheit angemessenen Brillantring unverzüglich ins Büro zu schicken.

Anschließend holte er seinen Laptop aus dem Aktenkoffer und ging fieberhaft die aktuellen Firmenunterlagen durch. Gab es eine Email, die er übersehen hatte? Hatte Jenkins diese Reise nach Budapest wirklich mit keiner Silbe erwähnt?

Zoltan fuhr wie ein geölter Blitz und um zehn nach elf hatten sie den Flughafen erreicht. Ben sprang aus dem Auto und machte sich im Laufschritt auf den Weg zur VIP-Lounge, ihrem üblichen Treffpunkt.

Richard Jenkins wartete schon.

„Ich wusste, dass Sie kommen würden!", sagte er.

Ben erschrak.

„Sind Sie zu früh gelandet?"

„Nein, ich habe mir Zeit gelassen. Ich bin schon seit einer halben Stunde hier."

„Dann sind Sie nicht mit Flug 866 gekommen?"

Jenkins spitzte den Mund.

„Warum sollte ich?"

„Die Maschine aus Heathrow..."

„Ich bin selbst geflogen!"

Richard Jenkins war begeisterter Hobbypilot. Die zweistrahlige Citation Mustang, die er vor zwei Jahren für die Firma angeschafft hatte, war sein ganzer Stolz. Auch wenn es in der Rechnungsprüfungsabteilung Kritiker gab, die eine Investition von knapp drei Millionen Dollar für so einen Business-Jet als zumindest diskussionswürdig betrachteten.

„Ich wusste gar nicht, dass man auf einem öffentlichen Flughafen mit einer privaten Maschine landen darf!", sagte Ben.

Jenkins zog die Augenbrauen hoch.

„Alles ist möglich", gab er zurück, „sofern man die richtigen Leuten kennt!"

„Warum haben Sie mir nicht Bescheid gesagt?", fragte Ben.

Jenkins musterte ihn von oben herab.

„Weil ich wusste, dass Sie intelligent genug sind, um das auch so herauszubekommen!"

„Und wenn nicht ...?"

„Das wäre auch egal gewesen!"

„Was wollen Sie?"

„Ich schaue unsere Projekte an."

Ben nahm seinen Mut zusammen und holte tief Luft.

„Ich muss Ihnen etwas sagen. Die Geschichte in Bukarest ..."

Jenkins verzog seine Lippen zu einem humorlosen Grinsen.

„Da komme ich gerade her!"

Ben erstarrte. Jenkins war also ohne sein Wissen in Rumänien gewesen?

„Was halten Sie von der Sache?"

„Vergessen Sie es, Ben!"

„Wie meinen Sie das?"

Jenkins schüttelte langsam den Kopf.

„Neunzig Millionen in den Sand gesetzt, nicht wahr?"

Ben spürte, dass ihm das Blut ins Gesicht schoss.

„Das Geld werden wir wieder hereinbekommen... ich meine, es gibt Investoren ..."

Jenkins seufzte.

„Nicht gut gelaufen, Ben", sagte er und drehte sich um. „Gar nicht gut!"

Während der Fahrt zum Büro schwiegen sie. Kurz nachdem sie angekommen waren, meldete sich Bens Handy: eine

Nachricht von Jessica. Sie bedankte sich herzlich für die Blumen und freute sich auf das Abendessen im ‚Gundel'.

Ben lächelte.

Jenkins schaute ihn strafend an.

„Schalten Sie das Telefon aus!", sagte er.

„Ich will nur kurz meiner Lebensgefährtin Bescheid geben …"

„Das können Sie nachher tun. Jetzt stecken Sie das Gerät weg und sorgen dafür, dass es keinen Lärm mehr macht!"

Jenkins schloss die Tür zum Büro und setzte sich auf Bens Platz. Er fingerte in der Innentasche seines Jacketts herum und brachte eine Zigarettenschachtel und ein Feuerzeug hervor. Dann rief er vom Tischapparat aus im Vorzimmer an.

„Sie können Feierabend machen!", sagte er in barschem Ton zu Rachel, „Und sagen Sie den Anderen, dass sie ebenfalls nach Hause gehen sollen. Alle!"

Jenkins holte eine Zigarette aus der Packung, steckte sie zwischen die Lippen und gab sich Feuer.

Ben spürte Zorn. Noch vor zwei Wochen hatte er einen Mitarbeiter abgemahnt, weil dieser sich über das von Ben verhängte Rauchverbot hinweggesetzt hatte. Istvan war ein Idiot. Ben würde ihn lieber heute als morgen feuern. Natürlich nicht wegen der Zigarette. Trotzdem war diese Sache eine bodenlose Dreistigkeit, die Ben ihm sobald nicht verzeihen würde!

Jenkins konnte davon natürlich nichts wissen.

„Haben Sie keinen Aschenbecher?", nuschelte er mit der Zigarette im Mundwinkel, rauchte ein paar Züge, sah sich im Zimmer um und legte den Glimmstängel dann auf einer bunten Glasschale ab.

Ben wurde blass. Diese wunderschöne Schale aus Muranoglas hatte Jessica ihm im letzten Jahr zum Abschied ihres gemeinsamen Venedig-Trips geschenkt.

Jenkins holte eine Flasche mit goldgelber Flüssigkeit aus seiner Aktentasche.

„Was ist das?", fragte Ben.

„Fünfzig Jahre alter Single Malt aus Tobermory.", sagte Jenkins, „Eine Spezialabfüllung."

„Danke, ich trinke keinen Schnaps!"

„Eines sollten Sie sich merken, Whitcombe!", sagte Jenkins, suchte, fand zwei Gläser und füllte sie, „Reden Sie niemals im Beisein eines Schotten von Schnaps, wenn Sie Whisky meinen!"

„Ich trinke trotzdem nicht im Dienst!"

Jenkins überhörte das und drückte ihm ein Glas in die Hand.

„Wir müssen reden!", sagte er, nahm einen Schluck und zog an der Zigarette. Ben versuchte, mit den Händen den Rauch weg zu wedeln, hustete demonstrativ und schaute dabei verstohlen auf seine Armbanduhr.

Ich muss Jessica benachrichtigen, dachte er, aber er fand keine Gelegenheit.

Jenkins ließ sich alle Unterlagen zeigen, machte Notizen, rauchte eine Zigarette nach der anderen und sprach dabei nur wenig. Stunde um Stunde verging. Um halb acht wusste Ben, dass er keine Chance hatte, die Verabredung einzuhalten.

Wenig später vibrierte das Handy in seiner Brusttasche. Reflexartig langte er hin, aber nachdem Jenkins ihm einen scharfen Blick zuwarf, wagte er nicht, auf das Display zu schielen. Kurz darauf vibrierte das Telefon erneut. Zweimal. Dreimal. Ben hörte auf, zu zählen.

Jenkins hatte seine Hausaufgaben gemacht. Seine Fragen waren präzise und er ließ keine Ausflüchte gelten. Erst spät in der Nacht klappte er den Laptop zusammen, füllte die Gläser erneut und schaute Ben pfeilgerade in die Augen.

„Wir werden die Firma umstrukturieren!", sagte er.

„Wie meinen Sie das?", fragte Ben.

Jenkins steckte sich eine neue Zigarette an.

„Budapest ist Geschichte!", sagte er.

„Was haben Sie vor?"

„Dieses Büro wird geschlossen. Laufende Projekte werden abgewickelt. In vierzehn Tagen gehen die Lichter aus!"

Ben leerte das Glas in einem Zug. Ihm wurde heiß und kalt.

„Wie geht's dann weiter?", fragte er.

Jenkins verzog den Mund und schenkte nach.

„Es war Ihre Aufgabe, eine Antwort auf diese Frage zu finden!"

Ben schwieg.

„...genau das haben Sie leider versäumt", fuhr Jenkins fort und seufzte.

„Schade. Die Chance hatten Sie!"

Ben schwieg immer noch.

„Sie werden jetzt nach Hause gehen!", sagte Jenkins.

„Und dann?", fragte Ben.

„Dann bleiben Sie dort!"

Jenkins grinste weiter und Ben schaute ihn fragend an.

„Oder auch nicht. Machen Sie Urlaub. Gönnen Sie sich etwas Schönes. Sie haben von nun an viel Zeit zum Nachdenken!"

„Wie bitte?"

Ben runzelte die Stirn.

„Sie werden dieses Büro in wenigen Minuten verlassen und nicht mehr zurückkehren. Kein Wort zu den Mitarbeitern. Kein Anruf, keine Email, nichts."

Jenkins schaute Ben scharf an.

„Von Ihren Aufgaben sind Sie mit sofortiger Wirkung entbunden", fuhr er fort, „Und wenn jemand Fragen stellen sollte, dann denken Sie sich gefälligst eine halbwegs glaubwürdige Geschichte aus. Eine böse Krankheit vielleicht oder einen Trauerfall in der Familie. Mir soll alles Recht sein!"

Ben nickte wie betäubt.

„Sie wollen mich feuern!", sagte er leise.

Jenkins seufzte tief.

„Sie bleiben bis auf Weiteres auf unserer Gehaltsliste!"

„Wie lange noch?"

„In zwei Wochen melden Sie sich in London. Dort erfahren Sie alles, was Sie wissen müssen!"

Was mochte es da noch zu erfahren geben, fragte sich Ben, aber er sagte nichts.

„Und jetzt geben Sie mir Ihren Schlüssel!"

Ben kam der Aufforderung schweigend nach.

„Gehen Sie!"

Ben nickte wie in Zeitlupe, dann trat er hinaus.

Auf Rachels Schreibtisch im Vorzimmer lag eine kleine Schachtel, daneben die Visitenkarte des Juweliers und ein Umschlag, der vermutlich die Rechnung enthielt. Ben schob alles in seine Tasche und trat auf die Straße.

Sein Kopf dröhnte. Ihm war speiübel und er schwankte leicht. Eine halbe Flasche Tobermory, dachte er, dieses Zeug bin ich nicht gewöhnt.

Am Straßenrand entdeckte er ein Taxi. Der Fahrer döste hinter einer Zeitung. Ben klopfte an die Scheibe, stieg ein und nannte seine Adresse.

Nachdem der Fahrer den Motor gestartet hatte, schaute Ben auf das Display seines Handys: vier verpasste Anrufe und sieben Nachrichten.

Alle stammten von der gleichen Nummer. Ben wusste Bescheid. Mit klopfendem Herzen klickte er die erste Nachricht an.

Jessica teilte ihm mit, dass sie sich auf den gemeinsamen Abend freute. Ben klickte auf die zweite Nachricht. Wo er denn bliebe, fragte sie. Die dritte Nachricht wiederholte denselben Inhalt in ungeduldigeren Worten. In der nächsten Nachricht teilte Jessica ihm mit, dass sie sich schon auf den Weg machen würde, er solle doch bitte gleich vom Büro aus ins Gundel fahren.

Ben verzog sein Gesicht. Die restlichen Nachrichten schenkte er sich. Er steckte das Gerät in die Tasche und seufzte. Er kannte Jessica gut genug, um zu ahnen, was ihm jetzt bevorstehen würde. Da muss ich durch, dachte er.

Wenige Minuten später hatten sie das Ziel erreicht: Eine ruhige und vornehme Wohngegend mit schattigen Kastanienalleen im siebten Budapester Stadtbezirk, nur einen Steinwurf vom Stadtwäldchen entfernt und in unmittelbarer Nachbarschaft zu mehreren diplomatischen Vertretungen. Seit fast drei Jahren lebten Ben und Jessica dort in einer perfekt renovierten Altbauwohnung. Ben hatte sich hier immer wohlgefühlt.

Er bezahlte den Fahrer, stieg aus, öffnete die Haustür und ging leise die Treppen hinauf.

In der Wohnung brannte Licht.

Jessica saß im Wohnzimmer auf dem Sofa. Sie trug ein dunkelblaues Abendkleid und das Collier, das Ben ihr zum dritten Jahrestag geschenkt hatte. Ihr Make-up war zerlaufen und die Augen gerötet. Sie hatte geweint.

„Wo warst du?", fragte sie.

Ben versuchte zu lächeln. Langsam ging er zum Sofa hinüber, setzte sich und wollte den Arm um ihre Schulter legen.

„Es tut mir leid, Schatz!"

Sie wich zurück.

„Was tut dir leid?"

„Lass mich erklären: Jenkins …"

„…Jenkins ist schuld? Hat er dich zu einer spontanen Party eingeladen?"

Sie erhob sich und baute sich zwei Schritte entfernt vor ihm auf.

Ben sagte nichts. Erst jetzt bemerkte er in der Ecke hinter dem Sofa die zerbrochene Vase mit dem Blumenstrauß darin. Hatte Jessica sie absichtlich dorthin geworfen?

Sie schaute ihn herausfordernd von oben herab an.

„…unsere kleine Terminkollision, die hast du übersehen, weil Ihr so schön gefeiert habt!", fuhr sie fort.

„Ich habe nicht gefeiert!", sagte Ben.

„Lüg mich nicht an!", schrie Jessica.

„Ich lüge nicht!"

Ben musste schlucken. Sollte er ihr erzählen, was geschehen war? Aber er hatte es doch selbst noch nicht begriffen, wie konnte er erwarten, dass sie es verstehen würde?

Sie starrte ihn an.

„Es ist fast Mitternacht, du bist besoffen und stinkst nach Zigarettenrauch."

Ihre Augen funkelten böse.

„Du hast mich versetzt! Nicht nur das: du hast mich öffentlich blamiert. Du hättest sehen sollen, wie gespielt mitleidig der Kellner mich angegafft hat. Du denkst nicht daran, dich zu entschuldigen, sondern verstrickst dich in Rechtfertigungsversuchen…"

Ben stand ebenfalls auf.

„Es tut mir leid. Wir haben ausschließlich über Geschäftliches gesprochen."

Jessica stemmte die Hände in die Hüften.

„Ach so, Geschäftliches", sagte sie mit spöttischem Unterton, „Du erwartest wirklich, dass ich dir das glaube?"

„Es war nicht angenehm…", setzte Ben an.

„Mir kommen die Tränen!", sagte Jessica knapp.

„Jessica, wenn du wüsstest…"

„Ich hoffe, du hast dich gut amüsiert!"

„Nein, Jessica …"

„Nicht amüsiert? Soll mir recht sein! Ich will gar nicht wissen, wo du gesteckt hast. Und warum du den ganzen Abend nicht ans Telefon gegangen bist."

Ben holte tief Luft. Er langte in seine Hosentasche und holte das kleine Päckchen hervor.

„Es ist nicht so, wie du meinst!", sagte er und versuchte zu lächeln. „Ich dachte … ich wollte …"

Mit zusammengebissenen Zähnen nestelte er an dem Päckchen herum. Jessica beobachtete ihn stumm. Nach einer Weile hatte Ben den Ring aus seiner Verpackung befreit. Eigentlich sollte ich jetzt in die Knie gehen, dachte er, aber seine Beine gehorchten ihm nicht mehr und im nächsten Moment lag er bäuchlings auf dem Boden.

Der Ring fiel aus seiner Hand.

Jessica hob ihn auf.

„Schatz, ich dachte ...“

„Ich will es nicht mehr hören. Okay?“

Sie warf ihm den Ring zu. Er fing ihn auf.

„Es handelt sich um ein ... Missverständnis ...“

„Verschwinde jetzt!“

„Schatz ... wir können reden ...“

Anstelle einer Antwort holte Jessica aus und schlug zu. Ben hielt sich die Wange. Das war nun schon die zweite Ohrfeige an diesem Tag.

„Du sollst verschwinden, habe ich gesagt!“

Ben hob seine Hand.

„Sei vernünftig,“ sagte er, „Du kannst mich doch nicht aus unserer Wohnung...“

„Unsere Wohnung? Ein goldener Käfig ist das! Drei Jahre lang habe ich mich hier von dir einsperren lassen! Und wofür? Damit du mich behandelst wie ein Stück Dreck?“

Jessica drängte ihn in Richtung der immer noch offenen Wohnungstür.

„Du kannst mich doch nicht mitten in der Nacht ...“

Mit erhobenen Händen machte Ben ein paar Schritte rückwärts ins Treppenhaus.

„Gleich um die Ecke ist ein Hotel. Erzähl mir bloß nicht, dass es dir zu teuer ist! Wenn du willst, kannst du auch noch die Minibar leer saufen.“

Sie warf die Tür hinter ihm ins Schloss.

Eine Weile stand er da wie angewurzelt. Er griff nach seinem Schlüssel... aber dann schüttelte er den Kopf und ging stattdessen langsam die Treppe hinunter und hinaus auf die Straße.

Seine Wange schmerzte immer noch.

Ihm war schwindelig und übel. Dieser verfluchte Whisky!

Er würde jetzt ein wenig spazieren gehen, ein oder zweimal um den Block, und dann in einer halben Stunde wieder zurückkehren. Wenn er Glück hatte, wäre Jessica schon zu Bett gegangen. Ben würde sich im Wohnzimmer auf die Couch legen und .... Er zögerte.

Vielleicht wäre es wirklich das Beste, in dem Hotel ein Zimmer zu nehmen und erst einmal auszuschlafen?

Ben ging einen Schritt – dann schüttelte er den Kopf und wandte sich um.

Wenn ihn irgendwer erkennen würde? Die Wahrscheinlichkeit war zwar gering, aber … Nein, das wäre ihm peinlich.

Er wollte jetzt einfach nur weg. Er wusste nicht, wohin, er war nicht in der Lage, einen klaren Gedanken zu fassen, er ging ziellos die Straße entlang, zwischen den Villen umher und landete schließlich im Stadtwäldchen. Die Kronen der Kastanienbäume rauschten leise im sanften Nachtwind und die Luft duftete nach Sommer.

Jessica hat keinen Grund, mich davon zu jagen wie einen Hund, dachte er. Ich sollte sie auf der Stelle anrufen und ein klärendes Wort mit ihr sprechen!

Dann schüttelte er den Kopf. Nein, nicht jetzt.

Ich gehe jetzt zurück ins Büro, dachte er. Dort mache ich mich ein wenig frisch und dann…

Er stockte.

Er zuckte zusammen.

Der Weg ins Büro war ihm seit einer Stunde versperrt!

Gab es Alternativen?

Keine Ahnung! Keine Ahnung, wo ich jetzt hingehen kann, keine Ahnung, verdammt nochmal, das ist zu viel für mich, mein Hirn funktioniert nicht mehr!

Er setzte sich auf eine Parkbank, schloss die Augen und alles begann sich zu drehen.

Einatmen, ausatmen, dachte Ben. Lauschen. Blätter rauschten im Wind. Irgendwo plätscherte ein Springbrunnen. Dann umfing ihn eine wunderbare Ruhe und er schlief ein.

Als er aufwachte, war es hell.

Vögel zwitscherten. Die Luft war frisch und kühl und duftete nach Sommermorgen.

Ben saß am Rande eines Weihers. Ein paar Meter von ihm entfernt stand eine Rentnerin mit einer prallgefüllten Plastiktüte und warf den Enten Brotstücke zu. Eine junge Mutter schob einen Kinderwagen über den Kiesweg und ein Grüppchen grauhaariger Schnauzbartträger mit Sporttaschen bewegte sich beschwingten Schrittes in Richtung Szechenyi-Bad.

Ben fühlte sich benommen. Kopf und Glieder schmerzten.

Er tastete seine Taschen ab.

Geldbörse? Handy? Schlüssel? Alles noch da! Auch der Aktenkoffer lag unversehrt neben ihm auf der Bank.

Ben stand auf und streckte sich. Er fühlte sich wackelig, verschwitzt und das Hemd klebte am Körper. Es war zerknittert und auch nicht mehr ganz weiß.

Ben zog die Krawatte aus und steckte sie in die Innentasche seines Jacketts. Was er jetzt brauchte, war eine Dusche, frische Kleidung und einen Kaffee.

Er rief Jessica an. Sie meldete sich nicht. Schlief sie oder ging sie absichtlich nicht dran?

Er schrieb ihr eine Nachricht: „Bitte, lass uns reden!"

Mehrere Minuten lang starrte er erwartungsvoll auf das Display, dann steckte er das Telefon wieder weg.

Ben nahm seinen Aktenkoffer und ging langsam durch den Park. Er kam am Restaurant Gundel vorbei. Das war jetzt geschlossen. Ben verzog seinen Mund und ging rasch weiter.

Er überquerte den Heldenplatz. Um diese Zeit war noch wenig los, es gab weder Skateboarder noch fotografierende Touristen und am Taxistand stand ein einzelner Wagen.

Ben stieg ein und fuhr nach Hause.

Die Wohnungstür ließ sich nicht aufschließen.

Offenbar hatte Jessica den Schlüssel auf der Innenseite stecken gelassen.

Ben klopfte. Einmal, zweimal, dreimal. Er betätigte die Klingel. Er rief Jessica an. Er klopfte erneut: ohne Erfolg.

Er setzte sich auf eine Treppenstufe und vergrub den Kopf in den Händen.

Was sollte er tun? Die Tür eintreten? Einen Schlüsseldienst holen? Oder gar die Polizei? Wer konnte wissen, ob Jessica sich nicht etwas angetan hatte?

Ben schüttelte den Kopf. So dumm war sie nicht. Er kannte sie gut genug und wusste genau, dass es das Klügste war, sie jetzt einfach eine Weile in Ruhe zu lassen.

Sie würde davon ausgegangen sein, dass er ins Büro gefahren sei. Am besten war, einfach nur ein paar Stunden zu warten. Heute Abend würde die Sache vermutlich schon ganz anders aussehen. Aber was wollte er bis dahin tun?

Er stand auf, drehte sich um und stieß dabei gegen den Aktenkoffer, der umfiel und die Treppe hinunterpolterte.

Das Schloss sprang auf und der Inhalt kullerte durch die Gegend. Ben bückte sich.

Als er das Aluminiumröhrchen entdeckte, stutzte er.

Nachdenklich drehte er das Ding in seinen Händen hin und her.

Dann begann er zu lächeln.

Ben und Francesco kannten einander seit frühester Kindheit. Fast ihre gesamte Jugend hatten sie gemeinsam in einem Schweizer Internat verbracht und waren seinerzeit so eng miteinander befreundet, dass man sie für Brüder gehalten hatte. Die Freundschaft war geblieben, auch wenn sie einander inzwischen nur noch selten sahen.

Vor ziemlich genau einem Jahr waren sie einander zum letzten Mal begegnet. Ben hatte Francesco in Wien besucht. Sie hatten den Abend in einem Gartenlokal am Rande des Wienerwaldes verbracht, dabei ziemlich viel Wein getrunken und Francesco hatte eine Zigarre nach der anderen geraucht.

Ben sammelte seine Sachen wieder zusammen und trat auf die Straße.

Er dachte immer noch an Francesco, an den Sommerabend, an das Lokal im Wienerwald und an den Duft von Lindenblüten.

Wien war mit dem Zug in drei Stunden zu erreichen. Ben könnte Francesco zum Mittagessen einladen. Ein Tapetenwechsel und ein Gespräch mit seinem alten Freund, von Mann zu Mann war genau das, was er jetzt brauchte. Am frühen Abend wäre er wieder zurück in Budapest und dann würde er mit Jessica reden. Vielleicht könnten sie das Dinner im Gundel nachholen. Er würde seine Frage stellen und den Ring überreichen und alles wäre in Ordnung.

Jetzt aber freute er sich auf einen Spaziergang und ein gutes Essen in Wien.

Ben beschleunigte seine Schritte, nahm ein Taxi zum Ostbahnhof und kaufte eine Fahrkarte.

Eine halbe Stunde später ging ein Zug.

2.) Wien

Ben schaute aus dem Zugfenster hinaus in die ungarische Ebene. Felder und kleine Dörfer wechselten einander ab. Die Häuser glichen sich: Fast alle waren sie flach, mit quadratischem Grundriss und Walmdächern über dem Erdgeschoss.

Trotz bleischwerer Müdigkeit konnte Ben keinen Schlaf finden.

Ich sollte mich bei Francesco melden, dachte er. Wer weiß, ob der heute überhaupt Zeit hat. Francesco war ein Nachtmensch. Als freischaffender Künstler ging er oft erst beim Morgengrauen ins Bett. Ihn vor der Mittagszeit anzurufen war keine gute Idee, also schrieb Ben eine Textnachricht:

„Wir sollten uns mal wieder treffen!"

Francesco würde verstehen.

Den unausgesprochenen Spielregeln zwischen ihnen beiden gemäß bedeutete dieser unscheinbare Satz: Die Sache war wichtig!

Francesco würde in ein paar Stunden mit einem genauso belanglosen Satz antworten und diese Art von Kommunikation würde sich über ein paar Runden hinziehen, bis Ben schließlich mit der ganzen Geschichte herausrücken würde.

Er drückte die Sendekaste, dann holte er den Laptop hervor, verfasste eine Mail an Jessica, las sie durch, schüttelte den Kopf und löschte sie wieder.

Was war mit dieser Frau los?

Sie fühlte sich in Budapest nicht wohl. Schlimmer noch: sie hasste die Stadt. Sie fühlte sich eingesperrt, als habe man ihr die Luft zum Atmen abgedrückt. So hatte sie es immer wieder gesagt.

Ben arbeitete täglich mindestens zehn bis zwölf Stunden und hatte nicht selten auch abends noch geschäftliche Termine. Selbst an Wochenenden blieb nicht immer genügend Zeit für Privatleben. Gemeinsame Unternehmungen hatten längst Seltenheitswert.

Jessica war hochintelligent und gebildet. Als promovierte Literaturwissenschaftlerin hatte sie in London für einen renommierten Verlag als Lektorin gearbeitet. Diese Beschäftigung hätte sie in Budapest gut von zu Hause aus fortführen können, aber das wollte sie nicht.

Viele Alternativen gab es nicht. Ihre Qualifikationen mochten herausragend sein, aber da sie kein Wort ungarisch sprach, hatte sie auf dem örtlichen Arbeitsmarkt kaum Chancen. Ben hätte ihr trotzdem einen Job besorgen können. Mehr als einmal hatte er es angeboten, aber sie hatte abgelehnt und verbrachte stattdessen die meiste Zeit alleine in der Wohnung. Gut, das war ihre Entscheidung. Aber dann durfte sie sich auch nicht beklagen.

Ben schüttelte den Kopf. Dann schloss er die Augen, döste mit hundertsechzig Kilometern pro Stunde über die österreichische Grenze und als er gegen zehn Uhr vormittags am Wiener Westbahnhof aus dem Zug stieg, fühlte er sich immer noch kaputt und gerädert.

Durch eine Glastür trat er in die Bahnhofshalle.

Im Laufe der letzten drei Jahre war Ben recht häufig nach Wien gereist. Nicht nur zu Geschäftsterminen, sondern immer wieder auch zusammen mit Jessica. Jessica liebte Wien. Sie liebte Musik, Theater und Kultur. Vor noch gar nicht langer Zeit hatten sie gemeinsam ein Konzert im Musikvereinssaal besucht und Jessica hatte vor Begeisterung gestrahlt.

Ben trat aus dem Bahnhof auf den Europaplatz, nahm ein Taxi und ließ sich zum Opernring fahren

Ob Jessicas Ärger sich mittlerweile ein wenig gelegt hatte? Angenommen, sie wäre wieder bereit, mit ihm zu reden. Dann könnte sie jetzt in aller Ruhe ein paar Sachen packen, sich ein paar Stunden später auf den Weg zum Bahnhof machen und wäre am frühen Nachmittag ebenfalls hier.

Kurz entschlossen griff Ben zum Handy und rief sie an.

Nachdem er eine Weile dem Freizeichen gelauscht hatte, meldete sich die Mailbox. Ben unterbrach die Verbindung und tippte eine Nachricht:

„Friedensangebot: romantisches Wochenende in Wien?"

Ben würde ihr am Bahnhof einen frischen Rosenstrauß überreichen, viel größer und schöner als der Gestrige. Dann würden sie in die Oper gehen oder in ein Konzert und anschließend in einem stilvollen Restaurant zu Abend essen.

Dort würde er ihr seinen Antrag machen und alles wäre gut. Den Ring hatte er ja noch. Und ein Zimmer in einem guten Hotel sollte sich auch organisieren lassen.

Das Handy piepste.

„Gib dir keine Mühe!", schrieb Jessica „Vergiss es! Es ist aus!"

Ben wählte erneut ihre Nummer. Beim dritten Ton hob sie ab.

„Hallo?"

„Jessica-Schatz? Ich dachte ..."

Sie hatte aufgelegt.

„Lass uns miteinander reden!", tippte er.

„Es gibt nichts mehr zu reden!", kam es unverzüglich zurück.

Sie hatten oft gestritten in der letzten Zeit. Ben hatte ein Gespür dafür entwickelt, die jeweilige Lage genau einschätzen zu können. Dieses Gespür sagte ihm, dass man Jessica jetzt vor allem nicht provozieren durfte. Sie brauchte Zeit und Ruhe. Alles andere als absolute Funkstille würde die Situation nur verschlimmern.

Also keine weiteren Anrufe oder Nachrichten mehr – mindestens vierundzwanzig Stunden lang. Wehmütig schaute Ben zu der eindrucksvollen Fassade des Opernhauses. Es hätte ein schöner Abend werden können!

Er wandte sich um und ging zur Kärntner Straße. Ohne nach links oder rechts zu schauen, schlurfte er lustlos durch die breite Fußgängerzone. Er war übernächtigt, hatte Hemd und

Wäsche seit über vierundzwanzig Stunden nicht gewechselt und hatte nicht mehr als seine Aktentasche dabei. Was er jetzt brauchte, waren eine Dusche, ein paar Stunden Schlaf und vor allem frische Kleidung.

Sein Handy piepste.

„Gerne könnten wir uns treffen!", schrieb Francesco.

„Gleich heute?", schrieb Ben zurück.

„Ich habe Zeit für dich.", antwortete Francesco, „Wann immer du magst!"

Vor dem Stephansdom jonglierte ein Straßenkünstler auf einem Einrad mit Keulen und Bällen. Junge Männer in Barock-Kostümen bemühten sich, den fotografierenden Touristen überteuerte Konzert-Tickets anzudrehen. Nebenan verteilte ein hageres, blass aussehendes Mädchen Flugblätter für eine Tierschutzorganisation. Am zugehörigen Infostand lief ein von Trauermusik untermaltes Video mit blutrünstigen Bildern aus einem Schlachthof. Der Würstelstand nebenan war dennoch gut besucht.

Ben ging ziellos weiter, wandte sich nach links und ging über Graben und Kohlmarkt zum Michaelerplatz. Unter der Kuppel im Eingang zur Hofburg saß eine junge Frau und spielte Querflöte. Sie spielte gut und die Akustik in dem Durchgang war legendär.

Ben dachte an den Abend mit Francesco im letzten Jahr in dem Gartenlokal in Grinzing.

Francesco hatte genießerisch den Rauch seiner Zigarre in die Luft geblasen. Dann hatte er Ben das Röhrchen in die Hemdentasche gesteckt.

„Wenn es dir einmal wirklich schlecht gehen sollte," hatte er gesagt, „dann komm zurück. Hierher. In dieses Lokal. Rauch diese Zigarre und ruf mich anschließend an!"

Ob er das Lokal noch wiederfinden würde?

Nach Grinzing gelangte man mit der Straßenbahn. Die Nummer achtunddreißig fuhr vom Schottentor ab. Ben ging weiter zum Heldenplatz, rechts am Franz-Joseph-Denkmal vorbei über den stillen Minoritenplatz in die belebte

Herrengasse und war kurz darauf an der unterirdischen Straßenbahnhaltestelle.

In der Bahn war es unerträglich heiß. Ben nahm gegenüber einer älteren Dame Platz, zog Sakko und Krawatte aus, faltete beides zusammen und legte es auf seinen Aktenkoffer.

„Ich lade dich zum Mittagessen ein!", tippte er in sein Handy, „Du weißt schon, wo. Sagen wir, in einer Stunde?"

Dann lehnte er sich zurück und wartete gespannt auf Francescos Antwort.

Im noblen Stadtviertel Döbling beorderte die Dame vom Platz gegenüber telefonisch einen Abholer an die Haltestelle und als sie ausstieg, stand der Mercedes mit uniformiertem Fahrer schon mit laufendem Motor im Halteverbot bereit. Außer Ben saßen jetzt nur noch ein paar amerikanische Touristen in der Bahn.

Ben fuhr bis zur Endstation und fand den schmalen Weg, der zwischen den Häusern steil hinauf durch die Weinberge zum Waldrand führte, wo sich auf einer Anhöhe das Ausflugslokal befand.

Von der Terrasse aus hatte man einen weiten Blick über die Stadt. Ben nahm Platz, öffnete seinen Aktenkoffer, holte das Aluminiumröhrchen heraus, legte es vor sich auf den Tisch und schaute es an.

Die Bedienung kam und Ben bestellte eine Karaffe Wein.

„Wenn Sie vielleicht so nett wären, mir bitte ein paar Streichhölzer zu bringen?"

Die Serviererin nickte.

Ben schraubte das Aluminiumröhrchen auf. Die Zigarre war von einem hauchdünnen Blättchen aus Balsaholz umwickelt. Immer noch zögernd nahm Ben beides heraus.

Die Serviererin kam zurück und stellte Karaffe und Glas vor ihn auf den Tisch. Ein Streichholzbriefchen hatte sie auf ein separates Tellerchen gelegt.

Ben nickte ihr zu und trank einen kleinen Schluck.

Verstohlen schaute er auf das Display seines Handys. Noch keine Antwort von Francesco? Er würde ihm eine weitere Nachricht schicken müssen.

„Hier wartet ein Glas Wein auf dich!", schrieb er, „Du weißt schon, wo! Sehen wir uns?"

Ben nahm die Zigarre in die Hand und roch daran. Vorsichtig schnitt er das eine Ende mit seinem Taschenmesser ab.

Schließlich riss er ein Streichholz an, um zunächst einen Span Balsaholz in Brand zu setzen. So hatte er es von Francesco gelernt.

Er drehte die Zigarre langsam und vorsichtig in der Flamme hin und her, zog einige Male daran und blies den Rauch aus. Bei Francesco hatte das wesentlich eleganter ausgesehen.

Ben musste sich zusammenreißen, um nicht zu husten, und fühlte sich ein wenig wie ein fünfzehnjähriger Junge, der heimlich auf der Schultoilette das Rauchen ausprobiert.

Es war gewöhnungsbedürftig. Aber nach einer Weile stellte er fest, dass es weniger schlimm war, als befürchtet. Eigentlich gar nicht mal übel, dachte er. Nach wie vor nicht unbedingt mein Ding, aber man konnte verstehen, dass es Leute gab, die an so etwas Gefallen finden konnten.

„Nun sag mir doch endlich, wo du steckst!", schrieb Francesco.

Ben schüttelte den Kopf.

„In Wien natürlich!", schrieb er zurück, „In genau demselben Lokal wie im letzten Jahr!"

Am Nebentisch saß ein Grüppchen zufrieden aussehender Mountainbiker in engen Radlerhosen und knallbunten Funktions-Hemdchen. Sie aßen Salat und tranken alkoholfreies Bier. Dabei unterhielten sie sich mit norddeutschem Akzent über ihre Bestzeiten. Vermutlich hatte jeder von ihnen nicht nur einen geregelten Job, sondern auch ein halbwegs normales Liebesleben und eine passable Wohnung, dachte Ben.

Das Handy meldete sich erneut.

„Deinen Wein wirst du alleine trinken müssen!", schrieb Francesco.

Ben zog die Augenbrauen zusammen.

„Warum?", schrieb er zurück.

„Ich bin nicht mehr in Wien!", schrieb Francesco.

Ben starrte wie hypnotisiert auf das Display.

Eigentlich hatte er Francesco gegenüber den Eindruck vermitteln wollen, ganz zufällig auf der Durchreise vorbei zu kommen. Aber spätestens jetzt klang die Geschichte nicht mehr glaubwürdig.

Kurzentschlossen wählte er Francescos Nummer.

„Wo steckst du?", fragte er.

„In Salzburg!", sagte Francesco.

„Warum nicht mehr in Wien?"

Francesco lachte donnernd.

„Bin weggegangen, alter Freund!"

„Warum?"

„Weil ich es wollte."

„Was bewog dich dazu?"

„Ich war in Wien nicht zu Hause."

„Ach nein!"

„Ben, du kennst mich! Ich bin ein Reisender ..."

„Wie meinst du das?"

„Ich habe so lange in Wien gelebt, bis ich wusste, dass es an der Zeit war, weiterzuziehen!"

„Warum hast du mir nichts davon gesagt?"

„Ich hätte es dir schon mitgeteilt. Abgesehen davon hast du mich ja trotzdem problemlos jederzeit erreichen können!"

Ben zögerte einen Moment.

„Ich habe das Bedürfnis, mit dir ein Glas Wein zu trinken!"

Stille am anderen Ende der Leitung. Ben räusperte sich. „Und da ich gerade in Wien bin ..."

„Du bist in Wien? Geschäftlich?"

„Eher nicht."

„Privat?"

„Möglich."

„Auf der Durchreise?"

„Vielleicht."

„Auf der Durchreise wohin?"

„Gute Frage!"

Erneut einen Moment lang Stille.

„Du hast die Zigarre geraucht!"

Francescos Stimme klang feierlich.

„Woher weißt du das?"

„Ich weiß es. Schlimme Sache?"

Ben zögerte. „Ja", sagte er.

„Bist du gesund?", fragte Francesco.

Ben räusperte sich.

„Ja ... das heißt, zumindest fühle ich mich nicht krank. Was soll die Frage?"

Francesco atmete hörbar erleichtert aus.

„Du bist gesund. Das ist gut. Trotzdem stimmt etwas nicht. Einfach, doppelt oder dreifach?"

Ben brauchte ein paar Sekunden, um zu verstehen, was Francesco meinte. Vor ein paar Jahren hatte der ihm erklärt, dass es im Leben eines Menschen, abgesehen von Krankheit drei Arten von Schicksalsschlägen gibt: entweder den Job, die Wohnung oder die Partnerschaft betreffend.

Ben musste schlucken.

„Dreifach!", sagte er.

„Dann ist es wirklich schlimm!", gab Francesco zurück.

Ben antwortete nicht.

„Wo bist du?", fragte Francesco.

„In Grinzing. In unserem Lokal."

„Komm nach Salzburg!"

„Wann?"

„Jetzt!"

„Du hättest wirklich heute noch Zeit für mich?"

„Ben, ich habe dir gesagt ..."

„Schon gut. Ich schaue, wie lange ich brauche ..."

„Fahr zum Westbahnhof. Mindestens einmal pro Stunde geht ein Zug nach Salzburg. Die Fahrt dauert drei Stunden."

Ben schaute auf seine Armbanduhr. Es war kurz nach halb zwei Uhr nachmittags.

„Das würde bedeuten, dass ich gegen um halb sieben in Salzburg sein könnte. Soll ich dich anrufen, wenn ich dort bin?"

„Nicht nötig. Du steigst jetzt in den nächsten Zug und wir treffen uns in Salzburg am Bahnhof."

„Wo dort?"

„Im Quo Vadis."

„Quo Vadis?"

Ben war nicht sonderlich gut in Latein, aber das verstand er: Quo Vadis: - wohin gehst du? Francesco verfügte nicht nur über einen sechsten Sinn, sondern auch über einen sehr feinsinnigen Humor.

„So heißt das Bahnhofsrestaurant. Es befindet sich zwischen den Bahnsteigen zwei und drei."

Ben bedankte sich und unterbrach die Verbindung. Er wartete nicht auf die Bedienung, sondern stand auf und zahlte im Hinausgehen an der Bar.

Draußen auf dem Parkplatz vor dem Lokal stand ein Taxi. Ben fuhr zum Westbahnhof, warf einen Blick auf die Abfahrtstafel und stellte fest, dass er nicht länger als eine Viertelstunde zu warten brauchte. Am Fahrkartenautomaten erwarb er ein Ticket, dann stieg er langsam die Treppe zu den Gleisen hinauf.

3.) Salzburg

Der Zug stand schon bereit. Ben stieg ein und suchte ein leeres Abteil. Er machte es sich so bequem wie möglich, schloss die Augen und war bald eingeschlafen. Er wurde vom Schaffner geweckt, schlief wieder ein, wachte erneut auf, gähnte und schaute müde aus dem Fenster: Wiesen, Wald und Hügel im milden Nachmittagslicht. Weit in der Ferne sah man die Kette der Alpengipfel und darüber einen blauen Sommerhimmel. Alles sah hübsch und frisch aus, aber Ben war nicht in der Stimmung um es zu würdigen.

Um siebzehn Uhr siebenundvierzig stieg er in Salzburg aus. Als er langsam den Bahnsteig entlang ging, fühlte er sich immer noch zerknautscht.

Das Lokal befand sich in einem Pavillon auf einer Insel zwischen den Gleisen. Stirnrunzelnd öffnete Ben die Tür - und staunte, als er sich in einer Welt aus Marmor und Stuck zwischen Kronleuchtern und Ölgemälden wiederfand.

Francesco wartete schon.

Er saß an einem Tisch in der Ecke, blätterte in einem Buch und nippte an einem Espresso. Als er Ben entdeckte, sprang er auf und kam ihm mit ausgebreiteten Armen entgegen.

„Herzlich willkommen, mein Freund!", sagte er.

„Du bist schon hier?", wunderte sich Ben, „mehr als eine halbe Stunde zu früh?"

„Die Zeit gönne ich mir!"

Francesco lachte und die beiden umarmten einander.

„Ich wünschte, ich hätte auch so viel Zeit wie du!", sagte Ben.

„Du hast, genau wie ich, exakt vierundzwanzig Stunden zur Verfügung", sagte Francesco und fügte hinzu: „Jeden Tag."

Sie setzten sich.

Ein weißhaariger Ober in schwarzem Jackett nahm die Bestellung auf und servierte mit angedeuteter Verbeugung den Kaffee.

„Du hast nicht nur Zeit, sondern auch Geschmack, sagte Ben, „Ich fühle mich wie zu Besuch am Hof von Kaiser Franz Joseph!"

Francesco nickte.

„Genau deswegen mag ich dieses Lokal. Es ist ein Anachronismus. Eine Insel der Ruhe an einem hektischen Ort."

Er seufzte.

„Aber bald ist es vorbei. Sie werden es abreißen."

Ben riss die Augen auf.

„Sie wollen dieses Café abreißen?"

Francesco nickte.

„Sie werden einen neuen Bahnhof bauen. Vielleicht ist das richtig so. Nichts währt ewig."

Francesco holte eine Zigarre aus seiner Jackentasche und schraubte das Aluminiumröhrchen auf.

„Ich liebe Zigarrenduft!", sagte er.

Ben dachte an Jenkins' Auftritt in Budapest.

„Ich hasse Tabakgestank!", sagte er.

„Dann werde ich mich in deiner Gegenwart selbstverständlich zurückhalten!"

Ben machte eine gleichgültige Handbewegung.

„Tu dir keinen Zwang an!"

Francesco schnitt die Zigarre umständlich und feierlich an und setzte sie mit einem Gasfeuerzeug in Brand.

„Das Angenehme ist, dass noch niemand auf die Idee gekommen ist, an diesem wunderbaren Ort das Rauchen zu verbieten!", sagte er.

„Wann wirst du damit aufhören?", fragte Ben.

„Ich denke nicht daran!", sagte Francesco.

Er machte ein paar Züge und blies den Rauch genießerisch in die Luft.

„Rauchen ist ungesund!", sagte Ben.

„Das ist richtig."

„Hat es irgendwelche Vorteile?"

Francesco hob die Augenbrauen.

„Wahrscheinlich nicht."

„Warum tust du es dann?"

„Du hast es selbst ausprobiert!"

Ben wurde rot.

„Das wird so bald nicht wieder vorkommen!"

„Du brauchst kein schlechtes Gewissen zu haben."

„Ich werde mir trotzdem nicht das Rauchen angewöhnen!"

Francesco zog an der Zigarre.

„Ben, ich will dich nicht davon überzeugen, etwas zu tun, was dir widerstrebt. Für Jede deiner Handlungen hast du gute Argumente. Du weißt, was gesund ist. Du weißt, was nützlich ist und was dich in deiner Karriere vorwärtsbringt. Das ist gut so. Aber irgendwann einmal, da wird ein Tag kommen, an welchem du deine vorgefassten Meinungen und Vorurteile über Bord werfen musst!"

Ben zuckte zusammen.

„Warum sollte ich?", fragte er.

„Weil jeder Mensch früher oder später bereit sein muss, neue Wege zu gehen und dabei gegebenenfalls die Richtung zu wechseln."

„Und deshalb soll ich mir ausgerechnet das Rauchen angewöhnen?"

„Das sollst du nicht. Du sollst es nur mit anderen Augen sehen."

„Was gibt es daran mit anderen Augen zu sehen? Vom Rauchen kriegt man Lungenkrebs. Oder Herzinfarkt. Und mindestens ein Dutzend anderer Krankheiten."

Das klang jetzt ziemlich trotzig, dachte Ben. Habe ich es nötig, mich rechtfertigen zu müssen wie ein kleines Kind?

Francesco deutete auf seine Zigarre.

„Jede Romeo y Julieta wird einzeln in einem Aluminiumröhrchen aufbewahrt," dozierte er, „und das Balsaholz-Blättchen …"

„…dient dazu, die Luftfeuchtigkeit aufzusaugen und zu speichern und somit im Innern des Röhrchens ein ideales Mikroklima zu gewährleisten!", führte Ben den Satz zu Ende, „Ich glaube, das hast du mir schon einmal erzählt!"

Francesco lächelte.

„Du lernst schnell!", sagte er, „das muss man wohl als Bankdirektor!"

„Nicht Bankdirektor, sondern Managing Director…"

„… also Direktor einer Bank …"

„Keine Bank, sondern Private Equity…"

„Was auch immer das sein mag …"

„Ich habe es dir erklärt."

„Richtig. Du hast es mir mal erklärt. Ich habe es vergessen. Es hat damit zu tun, Leute, die viel Geld haben, noch reicher zu machen!"

Ben wurde rot.

„So wie es aussieht, habe ich mit dieser Firma möglicherweise bald nichts mehr zu tun!", sagte er schnell.

„Hab ich mir gedacht. Du schaust schrecklich aus!"

„Ich fühle mich schrecklich."

„Was ist passiert?"

„Ich bin erledigt."

Francesco zog noch einmal an seiner Zigarre, blies den Rauch aus und lächelte sein enigmatisches Lächeln.

„Sie haben dich gefeuert?"

„Nicht ganz. Sie haben mir signalisiert, dass das Büro in Budapest geschlossen werden muss."

„Was machen sie mit dir?"

„Keine Ahnung. Vielleicht kann ich in London weiter arbeiten."

„Vielleicht?"

„Jenkins hat da etwas angedeutet. Ich soll mich in zwei Wochen in London melden."

„Und bis dahin?"

„Bis dann habe ich Urlaub. Die Angestellten sollen die laufenden Projekte abschließen, dann werden sie entlassen. Sie wissen noch nichts davon. Jenkins und ich haben absolutes Stillschweigen vereinbart."

„Klingt nicht gut. Gar nicht gut."

Eine Weile lang sagte keiner etwas.

„Wie geht es Jessica?", fragte Francesco dann.

Ben zuckte mit den Schultern.

„Keine Ahnung."

„Keine Ahnung, was heißt das?"

„Vor etwa vierundzwanzig Stunden hätte ich ihr einen Heiratsantrag machen wollen."

„Meinen Glückwunsch!"

„Da gibt's nichts zu beglückwünschen!"

„Warum? Hat sie abgelehnt?"

„Ich habe ihr keinen Antrag gemacht."

„Warum nicht?"

Ben zuckte mit den Schultern.

„Ich habe den Termin verpasst."

Francesco lachte schallend.

„Den eigenen Heiratsantrag verpasst? Dann kann es ja nicht so ernst gewesen sein!"

Ben starrte in seine Tasse.

„Es war ziemlich ernst!"

„Wirst du den verpassten Termin nachholen?"

„Das hat sich erledigt."

„Dann ist es wirklich ernst."

Ben seufzte.

„Es ist ziemlich viel auf einmal!", sagte er.

Francesco trank seine Tasse aus.

„Was wirst du jetzt tun?"

Ben schüttelte den Kopf.

„Ich weiß es nicht." Sein Blick blieb an einer halbhohen Säule aus rotem Marmor hängen, darauf stand eine Blumenvase aus demselben Material, darin rote und weiße Rosen. Ob die wohl echt waren?

„Ich weiß es wirklich nicht. Es gibt Leute, die nehmen sich in so einer Situation einen Strick. Oder sie springen vor den Zug."

„Bitte sehr, wir befinden uns mitten auf einem Bahnhof!"

„Mach keine dummen Witze!"

„Entschuldige."

Francesco zog an seiner Zigarre. Er schaute Ben an und lächelte. „Nehmen wir an, es gäbe etwas, was ich dir anbieten könnte", sagte er langsam, „würdest du es annehmen?"

Ben runzelte die Stirn.

„Wie meinst du das?"

„Möchtest du, dass ich dir helfe?"

„Kannst du das?"

Francesco lächelte erneut.

„Ja!", sagte er.

Dann nickte er langsam.

„Ja," wiederholte er, „Ich kann und ich werde dir helfen!"

Er zog an seiner Zigarre und schaute Ben an.

„Wenn du das wünschst!", fügte er hinzu.

Ben vergrub sein Gesicht in den Händen.

„Was wirst du tun?"

Francesco deutete auf das monströse Ölgemälde an der Wand. Es war ein riesengroßes Panoramabild, welches eine Hochgebirgslandschaft darstellte mit schneebedeckten Gipfeln und Felsen, zwischen denen hindurch in vielen Serpentinen eine schmale Straße führte.

„Schau dir das an: Das Bild zeigt die Großglockner-Hochalpenstraße. Die führt nicht geradeaus, sondern schlängelt sich nach rechts und nach links. Manchmal verschwindet sie aus dem Blickfeld, dann kommt sie wieder hervor. Der direkte Weg ist oft langweilig."

Er legte eine Hand auf Bens Schulter.

„Auch du wirst noch den einen oder anderen Umweg gehen müssen!", sagte er.

„Was soll ich tun?"

Francesco musterte Ben sorgfältig von oben bis unten.

„Momentan siehst du aus, als könntest du ein paar Stunden Schlaf brauchen!"

Ben lächelte dünn.

„Du hast vermutlich Recht!"

„Das lässt sich regeln!", sagte Francesco, legte ein paar Münzen auf den Tisch und stand auf.

„Lass uns gehen!"

„Wohin?"

„Komm einfach mit!"

Sie gingen die Treppe hinunter in die Bahnhofshalle und hinaus auf den Vorplatz. Francesco bugsierte Ben zum Taxistand, schob ihn in den vordersten Wagen, setzte sich daneben und nannte dem Fahrer eine Adresse. Nach kurzer Fahrt stiegen sie vor einem Hotel aus.

„Das Zimmer ist auf deinen Namen reserviert!", sagte Francesco.

Ben zog die Augenbrauen hoch.

„Du hast für mich ein Zimmer gebucht? Woher wusstest du überhaupt ..."

Francesco machte eine wegwerfende Handbewegung.

„Brauchst du noch irgendwas?"

„Mach dir bloß keine Umstände!"

Francesco nickte.

„Dann lasse ich dich jetzt allein. Ich schlage vor, du schläfst dich aus und morgen reden wir weiter!"

Ben spürte eine bleierne Schwere in seinen Gliedern.

„Wann und wo?", fragte er.

„Zehn Uhr vormittags. Ich hole dich ab!"

Ben drückte Francescos Hand.

„Danke. Du bist ein echter Freund."

Francesco lächelte, drehte sich um, überquerte die Straße, winkte Ben noch einmal zu und war um die nächste Häuserecke verschwunden.

Ben checkte ein, machte sich auf dem Zimmer kurz frisch und ging dann noch einmal hinaus. Kurz vor Ladenschluss erstand er in einem Mode-Kaufhaus mehrere Hemden, zwei Hosen, Unterwäsche, eine Jacke und ein Paar bequeme Schuhe, erwarb dann im Geschäft nebenan einen Trolley-Koffer und packte seine Neuerwerbungen hinein.

Er ging zum Hotel zurück, verbrachte den größten Teil der folgenden halben Stunde in der Badewanne und begab sich ins Bett. Im nächsten Moment war er eingeschlafen.

Gut gelaunt begab er sich zwölf Stunden später hinunter in den Frühstücksraum. Frisch gebrühter Kaffee, Orangensaft, Toast und Spiegeleier mit Speck: Das alles schmeckte so herrlich nach Normalität, dass Ben beinahe geneigt war zu glauben, die Ereignisse der letzten Tage seien nichts weiter als ein langer, böser Traum.

Francesco kam pünktlich um Viertel vor zehn.

Er trug ein hellbeiges Leinensakko über einem weißen Hemd ohne Krawatte, dazu eine dunkle Hose und braune Lederschuhe, die mit Sicherheit teurer waren, als sie aussahen.

„Gehen wir!", sagte er.

„Wohin?", fragte Ben.

„Folge mir einfach!"

Er drehte sich um und schlenderte zur Tür hinaus.

Ben seufzte und ging hinterher.

„Dürfte ich trotzdem fragen ..."

„Vertrau mir!"

Francesco schritt schnell voran. Ben folgte ihm in kurzem Abstand.

Francesco war ein Einzelgänger. Er war weder verheiratet noch liiert und soweit Ben wusste, hatte er noch nie für eine längere Zeit mit einer Frau zusammengelebt. Eine Weile lang hatte Ben den Verdacht, Francesco sei schwul, aber das stimmte nicht. Was auch immer er tat, er tat es sehr diskret und sprach nicht darüber. Ben hatte sich daran gewöhnt. Denn Francesco war auch in vielerlei anderer Hinsicht der größte Geheimniskrämer aller Zeiten.

Am Eingang zum Mirabellgarten verlangsamte er seine Schritte und vor der großen Fontäne hielt er inne.

„Herzlich willkommen in Salzburg!", sagte er und lud Ben ein, auf einer Bank Platz zu nehmen.

„Wenn du in Richtung Schloss schaust, dann siehst du etwa ein Dutzend Touristen mit Kameras im Anschlag. Die sind immer da, zu jeder Tageszeit. Dreh dich um, dann siehst du, was sie fotografieren: den weltberühmten Postkartenblick mit der Festung im Hintergrund und dem Park mit der Fontäne davor ..."

Ben schaute ihn fragend an.

„...und dann solltest du diese Standbilder aus weißem Marmor beachten," fuhr Francesco fort, „die stellen nämlich die Vier Elemente dar. Du siehst, jedes Standbild besteht aus zwei Figuren, von denen eine die andere trägt, und zwar ..."

Ben unterbrach ihn.

„Gibst du heute den Fremdenführer?"

„Ich dachte ..."

„Ich kenne Salzburg!"

Francesco grinste.

„Von Geschäftsreisen vermutlich. Vielleicht warst du auch auf der Durchreise ..."

Ben überhörte die Ironie und schüttelte den Kopf.

„Letztes Jahr um diese Zeit war ich zusammen mit Jessica hier. Wir haben die Festspiele besucht."

„Richtig. Die Festspiele. Stark wie die Liebe ist der Tod!"

„Wie bitte?"

„Das Thema in diesem Jahr. Letze Woche hat es angefangen."

„Könnten wir vielleicht über etwas anderes reden?"

Francesco grinste maliziös.

„Erzähl mir von Jessica!"

Sie standen auf und gingen langsam den Kiesweg entlang in Richtung Schloss.

„Muss das sein?"

„Ich will es wissen! Was war mit dem Heiratsantrag?"

„Ich habe schon in den vergangenen Monaten hin und wieder daran gedacht."

„Du hast dich nicht durchringen können?"

„Ich war mir nicht sicher!"

„Du warst dir nicht sicher, ob Jessica die Richtige ist?"

Ben zögerte eine Sekunde zu lange.

„Es ging eher um die passende Gelegenheit."

„Was für eine Gelegenheit?"

„So einen Heiratsantrag macht man nicht mal eben so nebenbei. Ich wollte es sorgfältig planen. Zum Beispiel im Rahmen eines exklusiven Urlaubs ..."

„Es ist nichts draus geworden!"

„Ich konnte keinen Urlaub nehmen. Jenkins hat mir die Hölle heiß gemacht."

„Lenk nicht vom Thema ab!"

„Jessica beklagte sich, dass wir keine Zeit mehr füreinander hätten. Sie behauptete, dieser Job mache uns beide kaputt.

„Du hättest eine langsamere Gangart einlegen können."

Ben seufzte.

„Das sagt sich so einfach. In meiner Position geht das nicht. Entweder Volldampf oder gar nicht. Anfang dieser Woche hat

Jenkins mir in London die Leviten gelesen. Am Mittwoch war ich wieder in Budapest. Wir hatten vereinbart, am übernächsten Tag, am Freitag zu telefonieren, aber es kam anders."

Sie hatten den vorderen Teil des Parks durchquert, gingen links am Schloss vorbei und gelangten zu einem weiteren Brunnen. In seiner Mitte stand die Skulptur eines geflügelten Pferdes.

„Was war am Freitag?", fragte Francesco.

„Freitag Morgen bin ich wie gewohnt um halb sieben Uhr aufgestanden," begann Ben, „Jessica war schon wach. Das ist ungewöhnlich. In der Wohnung roch es nach frisch aufgebrühtem Kaffee. Jessica hatte den Frühstückstisch gedeckt. So richtig feierlich, mit weißer Tischdecke, Blumen, ofenwarme Croissants ..."

„Hattest du Geburtstag?"

Ben schüttelte den Kopf.

„Nein, weder Geburtstag noch Namenstag. Und es war auch nicht unser Jahrestag. Ich habe mir den Kopf zermartert: Was mochte der Anlass sein? Ich war an diesem Morgen überhaupt nicht in Feierlaune, im Gegenteil. Ich würde mit Jenkins sprechen müssen. Davor hatte ich Angst. Die Angst bereitete mir Magenschmerzen ..."

Er stockte. Francesco nickte ihm aufmunternd zu und schob ihn weiter, nach links, eine von Löwenfiguren gesäumte Freitreppe hinauf.

„...Jessica aber strahlte mich an," fuhr Ben fort, „Sie war richtig glücklich. Ungewöhnlich für sie. Sie nötigte mich, Platz zu nehmen. Dann schenkte sie Kaffee ein."

„Was war los?"

„Ich fragte sie rundheraus. Sie wurde ein wenig rot. Dann nahm sie meine Hand, stand auf und führte mich ins Badezimmer. Dort lag, auf einem Stück Küchenkrepp ein kleines Plastikstäbchen. Du kennst die Dinger. Zwei blaue Streifen drauf."

„Ein Schwangerschaftstest? Positiv? Na, mein Glückwunsch!"

Ben seufzte.

„Ja, sie ist schwanger!"

„Und?"

Über eine Brücke gelangten sie auf eine Art Terrasse.

„Ich… ich war fassungslos. Ich konnte es nicht glauben."

„Wie hast du reagiert?"

„Ich habe gesagt: Das gibt's doch nicht! Und dann: Um Himmels willen!"

„Du hast gesagt: ‚Um Himmels willen'?"

„Ich war völlig durch den Wind… wie vor den Kopf gestoßen… ich hatte die Nacht kaum geschlafen, das drohende Gespräch mit Jenkins hing über mir wie ein Damoklesschwert …"

„Und sie?"

„Sie sagte gar nichts. Dann holte sie aus. Gab mir eine Ohrfeige. Drehte sich um und verschwand heulend im Schlafzimmer."

Ben hielt inne. Er schaute sich irritiert um.

„Wo sind wir?", fragte er.

„Im Zwergengarten!", sagte Francesco.

„Wie bitte?"

Francesco deutete auf eine knapp mannshohe Steinfigur. Sie stellte einen missgestalteten Gnom mit boshafter Fratze dar. Ben entdeckte, dass es auf dieser Terrasse noch mehrere solcher Figuren gab und eine war hässlicher als die andere.

„Das Kuriositätenkabinett der Barockfürsten!", sagte Francesco.

Ben verzog das Gesicht.

„Die gefallen mir nicht.", sagte er, „Wie kommen wir hier raus?"

Francesco wies in die Richtung, aus der sie gekommen waren.

„Wir befinden uns in einer Sackgasse. Wir müssen umkehren!"

Schweigend gingen sie zum Brunnen zurück und dann über einen breiten Weg durch ein Seitentor aus dem Park hinaus.

„Wie hast du reagiert?", fragte Francesco.

„Ich bin ja kein Idiot!", sagte Ben.

„Natürlich habe ich keine zwei Sekunden gebraucht, um zu kapieren, dass ich etwas falsch gemacht habe."

Er seufzte.

„Aber ich musste ins Büro. Ich war spät dran. Also machte ich mich auf den Weg. Kaum war ich angekommen, da stürmte mir meine Sekretärin entgegen und zeigte mir ein Fax aus New York. Fast wäre ich umgekippt. Ich musste mich setzen."

Sie erreichten das Ufer der Salzach und betraten eine Fußgängerbrücke. Über der Mitte des Flusses lehnte Ben sich über das Geländer und starrte hinunter.

„Was war los?", fragte Francesco.

„Der Mann aus New York hätte unser Projekt retten können. Jetzt war er abgesprungen."

„Und das bedeutet?"

„Neunzig Millionen Miese. Neunzig Millionen Euro in den Sand gesetzt."

Francesco pfiff durch die Zähne.

„Das ist eine Menge Geld."

Ben nickte und starrte ins Leere.

„Wie fühlt man sich, wenn man gerade eine derartige Summe verspielt hat?", fragte Francesco.

„Ich war völlig blockiert. Ich konnte keinen klaren Gedanken mehr fassen. Ich musste raus. Also habe ich einen Termin vorgetäuscht, bin in die Stadt gefahren und habe mich in ein Café gesetzt ..."

Francesco schüttelte den Kopf.

„Schon gut. Das interessiert mich jetzt nicht. Wie ist die Sache mit Jessica weitergegangen?"

„Ich habe versucht, um die Situation zu retten!"

Francesco schaute ihn scharf an.

„Das klingt nicht sehr überzeugend!"

Ben schlug die Hände vors Gesicht.

„Was hätte ich denn sollen?"

„Was hast du getan?"

„Der Heiratsantrag!"

Bens Stimme zitterte ein wenig.

„Wie ernst war es dir damit?"

„Nun ja…"

Ben zögerte.

„…Ich habe einen Ring organisiert. Und einen Tisch im Gundel …"

„Ich kenne das Gundel. Mit Abstand der beste Ort für einen Antrag in Budapest!"

Ben musste lachen.

„Du kennst dich aus! Du bist ein echter Bohemien!"

Francesco zog seinen Freund sanft am Ärmel.

„Lassen wir das!"

Sie gingen weiter zum anderen Ufer und überquerten eine vielbefahrene Hauptstraße.

„Wie ist die Geschichte ausgegangen?", fragte Francesco.

„Jenkins ist plötzlich aus dem Nichts heraus aufgetaucht und hat mich bis spät abends im Büro festgehalten. Ich musste mein Handy ausschalten und konnte Jessica noch nicht einmal eine Textnachricht schicken, um den Termin abzusagen."

Francesco deutete auf einen schmalen, steilen Pfad, der in Treppenstufen den Berghang hinauf führte. Eine Weile lang gingen sie schweigend hintereinander her.

„Du brauchst mir nicht zu erzählen, wie Jessica reagiert hat," sagte Francesco, „Es gehört nicht viel Phantasie dazu, sich vorzustellen, was eine Frau empfindet, wenn man sie auf diese Weise versetzt. Was ist seither passiert?"

Ben senkte den Blick.

„Ich bin kopflos durch die Stadt gerannt … und dann nach Wien gefahren … von dort aus habe ich dich kontaktiert!"

„Hast du mit Jessica gesprochen?"

Ben schüttelte den Kopf.

„Wirst sie anrufen?", fragte Francesco.

Ben zuckte mit den Schultern.

„Ich weiß es nicht."

„Warum nicht?"

„Ich habe es versucht. Sie hat aufgelegt. Ich kenne sie. Wenn sie so reagiert, dann meint sie es ernst."

„Das heißt?"

Ben seufzte.

„Vermutlich will sie sich wirklich trennen!"

„Wirst du das akzeptieren?"

„Es bleibt mir wohl nichts Anderes übrig ..."

Francesco schaute ihn scharf an.

„Meinst du das ernst?"

Ben antwortete nicht.

„Vor zwei Tagen noch wolltest du diese Frau heiraten," fuhr Francesco fort, „Und jetzt gibst du einfach so auf, nachdem du sie zuvor schwer verletzt hast?"

„Ich wollte es wieder in Ordnung bringen!", sagte Ben.

Francesco lachte bitter.

„Du denkst, so etwas kann man einfach so wieder in Ordnung bringen. Du denkst, Beziehungen lassen sich reparieren wie Autos oder Computer, alles nur eine Frage des Aufwandes?"

Ben antwortete nicht.

Sie gingen weiter und erreichten eine kleine Plattform unmittelbar über einer fast senkrecht abfallenden Felsenklippe.

Ben spürte sein Herz klopfen und wusste nicht, ob das allein mit der Anstrengung zu tun hatte. Er blieb stehen und hielt sich an dem Geländer fest.

„Seitdem ich dich kenne, bist du ein Kämpfer!", fuhr Francesco fort, „Du hast noch niemals ohne Weiteres aufgegeben!"

„Das hier ist kein Kampf!", sagte Ben leise.

„Nein," antwortete Francesco, „Das hier ist kein Kampf! In ein paar Monaten wird eine Frau ein Kind zur Welt bringen. Dein Kind! Was wirst du tun?"

„Ich werde ... meinen Verpflichtungen selbstverständlich in vollem Umfang nachkommen!"

Francesco boxte ihn in die Seite.

„Deinen Verpflichtungen nachkommen? Indem du Monat für Monat ein bisschen Geld überweist? Oder willst du für dieses Kind ein Vater sein?"

Ben sagte nichts.

„Was hast du getan, um Jessica glücklich zu machen, in all den Jahren, in denen Ihr zusammen ward?"

Ben starrte hinunter in die Tiefe. Francesco zog ihn zurück.

„Bloß nicht auf falsche Gedanken kommen! Hier ist kein Platz für trübe Gedanken!"

Er deutete hinaus, auf die Altstadt zu ihren Füßen, den Fluss und die Berge in der Ferne.

„Du hast Recht," sagte Ben leise, „Dieser Ort ist wunderschön!"

„Hier ist es überall schön," erwiderte Francesco und fuhr fort: „Ab und zu sitze ich hier und male. Am frühen Abend ist das Licht am besten. Morgens geht die Sonne drüben auf der anderen Flussseite über dem Kapuzinerberg auf, das ist auch recht reizvoll, dann hat man die Stadt im Gegenlicht. Aber lass uns weiter gehen ...."

Er drehte sich um und Ben folgte ihm.

Der Weg war schmal und führte direkt am Abhang entlang, an einer Felskante oberhalb der Dächer der Stadt.

Was für Gemälde mögen hier wohl entstanden sein? Ben kannte einige von Francescos Bildern, und er fand sie schrecklich. Dennoch war Francesco als Künstler erstaunlich erfolgreich, was Ben sich gar nicht so recht erklären konnte. Allerdings war das Malen wohl nur eines von mehreren Standbeinen seiner Existenz. Nebenbei organisierte Francesco die verschiedenartigsten Events und war ständig in alle möglichen Projekte involviert. Er hatte einen riesengroßen Bekanntenkreis und ein gigantisches Netzwerk von Kontakten.

„Was ist aus dem Ring geworden?", fragte Francesco, als sie an einer Bank innehielten.

„Magst du ihn sehen?"

Ben zog sein Portmonee heraus. Francesco nahm den Ring vorsichtig in die Hand.

„Ein schönes Stück!", sagte er.

„Magst du ihn behalten?"

„Ich bitte dich! Er ist mehrere tausend Euro wert…"

„Ich brauche ihn nicht mehr."

„Du kannst ihn zurückgeben. Oder verkaufen."

„So einen Ring verkauft man nicht. Den gibt man einem Menschen, den man liebt. Einem Menschen, der einem wichtig ist. Du bist mein Freund. Wenn du etwas damit anfangen kannst, nimm ihn bitte!"

Francesco nahm den Ring an sich.

„Ich nehme ihn in Verwahrung. Vorübergehend. So lange bis du ihn wieder brauchst."

Der Weg führte sie weiter zu einer großzügigen Terrasse. Dahinter war ein eindrucksvolles modernes Gebäude mit einer Fassade aus dunklem Stein.

„Wo sind wir?", fragte Ben.

„Beim Museum der Moderne. Hast du Lust auf Kultur?"

Ben schüttelte den Kopf.

„Eigentlich will ich jetzt nur meine Ruhe …"

Francesco klopfte ihm auf die Schulter.

„Lass uns essen gehen!"

„Mir ist der Appetit vergangen."

„Wenn du gerne verhungern möchtest, ist das deine Sache. Ich für meinen Teil bestehe darauf …"

Ben lachte.

„Schon überredet. Kennst du ein gutes Restaurant?"

„Nichts Leichter als das," sagte Francesco, „Folge mir!"

Sie gingen über einen steilen, verwinkelten Pfad in Treppenstufen hinunter in die Altstadt. Francesco lotste Ben zielsicher durch die engen Gassen, an Gruppen von

Amerikanern und Japanern vorbei in eine versteckte Nebenstraße und betrat ein kleines Lokal. Der Inhaber begrüßte ihn mit Handschlag und brachte unaufgefordert die Speisekarte und gleich eine Karaffe Wein und zwei Gläser.

Nachdem sie ihre Bestellungen aufgegeben hatten, prosteten sie einander zu.

„Wie soll es weitergehen?", fragte Francesco.

„Ich werde nach London fliegen!", sagte Ben.

„Nach London?"

„Jenkins ist nach Hong Kong gereist. Behauptet er. Ende nächster Woche kommt er zurück und spätestens dann müssen wir reden. Ich will die Daten meiner Projekte aus Budapest aufarbeiten, um ihm zu zeigen, was man machen kann."

„Wo wirst du wohnen?"

„Ich habe eine Wohnung in London. Die Firma hat sie für mich angemietet. Ich bin regelmäßig jeden Monat mindestens zwei oder dreimal für mehrere Tage dort."

Francesco schüttelte den Kopf.

„Ich mag London nicht!", sagte er leise.

„Wenn es London nicht gäbe, gäbe es meine Karriere nicht!", sagte Ben.

„Ich weiß. Am Anfang warst du bei einer Unternehmensberatung."

„Nicht bei irgendeiner Unternehmensberatung. Die Wessex Consulting Group ist damals wie heute eine der größten weltweit etablierten Firmen in der Branche."

„Du warst ständig unterwegs."

„So ist es in diesem Geschäft. Von montags bis donnerstags bist du auf dem Projekt ..."

„Was heißt das?"

„Du sitzt in einem stickigen Büroabteil in irgendeiner Firma in irgendeiner langweiligen Stadt und liest Firmenakten. Oder du sprichst mit den Mitarbeitern. Oder du stehst an einem Fließband und beobachtest die Arbeitsabläufe mit der Stoppuhr."

„Hört sich nicht nach Glamour an."

„Es ist harte Arbeit."

„Du warst schon immer ein Workaholic."

„Sarah war besser."

„Warst du glücklich mit ihr?"

„Offiziell waren wir ja nie zusammen."

„Warum nicht?"

„Wir haben es geheim gehalten. Niemand durfte davon wissen, vor allem die anderen Kollegen nicht."

„Was wäre dabei gewesen? Ihr ward beide jung und ungebunden!"

„Die Firma sah es nicht gerne, wenn zwei Mitarbeiter einander zu nahe kamen."

„Wer hart arbeitet, soll auch seinen Spaß haben!"

„Spaß zu haben war nicht das Problem. Über Affären haben sie hinweg gesehen. Das war ihnen egal. Aber sobald die Angelegenheit ernsthafter wurde, musste einer von beiden den Hut nehmen."

„Hast du sie geliebt?"

Ben schwieg lange.

„Keiner von uns beiden wollte auf die Karriere verzichten", sagte er schließlich.

„Das ist keine Antwort auf meine Frage!", insistierte Francesco.

Ben seufzte.

„Die Sache war irgendwann zu Ende. Wir sind Freunde geblieben."

„Ihr beide habt Karriere gemacht."

Ben wurde ein wenig rot.

„Es war immer ein Wettstreit zwischen Sarah und mir. Wer von uns beiden wurde eher befördert? Zunächst vom einfachen Berater zum Senior Consultant: Da war Sarah schneller. Ein paar Jahre später zum Managing Consultant:

Auch da hat Sarah mich wieder geschlagen. Aber die Partnerschaft haben sie dann mir zuerst angeboten."

„Du hast sie nicht angenommen."

„Ich hatte ein besseres Angebot."

„Wohin das geführt hat, wissen wir jetzt."

„Niemand in der Branche hätte ein Angebot von Goldstein & Liebman abgelehnt. Die waren damals wie heute eine der allerersten Adressen im Private-Equity-Business."

„Was ist aus Sarah geworden?"

„Sie ist im Consulting-Geschäft geblieben. Inzwischen ist sie Partnerin bei der Wessex Consulting Group."

„In London?"

„Nein. Sie ist in Europa unterwegs. In München, wenn ich mich nicht irre. Glaube ich zumindest."

Der Kellner brachte die bestellten Speisen.

„Wann wirst du nach London fliegen?", fragte Francesco.

Ben zuckte mit den Schultern.

„Ich weiß es noch nicht."

„Du hast keinen Flug gebucht?"

Ben schüttelte den Kopf.

„Vielleicht solltest du wirklich Urlaub nehmen!"

„Ich glaube nicht, dass ich in der Stimmung bin, mich an den Strand zu legen zu können."

„Darum geht es nicht. Du sollst dir eine Auszeit nehmen. Oder ein Sabbatical, um in deiner Sprache zu sprechen!"

„Wie meinst du das?"

„Du brauchst Zeit zum Nachdenken."

„Nachdenken worüber?"

Francesco lachte.

„Das musst du selbst wissen!"

„Und wo soll ich das tun?"

„Auch das ist deine eigene Entscheidung! Die ganze Welt steht dir offen. Du könntest den nächstbesten Flieger nehmen!", sagte er.

„Wohin?", fragte Ben.

„Du hast die freie Auswahl!"

Ben sagte nichts.

"...oder setz dich in irgendeinen Zug ...," fuhr Francesco fort.

Ben unterbrach ihn.

„Ich hasse Eisenbahnen!"

„Nimm dein Auto!"

„Das steht in Budapest. Die Schlüssel hat Jessica. Ich werde den Teufel tun, sie jetzt aus diesem Grund anzurufen!"

„Gut. Dann besorg dir einen Leihwagen. Oder kauf ein neues Auto. Geld genug hast du!"

Ben schüttelte den Kopf.

„Ich habe vorgestern meinen Job, meine Frau und meine Wohnung verloren!"

Francesco räusperte sich.

„Gönn dir etwas!", sagte er, „Fang etwas Neues an. Und erzähl mir nicht, dass du es dir nicht leisten kannst!"

Ben nahm einen kleinen Schluck Wein. Francesco legte seine Hand auf Bens Unterarm.

„Ich mache dir einen Vorschlag: Lass uns gemeinsam aufs Land hinausfahren. Ich zeige dir mein Atelier. Wir können eine Flasche Wein trinken und…"

Ben schüttelte den Kopf.

„Ich fliege nach London und kläre die Sache mit Jenkins."

Francesco sah ihn schweigend an.

„Anders finde ich keine Ruhe!", fuhr Ben fort, „Ich muss wissen, wie es weitergeht. Den Kopf in den Sand zu stecken, ist die Schlechteste aller Möglichkeiten!"

„Das heißt?"

„Ich mache mich morgen auf den Weg!"

Francesco seufzte.

„Wie du meinst!"

Ben beugte sich nach vorn.

„Das verstehst du doch?", sagte er eine Spur zu schnell.

Francesco wich zurück.

„Ich habe meinen Vorschlag gemacht!", sagte er.

„Dazu fehlt mir die Ruhe!"

Er legte sein Besteck aus der Hand und tupfte sich mit der Serviette den Mund ab. Der Kellner kam und nahm das Geschirr.

„Lass uns heute Abend ins Theater gehen!", schlug Francesco vor, „Oder etwas anderes unternehmen."

Ben schüttelte den Kopf.

„Ich habe noch Einiges zu erledigen!", sagte er, „Ich werde mich jetzt auf mein Hotelzimmer zurückziehen."

Francesco runzelte die Stirn.

„Ich dachte, wir könnten noch ..."

Ben atmete tief ein und aus.

„Nein. Francesco, es war schön, dich getroffen zu haben, aber jetzt will ich alleine sein."

„Du brauchst mich nicht mehr?"

Ben überhörte den enttäuschten Unterton.

„Versteh mich nicht falsch, Francesco, aber ..."

Francesco stand auf.

„Du wirst tun, was du für richtig hältst.", sagte er, „Wenn du mich brauchst, bin ich für dich da. Du hast meine Telefonnummer. Du weißt, wie du mich erreichen kannst."

„Danke, du bist ein echter Freund!"

Ben wollte ebenfalls aufstehen, aber Francesco schob ihn mit sanftem Druck wieder auf seinen Stuhl.

„Gewöhne dich daran, Zeit zu haben."

Er winkte dem Kellner und steckte ihm einen Geldschein zu.

„Lass mich bezahlen!", rief Ben, aber Francesco lachte, drehte sich um und entschwand.

Ben sah ihm hinterher und fühlte sich unwohl.

Er holte sein Smartphone hervor und schaute nach Emails.

Keine Nachricht von Jenkins. Nichts Neues vom Büro. Auch nicht von Jessica. Warum auch?

Er schlug das Adressverzeichnis auf und fand die Kontaktdaten verschiedener Headhunter. Dann entdeckte er Sarahs Eintrag. Ob ihre Daten noch stimmten?

Er schrieb ihr eine kurze Nachricht, dann steckte er das Telefon weg, stand auf und bezahlte. Den Wein ließ er stehen.

Er ging zum Hotel zurück, begab sich auf sein Zimmer und klappte den Laptop auf. Als Erstes buchte er einen Flug nach London, gleich morgen früh. Dann ging er die Firmenunterlagen durch.

Wenn man den zugegebenermaßen beachtlichen Verlust durch Gewinne aus anderen Bereichen kompensieren und an gewissen Punkten gezielt Einsparungen machen könnte, dann sahen die Zahlen gleich weniger dramatisch aus. Es gab durchaus vielversprechende Projekte, die man rasch in die Gewinnzone bringen könnte, falls es ihm gelingen sollte, den Vorstand zu überzeugen.

Ben erstellte eine Präsentation und schickte sie per Email an Jenkins.

Schon wenige Minuten später bekam er eine Antwort:

„Schöne Arbeit! Wie besprochen sind Sie bis auf Weiteres von allen Aufgaben und Verpflichtungen freigestellt! Bis Ende August bin ich nicht erreichbar. Melden Sie sich anschließend und vereinbaren Sie einen Termin!"

Ben hatte ein flaues Gefühl. Die Botschaft war klar: Jenkins wollte keinen Kontakt. Ben war für ihn uninteressant geworden. Vielleicht sogar lästig.

Er stand auf und ging im Zimmer auf und ab.

Erst stornierte er den Flug.

Anschließend kontaktierte er mehrere Headhunter.

Dann dachte er an Francesco.

Er hatte ihn wirklich nicht nett behandelt. Also schrieb er eine Nachricht: „Entschuldigung!"

Die Antwort kam postwendend: „Angenommen!"

Ben atmete auf. Francesco war niemals für längere Zeit ernsthaft eingeschnappt. Kurzentschlossen rief Ben ihn an.

„Treffen wir uns morgen?", fragte er.

„Gerne, wenn du magst!", antwortete Francesco.

„Wann?", fragte Ben.

„Ruf mich an, sobald du wach bist!", sagte Francesco, „Und wenn ich noch irgendetwas für dich tun kann, lass es mich wissen!"

Ben zögerte eine Sekunde.

„Kannst du mir einen fahrbaren Untersatz besorgen?"

Francesco lachte.

„Das ist die leichteste Übung!", sagte er.

Sie beendeten das Gespräch und Ben merkte, dass er mit einem Male ganz viel Zeit hatte.

4.) Chiemsee

Am folgenden Morgen - es war Montag - wachte Ben zeitig auf. Nach dem Frühstück packte er seine Sachen zusammen und rief Francesco an.

„Treffen wir uns?", fragte er.

„Gerne. Vorausgesetzt, dir liegt wirklich daran!"

Ben war irritiert.

„Also, wenn es dir nicht passt ..."

„Das habe ich nicht behauptet. Ich möchte mich lediglich vergewissern, dass du es ernst meinst!"

„Was soll die Frage? Natürlich will ich dich treffen."

„Gut. Bist du reisefertig?"

„Jederzeit."

„In Ordnung. Ich hole dich im Hotel ab."

Francesco unterbrach die Verbindung.

Ben begab sich in die Lobby. Eine Viertelstunde später war Francesco da.

„Nimm dein Gepäck mit!", sagte er knapp.

Ben bezahlte die Rechnung und checkte aus. Gemeinsam traten sie hinaus auf die Straße.

„Wohin gehen wir eigentlich?", fragte Ben.

Statt zu antworten, griff Francesco in seine Jackentasche und holte einen Autoschlüssel hervor.

Ben schaute ihn fragend an.

„Was ist das?"

„Hast du mich gestern nicht darum gebeten, dir einen fahrbaren Untersatz zu besorgen?"

Ben riss die Augen auf.

„Wie um alles in der Welt hast du ...?"

Francesco zog die Augenbrauen hoch.

„Schau dir den Wagen erst einmal an!"

Ben runzelte die Stirn.

„Wo steht er denn?"

Francesco drückte auf den Schlüssel. Auf der anderen Straßenseite schräg gegenüber blinkten zwei Scheinwerfer auf. Sie gehörten zu einem schwarzen Sportwagen, der völlig schief eingeparkt im Halteverbot stand.

„Ich hoffe, die Karre ist nach deinem Geschmack!"

Hastig überquerte Ben die Straße.

„Donnerwetter!", sagte er und stemmte die Hände in die Hüften, „Wo hast du den denn aufgetrieben?"

„Das ist nicht schwierig, wenn man die richtigen Leute kennt!"

Ben ging langsam um den Wagen herum. Andächtig streichelte er die Motorhaube.

„Weißt du überhaupt, was das für ein Fahrzeug ist?"

Francesco zuckte mit den Schultern.

„Vorne ist ein Stern drauf. Also gehe ich mal davon aus, dass es sich um einen Mercedes handelt!"

Ben lächelte.

„Vor dir steht ein Mercedes SL," sagte er leise, „Ein Traumwagen, wenn du mich fragst!"

Francesco machte eine gleichgültige Handbewegung.

„Alles, was ich sagen kann, ist: Das ist eine verdammt unpraktische Kiste!"

Ben holte tief Luft. Er war jetzt am Heck und ging in die Hocke.

„Das Typenschild ist natürlich entfernt!", sagte er.

„Warum ist es so natürlich, dass man das Typenschild entfernt?", fragte Francesco.

„Das macht man so. Der Kenner weiß, um was für ein Modell es sich handelt. Und alle anderen brauchen es nicht zu wissen."

„So? Und um was für ein Gefährt handelt es sich?"

„Ein R230. Nicht älter als fünf oder sechs Jahre. Immer noch die aktuelle Version. Doppelauspuff und AMG-Modifikation … ich nehme an, eine Fünf-Liter-Maschine. Hab ich Recht?"

Francesco runzelte die Stirn.

„Was ist eine Fünf-Liter Maschine?"

Ben lächelte.

„Ein Aggregat mit fünftausend Kubikzentimetern Hubraum."

Francesco atmete hörbar aus.

„Woher soll ich das wissen? Ich sehe nur, dass dieses Ding einen ziemlich großen Motor hat, aber nur zwei Sitze. Wer braucht so etwas?"

„Hör auf zu nörgeln, Francesco. Dieses Auto ist mindestens hunderttausend Euro wert!"

„Als Neuwagen vielleicht. Aber das hier ist eine alte Kiste. Der hat seine zweihunderttausend Kilometer auf dem Tacho."

„Was hast du mit dem Wagen vor?"

Francesco lachte.

„Ich? Gar nichts. Ich habe diesen Schlitten für dich besorgt."

Er warf Ben den Schlüssel zu.

„Du kannst ihn für ein paar Wochen haben, wenn du möchtest. Du kannst ihn auch kaufen: Der Besitzer will ihn ganz dringend loswerden. Aber da wäre ich vorsichtig, denn der Typ ist ein Schlitzohr!"

Ben öffnete den winzigen Kofferraum und verstaute sein Gepäck.

„Siehst du, so gut wie gar kein Platz!", sagte Francesco, „Stattdessen säuft die Karre eine Menge Sprit!"

„Das ist ein Sportwagen, Francesco, keine Familienkutsche!"

„Was ist daran Besonderes? Vier Räder und ein Haufen Blech. Ein Mittel zum Zweck, um von A nach B zu kommen."

„Bei so einem Auto geht es nicht darum, von einem Ort zum anderen zu gelangen."

Ben lächelte immer noch.

„Manchmal ist eben auch der Weg das Ziel!", fügte er hinzu.

Francesco nickte nachdrücklich. Fast so, als habe er auf einen derartigen Satz gewartet, dachte Ben und fuhr fort: „So ein Auto, das ist eine Philosophie ..."

Francesco unterbrach ihn.

„Jetzt halte deine Begeisterung im Zaum und steig endlich ein!"

Ben nahm auf dem Fahrersitz Platz und steckte den Zündschlüssel ein. Francesco setze sich auf die Beifahrerseite.

„Wohin fahren wir?", fragte er.

Francesco lächelte.

„Diese Entscheidung überlasse ich dir!", sagte er.

Ben stieß ihn in die Seite.

„Warum tust du so geheimnisvoll? Du hast doch mit Sicherheit einen Plan!"

Anstatt zu antworten, betätigte Francesco einen Schalter in der Mittelkonsole. Das Dach des Wagens hob sich mit leichtem Surren, schwenkte nach hinten und verschwand unterhalb des Kofferraumdeckels. Francesco setzte eine Sonnenbrille auf und betätigte einen weiteren Schalter am Türrahmen, woraufhin sich der Ledersitz in eine bequeme halbliegende Position verschob.

„Am Anfang eines jeden Weges steht die Ungewissheit.", sagte er.

„Du sprichst in Rätseln!", seufzte Ben, „Und du hast wirklich keinen Vorschlag?"

„Den habe ich dir gestern bereits gemacht. Du erinnerst dich, dass ich dir mein Atelier zeigen wollte?"

„Gut, dann tun wir das. Wo ist das und wie kommen wir dahin?"

„Es sind etwa fünfzig Kilometer. Fahren wir über die Landstraße! Die Strecke ist schöner als die Autobahn und du sparst dir den Stau.!"

Ben schielte auf das Display des Navigationssystems.

„Lass mich das machen!", sagte Francesco und fummelte mit den Drehschaltern herum, bis schließlich eine Computerstimme verkündete, dass die Route jetzt berechnet würde.

Ben drehte den Zündschlüssel herum und der Motor sprang sanft-blubbernd an.

Ben zog den Automatik-Schalthebel vorsichtig nach hinten, gab ein wenig Gas und lenkte das Fahrzeug auf die Straße.

„Du hast deine Richtung noch nicht gefunden!", sagte Francesco.

„Wie meinst du das?", fragte Ben.

„Die Route ist berechnet!", schnarrte die Computerstimme aus dem Navigationssystem.

„Du wirst noch eine Weile brauchen!", sagte Francesco.

Sie überquerten die Salzach. Links von ihnen war die Altstadt mit dem Panorama der Festung und den Bergen dahinter.

„Wozu werde ich noch eine Weile brauchen?", fragte Ben.

„Ich rede von deinen Plänen!", sagte Francesco.

„Was ist mit meinen Plänen?"

„Hast du welche?"

Ben sagte nichts. Er musste sich konzentrieren um zwischen den Bussen, Lastwagen und Zweirädern seinen Weg zu finden. Unmittelbar vor ihm kreuzte ein Radfahrer die Straße, ohne sich umzuschauen. Ben trat auf die Bremse.

„Hast du Pläne?", wiederholte Francesco.

Ben hielt vor einer roten Ampel.

„Was für Pläne?", fragte er, „Pläne für den Rest meines Lebens?"

Er lachte kurz und bitter.

Die Ampel schaltete auf Grün. Die Computerstimme verlangte, bei der nächsten Gelegenheit nach links abzubiegen. Dann kam eine Baustelle mit einer Umleitung und fast hätte Ben trotz Computerstimme die falsche Richtung genommen.

Francesco lächelte.

„Ich spreche von den nächsten Tagen. Ich meine: Wo wirst du deinen Urlaub verbringen?"

„Das ist kein Urlaub!"

„Sondern?"

Ben schwieg. Er navigierte den Sportwagen weiter durch die Stadt, bog mehrmals ab und gelangte auf eine breite Ausfallstraße.

„Dies ist das erste Mal in meinem Leben, dass ich aufs Abstellgleis geschickt werde!", sagte er.

Francesco ließ den rechten Arm nach draußen hängen.

„Wieso Abstellgleis?", fragte er.

Als Ben nicht antwortete, fuhr er fort:

„Du kannst jetzt Gas geben und einfach weiter fahren, über die Alpen hinweg nach Italien, ans Mittelmeer ..."

Er nahm die Sonnenbrille ab.

"... oder in die Schweiz und weiter nach Frankreich ... wohin auch immer du willst!"

Ben gab Gas und fuhr deutlich schneller als notwendig.

„Sei vorsichtig!", sagte Francesco, „Hier wird manchmal geblitzt!"

Ben antwortete nicht und erhöhte die Geschwindigkeit noch weiter. Nachdem sie mehrere Gewerbegebiete und den Flughafen passiert hatten, führte die Landstraße schnurgeradeaus über freies Feld direkt auf die Berge zu, dann durch ein Wäldchen und über einen Hügel. Sie hatten die Stadt hinter sich gelassen und überquerten die Grenze nach Bayern.

„In zwei Wochen muss ich in London sein!", sagte Ben.

„Wo ist das Problem?"

Ben lachte.

„Du hast Recht: Es gibt kein Problem!"

„Also?"

Francesco streckte seine Hände nach oben.

„Dieser Wagen schafft locker zweihundertfünfzig Kilometer in der Stunde!", sagte Ben, „Wenn wir jetzt auf die Tube drücken, können wir heute Abend bei der Queen zum Tee vorbei schauen!"

„Was hält dich davon ab, das zu tun?"

In Bad Reichenhall machten sie Pause. Von dort ging es über die deutsche Alpenstraße unmittelbar an den ersten Felsenbergen entlang, dann wieder nach Norden durch sanfthügelig-grüne Voralpenlandschaft. Nach einer halben Stunde bogen sie in einen Feldweg ein, an einem alten Bauernhaus vorbei und parkten vor einer geräumigen Scheune.

„Wo sind wir?", fragte Ben.

„In einer Art Künstlerkommune!", erklärte Francesco, „Es ist ein Projekt, an dem ich einen kleinen Anteil habe. Wir planen eine Ausstellung."

„Zu einem bestimmten Thema?"

„Komm herein und schau selbst!"

Sie stiegen aus und betraten das Gebäude durch eine Seitentür.

Drinnen roch es nach Terpentin und Farbe. Auf mehreren Staffeleien standen halbfertige Gemälde. Die meisten waren riesengroß und in lebhaften Farben gehalten.

Ben erinnerte sich an das Machwerk, welches Francesco ihm vor ein paar Jahren verehrt hatte: eine nackte Frau mit schmerzverzerrtem Gesicht vor einer Trümmerlandschaft. Nur mit viel Mühe war es ihm gelungen, diese monströse Geschmacklosigkeit durch die Tür seiner Londoner Junggesellenwohnung zu schaffen und dort gab es nur eine einzige Wand, die groß genug war für diese vier Quadratmeter Weltuntergang in Öl: im Wohnzimmer direkt über dem Sofa.

Nun hatte Ben absolut keine Lust, sich allabendlich in seinem Wohnzimmer von einer nackten Frau mit schmerzverzerrten Gesicht beobachten zu lassen, geschweige denn, den Platz über dem Sofa mit einer Weltuntergangs-Trümmerlandschaft zu verschandeln.

Wohin also mit dem Monstrum?

Viel Stauraum hatte er nicht.

Keller oder Dachboden? Fehlanzeige! Unters Bett passte das Ding auch nicht. Letztendlich fristete es sein Dasein dann hinter dem Kleiderschrank.

Kurz darauf erzählte Francesco ihm stolz, dass er soeben ein ähnliches Bild für zehntausend Pfund verkauft hatte. Ein Anderes war im Katalog eines Auktionshauses sogar mit fünfzehntausend ausgezeichnet.

Nachdenklich betrachtete Ben die ausgestellten Bilder. Diese hier waren nicht ganz so schlimm, es waren weder nackte Frauen noch Weltuntergänge zu sehen. Die Motive wiederholten sich: Oft waren es wild-dramatische Landschaften und Meeresszenen. Manche waren realistisch, andere hingegen abstrakt und wirr-verfremdet.

Ben hielt inne und musterte eines davon genauer: eine Naturdarstellung in dunklen, gedeckten Farben. Dort, wo man die Sonne vermuten würde, prangte ein schwarzer Fleck.

„Magst du mir erklären, worum es hier geht?", fragte er.

„Du siehst eine Sonnenfinsternis", antwortete Francesco, rieb sich das Kinn und fuhr fort: „Ein starkes Symbol: Ein Schatten aus dem Weltall, der über die Erde wandert …"

Ben runzelte die Stirn. Francesco sprach weiter: „… Vorboten für dräuendes Unheil und Katastrophen! So hat man früher gesagt. Vielleicht hast du gehört, dass es vorgestern wieder einmal so weit war."

Ben zog die Augenbrauen hoch.

„Mein Bedarf an Katastrophen ist bis auf Weiteres gedeckt!"

Francesco räusperte sich.

„Keine Angst, ich bin ein aufgeklärter Mensch. Ich glaube nicht an Astrologie und auch nicht an Kaffeesatzleserei. Aber ich mag Symbole. Schau her!"

Er deutete auf eine andere Leinwand. Sie zeigte ein einsames Boot auf einem sturmgepeitschten Meer, über welchem sich dramatisch-wilde Wolkenberge türmten.

„Was ist das?"

„Ein Märchen. Eine Sage. Eine Art Variation der Geschichte von Atlantis, wenn du so willst!"

Ben schüttelte den Kopf.

„Das verstehe ich jetzt nicht."

„Du wirst es verstehen lernen. Alles zu seiner Zeit!"

Ben musste lächeln.

„Magst du mir nicht trotzdem ein wenig erklären…?"

„Da gibt es gar nicht viel zu erklären. Vor langer Zeit, so geht die Legende, gab es ein Volk, welches in einem Land am Rand des Meeres lebte. Eines Tages verdunkelte sich die Sonne, dann bebte die Erde und das Land versank in den Fluten."

Ben schaute ihn fragend an.

„Von welchem Land redest du?"

„Das tut nichts zur Sache. Solche Dinge passieren. Auch heute noch. Es gibt furchtbare Katastrophen und es gibt Legenden. Jedes Land hat seine Geschichten!"

„Warum interessierst du dich für Katastrophen?"

„Mich interessiert nicht die Katastrophe. Mich interessiert das, was nach der Katastrophe geschieht. Nach den meisten Katastrophen gibt es Überlebende. Wie die Menschen in diesem Boot: Sie brechen auf zu neuen Ufern. In der Zerstörung liegt der Kern des Neuanfanges. Komm, ich möchte dir noch ein Bild zeigen!"

Rasch schritt er in die entgegengesetzte Ecke des Raumes und deutete auf ein weiteres Gemälde.

Das Bild zeigte eine Wüstenlandschaft mit harten Kontrasten. Hier gelbe und rote, dort schwarze und graue Töne. Am Himmel stand eine grelle, gnadenlos brennende Sonne.

„Was willst du damit ausdrücken?"

„Licht und Schatten. Auch die Sonne hat zwei Qualitäten. Sie kann Leben schaffen und zerstören."

„Eine Binsenweisheit!", erwiderte Ben.

Francesco räusperte sich.

„Ich will dir eine Geschichte erzählen!"

Er bugsierte Ben in einen Nebenraum, wo sich eine kleine Küchenzeile befand. Dort holte er eine Flasche Wein hervor, dazu zwei Gläser und einen Korkenzieher. Dann schob er Ben durch eine Seitentür nach draußen.

Sie fanden sich auf einer kleinen Terrasse wieder, inmitten eines verwilderten Gartens voller Wiesenblumen, Stauden, Sträuchern und Weinreben. Auf Steinfliesen standen ein kleiner Tisch und zwei hölzerne Klappstühle.

Sie setzten sich.

Francesco öffnete die Flasche und schenkte beiden ein.

Sie stießen an. Francesco nahm einen Schluck, schloss die Augen und atmete hörbar aus.

„Was willst du mir erzählen?", fragte Ben.

Francesco trank einen weiteren Schluck, setzte das Glas ab und öffnete die Augen wieder.

„Diese Geschichte ..."

Er zögerte.

„Es ist schon Weile her. Ein paar Jahre ..."

Er schaute in eine unbestimmte Ferne.

„...Ich war zu Hause. Auf Besuch ..."

Francescos Vater war Italiener, hatte aber einen britischen Pass. Seine Mutter kam aus Griechenland. Francesco selbst hatte ja den größten Teil seiner Jugend gemeinsam mit Ben in diesem Schweizer Internat verbracht. Was also war sein zu Hause? Von welchem Land sprach er?

Francesco bemerkte Bens Blick und lächelte.

„Unten im Süden," sagte er, „Du weißt schon!"

Ben nippte an seinem Glas. Er wusste noch immer nicht, ob Francesco von Italien oder von Griechenland sprach.

„Es war im August," fuhr Francesco fort, „Hochsommerliche Hitze. Unerträglich heiß."

Er machte eine Pause.

„Ich habe mir ein Boot geliehen und bin zu dieser Insel hinüber gefahren. Eine sehr kleine Insel. Als Kind waren wir öfters dort. In der Mitte befand sich ein schattiger Hain aus Steineichen, Oliven- und Zitronenbäumen. Dort standen auch ein paar Häuser: ein winziges Dorf. Nur wenige Bauern lebten dort. Als Kinder haben wir da zwischen den Bäumen gespielt. Es war wie ein kleines Paradies. Seither habe ich diesen Ort nie wieder aufgesucht. Und jetzt bin ich wieder hergefahren, ganz allein."

Francesco seufzte schwer.

Ben schaute ihn an.

„Und?"

„Wart's ab!"

Francesco schenkte Wein nach, nahm sein Glas, prostete Ben zu und trank einen tiefen Schluck.

„Ich ging an Land. Es gibt nur eine einzige Stelle, wo man an Land gehen kann. Der Steg war morsch und sah aus, als sei er schon seit Jahren nicht mehr benutzt worden. Der Pfad, der von dort landeinwärts führt, war von Dornengestrüpp überwuchert. Es war völlig still."

Francesco hielt inne und schaute Ben an.

„Ich hätte Hundegebell erwartet.", fuhr er fort, „Schafe, Ziegen, irgendwas. Aber da war nichts. Gar nichts. ... Ich ging weiter und fand das Dorf nicht. Dabei kann man sich auf dieser winzigen Insel gar nicht verlaufen! Doch ich fand nichts: gar nichts, nur kniehohes Dornengestrüpp. Ich erreichte eine Anhöhe und hielt inne, um Atem zu schöpfen!"

Francesco trank einen Schluck.

„Nur Grillen zirpten. Ab und zu brummte eine dicke Fliege vorbei. Eine Eidechse zischte unter einem Stein hervor und verschwand unter dem nächsten Dornbusch. Ich war völlig außer Atem. So einen Fußmarsch in der Mittagshitze war ich nicht gewöhnt."

Er seufzte.

„Ich schaute mich um. Dieser Hügelrücken, das Dornengestrüpp, Felsen, weiter unten der Strand ... Braun in braun, von der Sonne verbrannt. Nirgendwo Schatten. Ich setzte mich auf einen Felsen."

Francesco machte eine weitere Kunstpause.

„Und dann?", fragte Ben.

„Und dann entdeckte ich etwas. Da waren ein paar Mauerreste. Ich hatte sie zunächst für einfache Steinhaufen gehalten und nicht weiter beachtet, aber plötzlich wurde mir klar, dass dies Überreste von Gebäuden waren. Sie waren kaum noch zu erkennen, aber bald war mir klar, dass genau hier einmal das Dorf gewesen sein muss. Das Paradies meiner Kindheit. Es existierte nicht mehr. Alles, was übrig geblieben war, waren diese Trümmer. Es gelang mir noch nicht einmal, mir aus der Erinnerung heraus vorzustellen, wie es früher einmal ausgesehen hatte!"

Francesco vergrub das Gesicht in den Händen.

„Wie ist es weitergegangen?", fragte Ben.

„Es war ein Alptraum", sagte Francesco, „ich fühlte mich plötzlich wie der Held einer antiken Tragödie."

Er schaute auf und seine Augen waren glasig.

„Die Hitze wurde mit jeder Minute unerträglicher. Ich hatte Durst. Ich griff in meinen Rucksack, suchte nach der Wasserflasche und erschrak: In meiner Nachlässigkeit hatte ich sie auf dem Festland vergessen.

Ich stand auf. Und ich wusste nicht ... war es der Durst? War es die Hitze oder war es Angst? Ich ging immer schneller. Ich stolperte, fiel zu Boden, raffte mich wieder auf und rannte weiter. Die Zunge klebte am Gaumen. Ich wollte weg. Weg aus dieser mörderischen Mittagssonne. Endlich erreichte ich das Boot, startete den Motor und fuhr zum Festland zurück!"

„Was war passiert?", fragte Ben.

„Das habe ich kurz darauf erfahren", berichtete Francesco. „Zwölf Jahre zuvor hatte es ein Erdbeben gegeben. Aber schon damals hatte kaum noch jemand dort gelebt. Nur ein paar Alte. Die hatten kein Geld, um die Schäden zu reparieren, also hat man alles abgerissen. Die Alten hat man in ein Heim auf dem Festland verfrachtet."

Francesco schwieg.

„Was willst du mir mit der Geschichte sagen?", fragte Ben.

Francesco schüttelte den Kopf.

„Ich weiß es nicht!", sagte er, „Ich weiß es wirklich nicht."

„Warum erzählst du sie mir denn dann?"

Ben gewann allmählich den Eindruck, dass Francesco nicht mehr alle Tassen im Schrank hatte.

„Weil ich glaube, dass es passt."

„Du meinst, ich bin genauso kaputt und abgebrannt?"

Francesco lachte dröhnend.

„Darüber wollen wir jetzt nicht diskutieren!"

Er trank sein Glas aus und stand auf.

„Gehen wir!", sagte er.

Ben stellte sein noch fast volles Glas zurück.

„Wohin?"

Francesco nahm Flasche und Gläser und brachte Beides zurück in die Küche.

„Ich lade dich zum Essen ein!"

„Zum Essen? Wohin?"

„In ein kleines Lokal am See. Nicht weit von hier!"

Sie stiegen wieder ins Auto.

Francesco gab die Richtung an und Ben folgte seinen Anweisungen. Es ging über kurvige Nebenstraßen, über Hügel, an kleinen Dörfern vorbei, durch Wälder und bald hatte Ben die Orientierung komplett verloren. Er wusste nicht, wohin sie fuhren, aber es war ihm egal. Er wusste, dass er Francesco vertrauen konnte.

Sie erreichten den Chiemsee und Francesco dirigierte Ben zu einem von Pappeln umgebenen Parkplatz. Jenseits des anderen Ufers schimmerten die Berge im milden Nachmittagslicht.

Ben und Francesco gingen ein paar Schritte am Wasser entlang und gelangten nach kurzem Weg zu einem Gartenlokal. Das Essen war vorzüglich und nachher saßen sie in Liegestühlen direkt am Wasser und genossen noch einen Drink.

„Ich verstehe noch immer nicht, was du mir mit dieser Geschichte vorhin sagen möchtest!", meinte Ben und merkte, dass er inzwischen schon arg angetrunken war.

Francesco zog die Augenbrauen hoch.

„Gefällt sie dir etwa nicht?"

Ben musste lächeln.

„Francesco, seitdem ich dich kenne, tust du selten etwas ohne Grund!"

Francesco nahm genießerisch einen Schluck aus seinem Glas.

„Es hat mit der Vertreibung aus dem Paradies zu tun!", sagte er.

„Wie bitte?"

Francesco verdrehte gespielt theatralisch die Augen.

„Genesis Kapitel zwei. Du erwartest nicht, dass ich dir Nachhilfeunterricht in Bibelkunde gebe?"

„Seit wann interessierst du dich für die Bibel?"

Solange Ben denken konnte, war Francesco der größte Ketzer aller Zeiten. Alles, was auch nur im Entferntesten nach religiösem Dogma aussah, hatte er stets gnadenlos in Frage gestellt.

„Ich habe nicht behauptet, dass ich mich für die Bibel interessiere. Aber der Mythos von der Vertreibung aus dem Paradies hat mich immer schon fasziniert."

„Warum?"

„Das Thema beeindruckt mich, weil es in vielen Kulturen in unterschiedlichen Formen immer wieder auftaucht!"

„Geschichten sind Schall und Rauch."

„Nein, die meisten alten Sagen haben einen realen Hintergrund. Die Vertreibung aus dem Garten Eden zum Beispiel beschreibt eine Klimaveränderung gegen Ende der letzten Eiszeit."

„Also doch Bibelkunde!"

Francesco machte eine wegwerfende Handbewegung.

„Nun, wir können auch ein profaneres Beispiel nehmen, etwa den Untergang von Atlantis."

„Was interessiert dich daran?"

„Es gibt viele Siedlungen, welche aus den verschiedensten Gründen von ihren Bewohnern aufgegeben wurden. Kleine Dörfer, große Städte oder sogar ganze Landstriche. Oft ist der eigentliche Hintergrund dabei völlig langweilig und ganz banal. So wie die Sache, die ich dir vorhin erzählt habe. Trotzdem haben mich solche Geschichten immer fasziniert."

„Ich verstehe noch immer nicht so recht, warum."

„Inseln verschwinden von der Landkarte. Menschen verlieren ihre Heimat. Was geschieht anschließend, also nach der Katastrophe? Überlebende werden zu heimatlosen Reisenden, verflucht, von einem Ort zum Anderen zu ziehen, über Generationen und Jahrhunderte hinweg."

Ben musste sich konzentrieren.

„Du sprichst von Nomadenvölkern? Von Zigeunern – ich meine Sinti oder Roma? "

„Nein, du verstehst das falsch. Es geht nicht darum, wo diese Menschen herkommen. Es geht darum, wohin sie gehen. Auf ihren Wanderungen haben sie Vieles gelernt. Sie haben geschaut, was sich rechts und links ihres Weges befindet. Sie sind weise geworden. Sie werden um Rat gefragt."

Ben musste lachen.

„So etwas wie Unternehmensberater? Das ist eine interessante Feststellung. Im Consulting-Business ist man in der Tat oft zu einem nomadischen Lebensstil gezwungen!"

Francesco lächelte und schwieg eine Weile.

„Man sagt dem fahrenden Volk alles Mögliche nach. Manch einer hat sich als Wahrsager den Lebensunterhalt verdient. Wer weiß, vielleicht waren die gar nicht so dumm."

„Was willst du mir sagen?"

Francesco schaute Ben lange an.

„Es gibt da ein Märchen, eine Sage, welche ich als Kind gehört habe und die mich seither nicht mehr losgelassen hat. Es geht um Reisende. Sie wandern durch die Welt und suchen etwas. Aber was?"

Francesco machte eine Kunstpause.

Ben zuckte mit den Schultern.

„Gold? Silber? Edelsteine?"

Francesco trank einen Schluck, dann schüttelte er den Kopf.

„Weder Gold noch Silber. Sie suchten nach anderen Dingen. Vielleicht nach neuen Erkenntnissen. Vielleicht nach Weisheit. Vielleicht nach Vollkommenheit. Auf jeden Fall suchten sie. Und sie suchen immer noch. Sie suchen und sie reisen. Sie reisen nicht immer gemeinsam, aber sie stehen miteinander in Verbindung. Sie erkennen einander. Manchmal gehen sie ein Stück Weges miteinander, dann trennen sie sich. Sie helfen und unterstützen einander. Wie Brüder und Schwestern. Oder einfach nur wie gute Freunde."

„Was ist an der Geschichte originell?"

„Diese Menschen haben ein gemeinsames Ziel. Sie haben geschworen, einander beizustehen auf der Suche nach eben diesem Ziel."

„Du sprichst von einer Verschwörung?"

„Ist es eine Verschwörung, wenn gute Freunde, Brüder und Schwestern, einander beistehen?"

„Du redest vom Mittelalter, von einer fernen Vergangenheit?"

„Wie bei vielen Sagen, so heißt es auch in dieser Geschichte: und wenn sie nicht gestorben sind, so leben sie noch heute. Man sagt, jene Reisenden seien immer noch unterwegs. Man muss nur selber lange genug unterwegs sein, um sie zu finden. Man muss sich Zeit nehmen, um das zu sehen, was rechts und links des Weges liegt. Man muss auf Zeichen und Symbole achten und man muss sie zu deuten wissen."

„Was habe ich damit zu tun?"

„Nichts. Gar nichts. Noch nichts. Vergiss es einfach!"

Francesco lächelte.

„Oder auch nicht.", fügte er hinzu.

Er holte eine Zigarre aus seiner Jackentasche und steckte sie sich umständlich an.

„Magst du auch eine?"

Ben hob abwehrend die Hand.

Francesco lachte, brachte ein zweites Aluminiumröhrchen hervor und reichte es Ben.

„Nimm das! Du kennst das ja schon. Vielleicht brauchst du es irgendwann. Und wenn nicht, dann kannst du es mir bei Gelegenheit zurückgeben!"

Kopfschüttelnd steckte Ben das Röhrchen ein.

Es war ein herrlicher Sommerabend, wunderbar mild, und der Liegestuhl schaukelte sanft. Ben fühlte eine angenehme Schwere in seinen Gliedern. Er merkte, dass er zu viel getrunken hatte.

„Heute abend geht alles auf meine Rechnung!", sagte Francesco.

Ben protestierte, aber Francesco ließ es nicht gelten.

„Ich habe versprochen, dir zu helfen, wenn du meine Hilfe brauchst. Wirst du meine Hilfe annehmen?"

Ben sagte nichts.

„Du brauchst mir nicht sofort zu antworten", fuhr Francesco fort, „Es gibt Dinge, die du noch nicht wissen kannst. Dinge, die jenseits deiner Erfahrung liegen!"

Ben zog die Augenbrauen hoch.

„Wie meinst du das?"

„Ich gebe dir jetzt etwas. Etwas, womit du nicht gerechnet hast. Du kannst es annehmen oder ablehnen. Das ist deine Wahl!"

Ben schaute ihn fragend an.

Francesco reichte ihm einen Umschlag.

„Was ist das?"

„Warte noch ein paar Minuten, bevor du ihn öffnest!"

„Warum?"

Francesco stand auf.

„Du stehst am Anfang eines langen Weges!", sagte er feierlich.

„Eines langen Weges? Wohin?"

„Das entscheidest du selbst. Und jetzt musst du mich entschuldigen. Ich bitte dich darum. Wir sehen uns wieder!"

Er drehte sich um und ging, ohne noch einmal umzuschauen in die Nacht hinaus. Eine Weile lang hörte Ben noch seine Schritte auf dem Kies, dann war es still.

5.) Rosenheim

Ben starrte ihm lange nach, dann öffnete er den Umschlag. Er enthielt eine Art Grußkarte. Vorn war ein Foto. Es war eine Replik des Gemäldes von dem Boot auf dem stürmischen Meer.

Ben klappte die Karte auf.

„Lieber Ben," stand dort, „Du bist ein Reisender. Deine Bestimmung ist es, neue Wege zu finden!"

Was sollte das?

Kopfschüttelnd las Ben weiter:

„Nimm dir Zeit und achte auf die Zeichen, denen du begegnest! Wir sehen uns."

Ben nahm sein Handy und wählte Francescos Nummer.

Keine Antwort. Nach zehnmaligem Klingeln meldete sich die Mailbox. Ben unterbrach die Verbindung und schrieb eine Nachricht.

„Was ist das für eine geheimnisvolle Botschaft?", fragte er.

„Ich sagte schon: du stehst am Anfang eines langen Weges!", kam es zurück.

„Noch viel zu geheimnisvoll!", antwortete Ben.

„Wende dich nach rechts," schrieb Francesco, „Das erleuchtete Gebäude schräg hinter dir ist ein Hotel. Dort ist ein Zimmer für dich reserviert. Morgen hören wir voneinander."

Ben drehte sich um und sah etwa hundert Meter entfernt ein Gebäude in traditionell alpenländischem Baustil. Dort brannte noch Licht. Das musste das Hotel sein!

Obwohl er eine ganze Menge Alkohol getrunken hatte, stieg Ben in seinen Wagen und fuhr das kurze Stück hinüber bis zum Hotelparkplatz. Er nahm sein Gepäck und trat ein.

Die Lobby war erstaunlich großzügig und mit Rauputz, Eichenbalken und Bauernmöbeln auf betont rustikal getrimmt. Die stämmige grauhaarige Frau hinter dem Rezeptionstresen trug ein Dirndlkleid.

„Guten Abend, Herr Whitcombe!", sagte sie, setzte ihre Brille auf, öffnete ein dickes Buch und legte einen Schlüssel auf den Tresen. Als Ben seine Kreditkarte hervorholte, wehrte sie ab.

„Das Zimmer ist bereits bezahlt!"

„Wie bitte?"

„Ihr Kollege hat schon alles erledigt."

Ben riss die Augen auf.

„Ist er hier? Dann verraten Sie mir doch bitte netterweise seine Zimmernummer!"

Sie schüttelte den Kopf.

„Nein, er übernachtet nicht bei uns!"

Entweder habe ich zu viel getrunken, dachte Ben, oder ich verliere den Verstand. Schnell nahm er seinen Schlüssel, begab sich aufs Zimmer und ging ins Bett.

Am Morgen begab er sich in den Frühstücksraum. Die Frau, die ihm gestern den Zimmerschlüssel gegeben hatte, stellte ein Kännchen mit Kaffee auf den Tisch.

„Entschuldigen Sie bitte," fragte Ben, „Hat mein Kollege gesagt, um welche Zeit er kommen wollte?"

„Er war schon hier!"

„Wo ist er?"

„Schon wieder weg. Er hat ein Päckchen abgegeben."

„Wie bitte?"

Anstatt einer Antwort legte sie einen in silbernes Geschenkpapier verpackten Gegenstand auf den Tisch. Ben griff danach und wollte das Papier aufreißen, aber die Wirtin hielt ihn zurück.

„Sie dürfen das Päckchen noch nicht öffnen!"

„Wie bitte?"

„Ihr Kollege hat mir ausdrücklich aufgetragen, Ihnen auszurichten, dass Sie es erst öffnen dürfen, wenn Sie ein Stück Weg zurückgelegt haben!"

„Warum?"

„Das hat er nicht gesagt."

Ben versuchte, Francesco anzurufen, aber der nahm das Gespräch nicht an.

Seufzend schrieb Ben ihm eine Nachricht.

„Wann gedenkst du, wieder aufzutauchen?"

„Sobald es an der Zeit ist!", kam die prompte Antwort.

Ben verdrehte die Augen und wollte das Handy wegstecken, als es noch einmal piepste. Sarah hatte sich gemeldet.

„Schön von Dir zu hören!", schrieb sie, „Wo steckst du? Herzlichen Gruß aus München!"

Ben riss die Augen auf. Das war ja eine angenehme Überraschung! Sie war also wirklich noch in München. Das war ja von hier aus fast direkt um die Ecke. Wenn die Autobahn frei war, dann könnte er in ein bis zwei Stunden dort sein.

„Darf ich dich heute Abend auf einen Kaffee oder ein Glas Wein einladen?", schrieb er zurück.

Dann beendete er sein Frühstück und machte sich auf den Weg. Er hatte das Verdeck geöffnet, genoss die Sonne und das satte Brummen des Motors und fuhr über Nebenstraßen zunächst am Chiemsee-Ufer entlang, dann weiter nach Westen. In Rosenheim beschloss er, dass er nun genügend Strecke zurückgelegt hatte, um Francescos Päckchen öffnen zu dürfen. Er stellte den Wagen am Rande der Innenstadt ab, setzte sich in ein Straßencafé und riss das Geschenkpapier auf.

Zum Vorschein kam ein Buch. Es war in dunkelrotes Leinen gebunden und enthielt überwiegend Abbildungen. Ben fand viele von den Gemälden wieder, die er gestern in Francescos Atelier gesehen hatte und dazu noch zahlreiche weitere Bilder in ähnlichem Stil. Dazwischen standen kurze Textpassagen, die Ben an die wirren Geschichten erinnerten, die Francesco ihm gestern erzählt hatte.

Was sollte das sein? Eine kleine Erinnerung an den gestrigen Abend? Aber warum hatte Francesco es ihm dann auf so operettenhaft-konspirative Art und Weise zugespielt wie in einem billigen Agentenfilm? Ben versuchte, Francesco anzurufen, und da dieser das Gespräch wie erwartet nicht annahm, schrieb er eine Nachricht: „Wo auch immer du steckst – danke für das Buch!"

„Bitte, gerne geschehen!", kam es zurück.

„Jetzt sag mir, was ich damit anstellen soll!", schrieb Ben.

„Lesen!", antwortete Francesco.

Witzbold, dachte Ben und wollte das Buch wegstecken, als etwas herausfiel. Ben hob es auf. Es war eine Visitenkarte.

„Berggasthof Vineta" stand in verschnörkelten Buchstaben darauf. Darunter ein Bild: ein gemütlich wirkendes Haus in alpenländischer Umgebung.

Ben studierte die Adresse: Plansee in Tirol. Wo auch immer das sein mochte, es dürfte wohl kaum einen Ort in Tirol geben, der sich vom derzeitigen Standort aus mit einem schnellen Sportwagen nicht in wenigen Stunden erreichen ließe.

Wollte Francesco ihn dort wiedertreffen?

Dann hätte er es ihm auch direkt sagen können! Oder war das Ganze eine Art Schnitzeljagd?

Ben schrieb eine weitere Nachricht an Francesco: „Soll ich zum Plansee fahren?"

„Warum nicht?", kam es zurück, „Die Gegend ist wunderschön!"

Herrlich nichtssagend, dachte Ben und wählte die auf der Karte angegebene Telefonnummer.

Er hatte Glück. Es gab noch ein Zimmer. Ben buchte es für heute Abend.

„Haben Sie sonst noch einen Wunsch?", fragte die Person am anderen Ende der Leitung.

„Ja, richten Sie Francesco doch bitte herzliche Grüße aus!"

„Wem, bitte?"

Ben nannte Francescos Nachnamen.

„Ist das ein Gast? Nein, dieser Herr ist uns leider nicht bekannt."

Ben bedankte sich und unterbrach die Verbindung.

Sarah hatte sich erneut gemeldet:

Am Abend war sie zwar schon verplant, schrieb sie, aber mittags könne sie sich gerne ein Stündchen freihalten.

Das passte ja prächtig, dachte Ben und verabredete sich mit ihr in einem Lokal in Schwabing.

6.) München

Auf der Autobahn fiel ihm ein ganz leichtes Klappern auf. Wo mochte es herkommen? Vom Auspuff? Oder war es der Motor? Bei älteren Autos klappert immer irgendwas, dachte er und nahm den Fuß vom Gaspedal.

Aber er wollte sich die gute Laune nicht verderben lassen, drückte wieder aufs Gas und die Tachonadel stieg auf hundertsechzig. Das Klappern war weg. Der Wagen lief jetzt ruhig wie ein Uhrwerk.

Nach einer guten Stunde hatte Ben in Ramersdorf das Autobahnende erreicht und quälte sich über die Rosenheimer Straße weiter stadteinwärts. Der Verkehr wurde mit jeder Minute dichter und bald ging es nur noch quälend langsam voran. Um kurz vor zwei hatte er in der Nähe des Zieles einen Parkplatz gefunden. In einer Seitenstraße fand Ben einen Blumenladen, kaufte einen bunten Sommerstrauß, erreichte das Lokal und nahm Platz.

Als Sarah kurz darauf auftauchte, begrüßte sie ihn mit einem Wangenkuss.

Sie sieht verdammt gut aus, dachte Ben. Viel besser als er sie in Erinnerung hatte: Offenes, dunkelbraunes Haar mit ein paar rötlichen Strähnen darin, schlanke Figur und trotz der kleinen Fältchen um die Augen herum wirkte sie deutlich jünger als fünfunddreißig.

Ob sie immer noch ungebunden war?

Soweit Ben sich erinnern konnte, hatte sie nie einen festen Partner, Freund oder Lebensgefährten erwähnt. Und wenn sie immer noch so hart arbeiten sollte wie damals, dann war es unwahrscheinlich, dass sie Zeit für ein halbwegs nennenswertes Privatleben finden würde.

Er lächelte etwas gekünstelt und überreichte ihr die Blumen.

„Wie geht's Dir?"

„Gut!", antwortete sie mit breitem Lächeln und Ben war sich nicht sicher, ob das ehrlich gemeint oder pure Höflichkeit war. Den Blumenstrauß legte sie zusammen mit ihrer Handtasche auf einen leeren Stuhl.

„Wie läuft's in der Firma?"

„Ich hoffe, du erwartest keine vertraulichen Insider-Informationen!"

„Nein, ich frage nur aus allgemeinem Interesse!"

„Momentan berate ich ein kleines Softwareunternehmen. Die arbeiten hauptsächlich für Banken. Dass das Klima dort zunehmend unfreundlicher wird, wirst du besser wissen als ich. Du bist immer noch in der Finanzbranche, nehme ich an?"

Er antwortete ausweichend.

Sie bestellte einen Salat und Mineralwasser. Ben orderte ein Pasta-Gericht und Apfelsaftschorle.

„Bist du immer noch so häufig unterwegs?", fragte er.

„Morgen fliege ich nach Stockholm", berichtete Sarah, „Ein kurzer Projektbesuch. Ist aber inzwischen alles längst nicht mehr so hektisch wie das, was wir beide damals vor ein paar Jahren durchgemacht haben!"

Sie lachte und ihre Augen blitzten schelmisch.

„Bestimmte Dinge waren gar nicht so übel!", sagte Ben schnell und versuchte, genauso schelmisch zurück zu blinzeln, aber sie ging nicht darauf ein.

„Wie ist München?", fragte er.

„Nicht schlecht. Ich habe meine Wohnung, mein Büro, mein Auto, mein Gym …"

„Wirst du hier Wurzeln schlagen?"

„Ich weiß nicht, ob dies ein guter Ort ist, um Wurzeln zu schlagen."

„Wirst du überhaupt jemals irgendwo Wurzeln schlagen?"

„Die Frage kann ich an dich zurückgeben!"

Da hat sie ins Schwarze getroffen, dachte Ben, aber er sagte nichts. Stattdessen starrte er in sein Glas und wechselte erneut das Thema.

„Wann machst du Urlaub?", fragte er.

„Im September geht's für eine Woche nach Hawaii."

„Mit einer netten Begleitung?"

„Das sollte dich eigentlich nicht interessieren!"

„War auch nur eine allgemeine Frage!"

„Na ja, er ist ganz nett. Aber er nervt. Er will Kinder und Familie."

Ben bemühte sich um Nonchalance.

„Ich dachte, normalerweise hören die Frauen ihre biologische Uhr ticken und Männer haben Angst, dass Kinder der Karriere schaden!"

„Bei uns ist es umgekehrt. Er will, dass ich meinen Beruf aufgebe und zu Hause bleibe. Dabei kennen wir uns noch gar nicht lange. Er hat auch überhaupt keine Ahnung von meinem Job. Letztens hat er mich nach meinem Gehalt gefragt. Als ich es ihm gesagt habe, ist er kreidebleich geworden."

„Was verdient er?"

Sarah schüttelte den Kopf.

„Was man in Deutschland so verdient. Im oberen fünfstelligen Bereich. Für hiesige Verhältnisse gar nicht schlecht. Er sollte zufrieden sein."

„Aber?"

„Er ist ein Mann. Er will Chef sein. So ist das mit den Männern. Oder etwa nicht?"

Ben überlegte, wie er abermals das Thema würde wechseln können, aber Sarah durchschaute ihn.

„Jetzt erzähl du: Wie läuft's im Job, was macht die Liebe?"

„Vergessen wir es!"

„Beides?"

Sie hatte die Lage begriffen. Blitzschnell, innerhalb einer Sekunde. Schließlich ist das ihr Job, dachte er. Ein guter

Unternehmensberater kann sein Gegenüber sofort einschätzen, um Schwächen und Stärken zu analysieren.

„Beides!"

„Aha. Darum geht es. Was ist passiert?"

„Sagen wir: Es gibt ein paar Dinge, die mich auf dem falschen Fuß erwischt haben."

„Raus mit der Sprache!"

„Womit soll ich anfangen?"

„Mit dem Job. Als wir uns zuletzt gesehen hatten, klangst du sehr begeistert!"

„Das war vor etwa drei Jahren ..."

„Du warst gerade nach Budapest gegangen und hast dich mit vollem Elan reingehängt."

„Das ist richtig. Die Sache sah sehr vielversprechend aus."

„Was genau hast du gemacht?"

„In den ersten Jahren ging es überwiegend um Immobilien. Hauptsächlich Bürohäuser und Gewerbe. Ich habe ein hübsches Portfolio zusammengestellt. Zuerst direkt in Budapest, dann auch in anderen ungarischen Städten. Später haben wir die Märkte in Slowenien, Kroatien und Rumänien beobachtet. Als Rumänien letztes Jahr in die EU aufgenommen wurde, sind wir dort groß ins Geschäft eingestiegen. Da ging es nicht mehr um Immobilien, sondern um einen Firmen-Deal."

„Wie ist die Sache ausgegangen?"

„Schlecht."

„Wo lag das Problem?"

„Unsere Geschäftspartner haben uns belogen und betrogen."

„Willkommen im Leben!"

„Wir standen völlig allein da. Uns gegenüber saßen Seilschaften, die sich schon seit Jahrzehnten kannten. Die haben schon im Sozialismus zusammengearbeitet."

„Habt Ihr nicht versucht, einen Mann an Bord zu holen, der sich in diesen Netzwerken auskannte?"

„Natürlich haben wir das. Istvan Nagy hieß er. Er war ein hundsmiserabler Schuft. Der hat mit diesen Ganoven unter einer Decke gesteckt."

„Was hat er getan?"

„Er hat mich hintergangen. Er hat mit ihnen verhandelt, ohne mich auf dem Laufenden zu halten. Wenn sie zusammen waren, sprachen sie ungarisch. Ich verstand kein einziges Wort. Abschlüsse wurden per Handschlag besiegelt. In den Verträgen stand dann etwas ganz anderes als das, was vorher ausgemacht war. Istvan hat sich rausgeredet: Übersetzungsfehler, Pech für uns. Interessant, dass die Übersetzungsfehler grundsätzlich immer zu unseren Ungunsten ausfielen."

„Was haben sie getan?"

„Sie haben uns die Immobilien zu völlig überhöhten Preisen angedreht. In den Gutachten wurde der Renovierungs- und Sanierungsbedarf massiv unterschätzt. Und dann fanden wir keine solventen Mieter."

„Da habt Ihr eure Hausaufgaben nicht gründlich genug gemacht. Eine sorgfältige Marktanalyse …"

„… hätte uns auch nichts genützt. Es gab Geschäftspartner, die hatten beste Referenzen. Und nichtsdestotrotz haben sie einfach nicht gezahlt."

„Wie ging es weiter?"

„Das Büro schrieb Verluste. Am Anfang war das natürlich einkalkuliert. Aber auch im dritten Jahr war noch kein Licht am Ende des Tunnels zu sehen. Richard Jenkins hat mich regelmäßig nach London zitiert. Der Umgangston wurde mit jedem Mal unfreundlicher. Spätestens in diesem Jahr wollten sie Gewinne sehen."

„Und? Wie sah es aus?"

„Ich habe getan, was ich konnte. Aber wir haben uns immer weiter verrannt. Immer wieder wurden wir von Neuem abgezockt."

„Und dann?"

„Dann kam die Bankenkrise in Amerika. Das Geschäft wurde noch schwerer. Jenkins ließ durchblicken, dass demnächst möglicherweise Köpfe rollen würden."

„Deiner?"

„Vorerst nicht. Denn ich hatte endlich einen Deal an Land ziehen können. Der hätte uns retten können. Es ging um einen österreichischen Spielzeughersteller. Eine bekannte Marke. Sie haben gute Qualität geliefert. Wirklich tolle Sachen. Nur leider viel zu teuer. Die Firma war in Schwierigkeiten. Wir haben sie zu einem Schnäppchenpreis gekauft. Aber der Clou war der zweite Teil des Deals: In Bukarest gab es eine andere Spielzeugfabrik. Die war sozusagen pleite. Die Anlagen waren veraltet und die Produkte unverkäuflich. Das Zeug wollte niemand mehr haben. Wir hätten die Firma gekauft, dann die Produktion in Österreich stillgelegt und die Anlagen nach Rumänien geschafft. Dort hätten wir weiter produziert, für einen Bruchteil der Kosten. Das wäre eine phantastische Gelegenheit gewesen, eine Lizenz zum Gelddrucken."

„Das Projekt ist geplatzt?"

„Die Verhandlungen sind ins Stocken geraten. Die Rumänen müssen etwas geahnt haben. Plötzlich stellten sie völlig absurde Forderungen. Aber ohne die Sache in Rumänien war auch der Deal in Österreich witzlos. Dieser war aber schon abgeschlossen. Wir waren in Zugzwang. Wir brauchten die Rumänen. Aber die taten jetzt auf einmal so, als könnten sie auch ohne uns. Irgendwer muss etwas ausgeplaudert haben. Es gab einen Verräter in unseren Reihen. Jenkins wollte Ergebnisse sehen. Und dann ist er plötzlich unerwartet in Budapest aufgetaucht."

Ben fasste die Ereignisse der letzten Tage in wenigen Sätzen zusammen.

Sarah hörte aufmerksam zu. Sie nahm einen Schluck Wasser, setzte das Glas wieder ab und zog die Augenbrauen hoch.

„Jetzt möchtest du wissen, wie es weitergehen soll!", stellte sie fest.

„Das werde ich schon herausfinden!", sagte Ben.

„Aber momentan weißt du es nicht. Sonst würdest du mich nicht um Rat fragen!"

„Ich habe dich nicht um Rat gefragt."

„Warum sonst bist du plötzlich hier aufgetaucht?"

„Ich wollte dich einfach mal wieder sehen."

„Nachdem du drei Jahre lang kein Bedürfnis danach hattest?"

„Ich hatte viel zu tun … Es wäre nicht leicht gewesen, einen Termin zu finden."

„Erzähl mir nichts! Du warst mindestens genauso oft in London wie ich. Wenn wir gewollt hätten, hätten wir jederzeit problemlos einen Termin finden können!"

Sie ist enttäuscht, dachte er. Er war ihr jahrelang aus dem Weg gegangen. Seitdem er mit Jessica zusammen war, hatte er den Kontakt zu ihr vermieden. Jessica konnte sehr eifersüchtig werden.

„Hast du noch andere Termine in München?", fragte Sarah.

Ben schüttelte den Kopf.

„Ich bin auf dem Weg nach London!"

„Was willst du dort?"

„Richard Jenkins treffen."

„Mit welchem Ziel?"

„Er hat mir einen neuen Job versprochen."

„Du glaubst ihm doch nicht etwa?"

„Warum nicht?"

„Denkst du wirklich, er will dich noch haben, nachdem dein Projekt gestorben ist?"

Ben zuckte mit den Schultern.

„Jenkins hat mir versprochen …"

„Vergiss es! Der will dich ruhigstellen. Wer weiß von der Sache?"

„Jenkins und ich haben Stillschweigen vereinbart."

„Davon profitiert nur Jenkins."

Sie schaute ihn scharf an.

„Nutz deine Kontakte! Such dir einen neuen Job. Jetzt!"

Ben wich ihrem Blick aus.

„Was sind deine Ansprüche? Wie viel willst oder musst du verdienen? Du bist hochqualifiziert und du hast keine Schulden. Wie ich dich einschätze, hast du mindestens eine halbe Million auf der hohen Kante!"

Ben wurde ein wenig rot.

"... Okay, eine Million!", fuhr Sarah fort, „Das sind gute Voraussetzungen. Aber du wirst kleinere Brötchen backen müssen."

Sie schwieg eine Sekunde, um die Bedeutung des letzten Satzes zu betonen.

„Du wirst einige Entscheidungen treffen müssen. Setz dir Prioritäten! Finde heraus, was dir wirklich wichtig ist."

„Im Moment sehe ich gar keine Lösung!"

„Dann nimm dir Zeit! Vielleicht brauchst du auch erst einmal Urlaub!"

„Du bist die Dritte, die mir dazu rät."

„Was spricht dagegen? Auch, ohne deine aktuelle finanzielle Lage zu kennen, glaube ich kaum, dass du es dir nicht leisten kannst, dich einmal für ein paar Monate irgendwohin zurückzuziehen und nachzudenken. Wenn du das willst!"

„Was habe ich davon?"

„Du kannst dir nicht alle Optionen offen halten. Eine Entscheidung zu treffen bedeutet auch, dass du die Optionen, für welche du dich nicht entschieden hast, ausschließen musst. Du wirst durch eine Türe gehen und dabei feststellen, dass andere Türen hinter dir ins Schloss fallen und verschlossen bleiben werden!"

Eine Weile lang schwiegen beide. Dann wechselte Sarah das Thema.

„Wie geht es Jessica?", fragte sie.

Ben berichtete von den Ereignissen seiner letzten Nacht in Budapest. Sarah nahm es unbewegt zur Kenntnis.

„Was wirst du tun?"

Ben zog die Schultern hoch.

„Ich weiß es nicht. Sie hat mich tief verletzt ...“

„Sie ist schwanger. Schwangere Frauen haben Sonderrechte. Das solltest du wissen!“

„Nun ja … was die Schwangerschaft angeht ... da hat sie mich ja nicht unbedingt gefragt!“

„Ich kann mir nicht vorstellen, dass sie ihren Kinderwunsch nie angedeutet hat. Hättest du kategorisch ausschließen wollen, dass sie schwanger wird, dann hättest du dich entsprechend verhalten können.“

Ben antwortete nicht und wenig später beendeten sie ihre Mahlzeit. Sarah schielte nach der Bedienung und Ben beeilte sich, ihr beim Bezahlen zuvorzukommen. Sie bedankte sich und stand auf.

„In zwanzig Minuten habe ich den nächsten Termin,“ sagte sie entschuldigend, „danach wartet mein Privatleben. Und morgen muss ich sehr früh raus!“

Sie verabschiedete sich mit Wangenkuss, winkte noch einmal kurz und bog um die Ecke.

Ben ging in die andere Richtung und ließ sich treiben. Städte sind austauschbar geworden, dachte er. Ob Budapest, Wien, Salzburg, oder München: überall dieselben Ladenketten und dieselben Restaurants. Wie in Amerika. Nur die Fassaden sind älter.

Er schlenderte zum Auto zurück, gab die Adresse des Hotels in das Navigationssystem ein und startete den Motor. Durch dichten Berufsverkehr quälte er sich zur Autobahn und folgte dieser bis Murnau. Von dort ging es über eine steile Serpentinenstraße bis kurz vor Oberammergau und dann nach links ab in ein Tal, welches allmählich immer enger wurde.

Der Himmel war bewölkt. Die Berge links und rechts wurden höher und dramatischer. Es begann zu nieseln und die Sicht verschlechterte sich stetig.

Nach vielleicht zwanzig Minuten hatte Ben den höchsten Punkt der Straße erreicht und hielt an. Im Nebel war jetzt rein gar nichts mehr zu erkennen. Das Handy hatte keinen

Empfang. Fluchend fuhr Ben weiter, stets bremsbereit, quälend langsam durch dichtes, weißes Nichts.

7.) Plansee

Die Straße führte durch dichten Wald. Der Blick reichte kaum bis zum Straßenrand. Nur ab und zu riss der Nebel für kurze Momente auf. Nach einer Weile entdeckte Ben ein Hinweisschild, bremste ab und bog in eine kleine, ungeteerte Seitenstraße. Nach wenigen hundert Metern tauchte vor ihm ein großzügiges Gebäude mit Holzverkleidung und umlaufenden Balkonen auf. Na, war doch gar nicht so schwer, dachte Ben, stieg aus und trat ein.

Im Foyer befand sich ein Kamin. Ein paar Holzscheite knackten im offenen Feuer. Der Wirt stand in Trachtenjacke hinter dem Rezeptionstresen.

„Herzlich willkommen im Berggasthof Vineta, Herr Whitcombe!", sagte er.

„Woher wissen Sie, wer ich bin?", fragte Ben.

„Wir erwarten heute sonst niemanden mehr!"

Ben füllte den Meldebogen aus und bekam seinen Schlüssel. „Unser Schwimmbad ist noch geöffnet," sagte der Wirt, „und falls Sie Lust auf einen kleinen Spaziergang hätten ..."

Ben schüttelte den Kopf.

„Einen Spaziergang? Im Nebel?"

„Vor dem Nebel brauchen Sie keine Angst zu haben! Das ist hier nicht ungewöhnlich. Gleich hinter dem Haus beginnt ein breiter und gut markierter Pfad, dort können Sie sich gar nicht verlaufen!"

Warum eigentlich nicht, dachte sich Ben, brachte sein Gepäck aufs Zimmer, zog die Jacke wieder an und machte sich auf.

Der Weg führte sanft bergauf am Hang entlang durch den Wald zu einer Lichtung und Ben hatte diese schon fast überquert, als er glaubte, seinen Namen zu hören. Verdutzt blieb er stehen.

„Ben Whitcombe!"

Er drehte sich um.

Am oberen Ende der Lichtung erkannte Ben schemenhaft eine Blockhütte. Vor der Hütte, im Nebel kaum auszumachen, stand eine Gestalt: ein groß gewachsener Mann mit breitem Hut und weit geschnittenem Mantel. In der rechten Hand hielt er einen Stock, der an einen Hirtenstab erinnerte.

„Ben Whitcombe!", rief der Fremde erneut und hob seinen Stock.

„Was wollen Sie von mir?", rief Ben.

Der Fremde kam ihm langsam entgegen. Ben erkannte einen Vollbart und graue Locken, die unter dem Hut hervorquollen.

„Ich wusste, dass Sie kommen würden!"

„Woher kennen Sie meinen Namen?"

Der Fremde ging nicht auf die Frage ein und wies stattdessen mit weit ausladender Geste auf die Hütte.

„Gestatten Sie, dass ich Sie in meine bescheidene Behausung einlade?"

Ben wich zurück.

„Was wollen Sie von mir?"

„Sie brauchen keine Angst zu haben! Ich verfolge keine bösen Absichten!"

„Wer sind Sie?"

Der Fremde streckte Ben seine Hand entgegen.

„Darf ich mich vorstellen? Mein Name ist Lucius Wroblewski. Nennen Sie mich einfach Lucius!"

„Woher kennen Sie mich?"

Hatte er auf Ben gewartet?

„Noch kennen wir uns nicht. Treten Sie ein! Vielleicht lernen wir uns kennen."

Ben zögerte.

„Sie kennen meinen Namen," sagte er, „Dabei ist es blanker Zufall, dass ich mich jetzt gerade hier befinde!"

Der Fremde lächelte.

„Nicht alles ist so, wie es scheint!"

„Wie meinen Sie das?"

Der Fremde antwortete nicht und schob Ben sanft ins Innere.

Drinnen gab es nur einen einzigen Raum. In einer Ecke waren Sitzbank, Tisch und zwei Stühle. Eine Leiter führte hinauf auf den Dachboden, wo sich möglicherweise die Schlafgelegenheit befand. Dann gab es noch eine Kochnische und einen offenen Kamin. Darin prasselte ein Feuer. Ben spürte die Wärme, die hiervon ausging.

„Setzen Sie sich!"

Der Fremde deutete auf die Eckbank und nahm selber Platz.

„Sie haben mit Francesco zu tun!", stellte Ben fest und setzte sich.

„Hat er Ihnen von mir erzählt?", fragte der Fremde.

Ben verneinte.

„Woher kennen Sie ihn?"

Der Fremde hob die Hände in Brusthöhe und legte die Fingerspitzen gegeneinander.

„Wir haben eine Gemeinsamkeit!"

„Was für eine Gemeinsamkeit?"

„Wir interessieren uns für Licht und Schatten."

„Sie sind ebenfalls Maler?"

„Ich betrachte die Dinge aus einem anderen Blickwinkel!"

Ben konnte sich keinerlei Reim darauf machen, was er von dieser Antwort zu halten hatte.

„Wann haben Sie ihn zuletzt gesehen?"

„Schon seit vielen Monaten nicht mehr."

„Haben Sie mit ihm telefoniert? Stehen Sie auf andere Weise mit ihm in Kontakt? Darf ich davon ausgehen, dass er dieses Treffen in irgendeiner Form arrangiert hat? Was bezweckt er damit?"

Der Fremde atmete langsam aus.

„Das waren jetzt sehr viele Fragen auf einmal!"

Ben schaute ihn erwartungsvoll an, aber der Fremde antwortete nicht.

„Wo ist Francesco?"

„Francesco ist unterwegs!", sagte der Fremde.

„Unterwegs wohin?"

„Unterwegs zu dem Ort, an dem Sie ihn wiedertreffen werden!"

„Wo ist dieser Ort?"

„Sie werden ihn finden!"

„Wann?"

„Rechtzeitig."

„Warum machen Sie so ein Geheimnis daraus?"

„Weil Sie Ihren Weg aus eigener Kraft finden werden."

Ben schüttelte den Kopf.

„Was geht hier vor?"

„Wir möchten Sie auf Ihrer Reise begleiten!"

„Auf welcher Reise?"

„Auf der Reise, die Sie zu einem Ziel führen wird, welches Sie jetzt noch nicht kennen!"

„Sie reden von einer Art Schnitzeljagd? Spielen außer Francesco und Ihnen noch andere Leute mit?"

„Sie werden es herausfinden!"

„Sie haben mir noch immer nicht verraten, was Sie von mir wollen!"

„Sie haben den Weg hierher gefunden!"

„Weil Francesco mir dieses Buch zukommen lassen hat und weil ich darin diese Visitenkarte gefunden habe. Ich hätte die Karte genauso gut auch wegwerfen können."

„Haben Sie aber nicht."

„Was ist das für ein merkwürdiges Spiel?"

Der Fremde schaute Ben lange an.

„Haben Sie ein Ziel?"

Ben seufzte.

„Ich nehme an, Francesco hat Ihnen bereits mitgeteilt, dass ich vor wenigen Tagen nicht nur meinen Job, sondern auch meine Frau und meine Wohnung verloren habe."

Der Fremde wirkte in keiner Weise überrascht.

„Sie haben eine schmerzhafte Erfahrung durchlebt!", sagte er, „Werden Sie daran wachsen?"

Ben wusste nicht, was er antworten sollte.

„Nehmen Sie sich Zeit!", fuhr der Fremde fort, „Schauen Sie in sich! Treten Sie Ihre Reise an. Halten Sie die Augen offen, schauen Sie um sich, schauen Sie nach links und nach rechts und nach vorn. Dann halten Sie inne. Schauen Sie über sich!"

„Sie sprechen in Rätseln!"

„Sie werden die Lösung finden."

„Was soll ich tun?"

„Gehen Sie weiter! Gehen Sie Ihren Weg!"

Ben runzelte die Stirn.

„Darf ich Ihnen eine Frage stellen?"

„Nur zu!"

„Warum hat Francesco mir dieses Buch auf so konspirative Weise zukommen lassen? Es wäre doch auch einfacher gegangen!"

Der Fremde lachte.

„Wäre das nicht langweilig?"

Darauf wusste Ben nichts zu erwidern. Ein oder zwei Minuten lang schwiegen sie beide.

„Ich sollte jetzt gehen!", meinte Ben schließlich, „Es wird bald dunkel!"

„Warten Sie!", sagte der Andere, „Ich habe noch etwas für Sie!"

Er stand auf, kramte eine Weile im hinteren Bereich der Hütte herum und legte dann ein Päckchen auf den Tisch.

„Was ist das?", fragte Ben.

„Dieses Mal dürfen Sie es sofort öffnen!", sagte er Andere.

„Vermutlich ein weiteres Buch?"

„Lesen Sie es. Und melden Sie sich, wenn Sie etwas wissen möchten!"

Ben stand auf, nahm das Päckchen, bedankte sich und streckte dem Anderen seine Hand entgegen.

„Auf Wiedersehen. Es war nett, Sie kennen gelernt zu haben!"

Der Andere stand ebenfalls auf und drückte Bens Hand.

„Sehen wir uns wieder?"

Ben war verwirrt.

„Tun wir das? Warum sollten wir? Oder warum nicht?"

„Es liegt an Ihnen, ob wir uns wiedersehen!", sagte der Fremde, „Aber ich bin zuversichtlich!"

Ben ging zur Tür und trat hinaus. Draußen war es kalt.

Der Nebel war so dicht wie zuvor. Einen Moment lang war Ben versucht, wieder in die Hütte zurückzugehen. Er hatte das Gefühl, der Fremde würde es ihm nicht übelnehmen. Ben spürte, dass es noch viele weitere Fragen gab, die dieser Fremde beantworten konnte, aber die Zeit dazu war noch nicht gekommen. Nachdenklich ging Ben zum Hotel zurück und setzte sich das Restaurant.

Er war der einzige Gast. Der Wirt selbst brachte ihm die Speisekarte.

„Wie war Ihr Spaziergang?", fragte er.

Ben zögerte einen Moment.

„Ich war bei der Hütte oben im Wald!", sagte er und beobachtete vorsichtig das Gesicht seines Gegenübers.

„Sie meinen die Hütte von meinem Bruder?"

„Ihr Bruder ist das? Er lebt dort oben mitten im Wald?"

„Die Hütte gehört ihm. Natürlich wohnt er nicht dort. Im Gegenteil, er ist nur selten hier. Er reist sehr viel. Ich habe ihn schon lange nicht mehr gesehen."

„Ich habe ihn vorhin dort oben getroffen!", sagte Ben.

„Ich weiß", sagte der Wirt.

Ben riss die Augen auf.

„Woher wissen Sie das?"

„Sind Sie nicht aus diesem Grund hierher gekommen?"

„Wer behauptet das?"

„Das war mein Eindruck, als mein Bruder mich gestern angerufen hat!"

Ben starrte ihn mit offenem Mund an.

„Sie haben gestern mit ihm telefoniert? Und er hat Ihnen mitgeteilt, dass er mich heute hier treffen wollte?"

„Was ist so ungewöhnlich daran?"

„Woher kann er das gewusst haben?"

„Ich nehme an, dass Sie verabredet waren?"

Ben schüttelte den Kopf.

„War er gestern auch schon hier?"

„Nein, er ist heute erst aus Kanada zurückgekehrt."

„Er ruft Sie gestern aus Kanada an, um Ihnen zu sagen, dass er sich mit mir treffen möchte? Und kehrt extra deswegen kurzfristig nach Europa zurück?"

Der Wirt machte eine gleichgültige Handbewegung.

„Ob er extra deswegen zurückgekehrt ist, weiß ich nicht. Aber er hat mich um Rückruf gebeten, sobald Sie sich hier gemeldet haben!"

„Das heißt ..."

„Ich habe Ihnen das Zimmer freigehalten. Nachdem Sie heute angerufen haben, habe ich ihn zurückgerufen. Er ist erst ungefähr eine Stunde vor Ihnen hier eingetroffen und direkt zu seiner Hütte gegangen!"

„Macht er so etwas öfters?", fragte Ben.

Der Wirt schüttelte den Kopf.

„Ich sagte ja, er ist nur selten hier. Und wenn er kommt, dann ist er in der Regel allein. Er nutzt die Hütte um Ruhe zu finden und nachzudenken, wie er sagt."

„Das ist merkwürdig!"Ben strich sich mit der Hand über das Kinn.

„Woher kennen Sie ihn eigentlich?", fragte der Wirt.

„Ich kenne ihn gar nicht. Wir haben einen gemeinsamen Bekannten. Wobei ich nicht weiß, in welcher Beziehung dieser gemeinsame Bekannte zu ihm steht."

Der Wirt nahm die Bestellung auf und servierte das Essen. Ben aß schweigend und zog sich dann rasch auf sein Zimmer zurück. Das Päckchen enthielt wie erwartet ein weiteres Buch. Es war ebenfalls in rotes Leinen gebunden.

„Wege aus dem versunkenen Land", lautete der Titel und der Autor nannte sich Leon Gorseth.

Ben schlug das Buch auf, blätterte durch die Seiten und las hier und dort ein paar Passagen. Es handelte sich nicht um eine fortlaufende Erzählung, sondern um eine Sammlung von Geschichten, welche inhaltlich in einem Zusammenhang standen. Der Stil war sehr unterschiedlich. Einige Abschnitte waren weitschweifig und fast märchenhaft, andere hingegen knapp und sachlich.

Warum spielte Francesco ihm zunächst das erste Buch in die Hand und lockte ihn dann an diesen Ort, wo ein geheimnisvoller Mensch in einer Berghütte mit einem weiteren Buch auf ihn wartete?

Ben wusste es nicht. Er wusste auch nicht, ob es ihn wirklich interessieren sollte.

8.) Dinkelsbühl

Am nächsten Morgen schien die Sonne. Ben stand auf und schaute aus dem Fenster hinaus in eine herrliche Berglandschaft mit einem strahlend blauen Himmel darüber. Noch vor dem Frühstück entschloss er sich zu einem Spaziergang und wollte den merkwürdigen Fremden noch einmal besuchen.

Er nahm denselben Weg, den er am vorherigen Tag gegangen war. Es war noch kühl. Der Boden war feucht vom nächtlichen Regen, Vögel zwitscherten und die Luft schmeckte frisch nach Moos und Fichtenwald.

In wenigen Minuten hatte Ben die Lichtung erreicht und näherte sich der Hütte. Sie war leer. Die Tür war abgeschlossen und durch das Fenster sah Ben, dass drinnen alles aufgeräumt und für eine längere Abwesenheit hergerichtet war.

Enttäuscht ging er zurück, holte sein Gepäck, bezahlte die Rechnung und startete das Auto.

Die Straße war schmal und kurvig und führte direkt am See entlang, der von hohen Felsengipfeln umgeben war. Ben fuhr langsam mit offenem Verdeck und genoss den spektakulären Ausblick.

Nach kurzer Strecke durch ein bewaldetes Tal gelangte er auf eine gut ausgebaute Hauptstraße, die um den Ort Reutte herum zurück über die deutsche Grenze führte. Ben folgte ihrem Lauf, ohne so recht zu wissen, wohin er eigentlich fahren wollte.

In Füssen bog er ab, parkte am Rande der Altstadt, setze sich in ein Café und dachte nach.

Wer war dieser Fremde? Was hatte er von ihm gewollt? Was war das für eine merkwürdige Verschwörung und welche Rolle spielte Francesco darin?

Ben klappte seinen Laptop auf. Ob dieser geheimnisvolle Fremde wohl irgendwelche Spuren im Netz hinterlassen hatte?

Ben gab dessen Namen in die Titelzeile der Suchmaschine ein und staunte. Er fand hunderte von Treffern.

Lucius Wroblewski - Professor Dr. Lucius Wroblewski - war Astrophysiker und Philosoph und in dieser Eigenschaft Inhaber eines Lehrstuhles an der Universität Heidelberg. Zahlreiche wissenschaftliche Veröffentlichungen waren unter seinem Namen erschienen, hinzu kamen populärwissenschaftliche Texte und mehrere Interviews. Vor wenigen Tagen erst hatte er in Kanada eine Sonnenfinsternis beobachtet und darüber schon gleich mehrere kluge Artikel verfasst, obwohl seit dem Ereignis gerade einmal fünf Tage vergangen waren.

Ben notierte sich die Kontaktdaten des Institutes. Er versuchte, anzurufen, aber Erreichte nur einen Anrufbeantworter, der ihn auf die regelmäßige Sprechstunde für Studenten verwies, und zwar montags bis freitags jeweils von elf bis zwölf Uhr.

Ben lächelte. Jetzt hatte er eine Spur. Und damit fasste er einen Entschluss, trank aus, bezahlte und machte sich auf den Weg.

Von Füssen bis nach Heidelberg waren es etwas mehr als dreihundertsechzig Kilometer. Auf der Autobahn konnte Ben das Gaspedal endlich einmal richtig durchzutreten und mit hundertachtzig Kilometern pro Stunde dahingleiten. Der Wagen lag wie ein Brett auf der Fahrbahn und der Motor brummte wie ein zufriedenes Raubtier. Ben ließ das Alpenvorland hinter sich und zog an Kempten und Ulm vorbei nach Norden. Bei Heidenheim war das Klappern wieder da und kurz darauf kam noch ein anderes Geräusch dazu: Ein disharmonisches Schleifen, das nicht zu dem satten Motorbrummen passte und ungesund klang.

Ben beschloss, Morgen früh gleich eine Werkstatt aufzusuchen, verließ die Autobahn und fand in Dinkelsbühl ein Nachtquartier.

Das Fachwerkhaus befand sich inmitten eines winzigen, aber penibel gepflegten Gartens und die Rezeption war vollgestellt mit Nippes, echten und falschen Antiquitäten.

Eine füllige Dame um die sechzig mit Dauerwelle und grellroten Fingernägeln strahlte ihn an.

„Sie bekommen die Amalie!", sagte sie und schob einen Schlüssel über den Tresen.

„Nicht, was Sie jetzt denken!", fügte sie augenzwinkernd hinzu, nachdem sie Bens erstaunten Blick bemerkt hatte, „Unsere Chefin hat die Zimmer nach ihren verstorbenen Tanten benannt!"

Zum Glück schien es keine Jessica zu geben.

Ben schlenderte durch Kopfsteinpflastergassen, an Kirchen und Stadttoren vorbei und entdeckte einen winzigen Tante-Emma-Laden mit einer altmodischen Waage auf der Theke, fast wie im Museum.

Nebenan war ein Gasthaus. Drinnen roch es nach Bier und Putzmittel. Ben war der einzige Gast.

„Warme Küche gibt's erst ab sechs!", sagte die Wirtin.

„Danke, ich will nur einen Kaffee!"

„Ich kann Ihnen Wurstsalat anbieten", fuhr die Wirtin fort, „Oder ein Schinkenbrot. Spiegeleier mit Speck würden auch noch gehen …"

Um ihr einen Gefallen zu tun, bestellte er einen Wurstsalat.

„Und zu trinken?"

Den Wunsch nach Kaffee hatte sie überhört. Oder wurde so etwas hier nicht serviert?

„Eine Cola bitte."

„Sie sind beruflich hier, nicht wahr?", fragte die Wirtin, als sie das Getränk brachte.

Ben nickte. Wer hier kein Bier bestellte, musste offenbar einen Grund haben, aber Ben hatte keine Lust auf Diskussionen.

„Handelsvertreter, nehme ich an?", insistierte die Wirtin.

Ben wusste zwar nicht, weshalb man ihn für einen Handelsvertreter hielt, aber er fand, dass es keinen Grund gab, die Leute nicht an ihre eigenen Vorurteile glauben zu lassen.

„Es kommen wohl nicht viele Fremde hierher?", fragte er zurück.

„Oh doch, jede Menge Touristen! Nur Geschäftsreisende sind selten!"

Der Wurstsalat bestand überwiegend aus rohen Zwiebeln und Essig. Ben aß ein paar Bissen, dann legte er die Gabel beiseite, zahlte und zog sich recht früh in das kleine Pensionszimmer zurück.

Am nächsten Morgen fuhr er zur Werkstatt.

Ein drahtiger Typ mit Schnauzbart, Overall und Baseball-Kappe beugte sich über den Motor, fasste hierhin und dorthin, klopfte und lauschte.

„Auf den ersten Blick finde ich nichts Auffälliges!", sagte er, „aber wenn Sie eine Stunde Zeit haben, schaue ich mir den Wagen noch einmal gründlich an!"

Ben ging noch einmal durch den Ort. Vor einem Friseursalon stand eine junge Frau und rauchte eine Zigarette.

Als sie Bens Blick bemerkte, lächelte sie. Ben lächelte zurück. Sie rauchte zu Ende, drehte sich um und ging nach drinnen.

Ben zögerte eine Sekunde, dann folgte er ihr in den Laden.

Eine wasserstoffblonde Mittfünfzigerin war damit beschäftigt, eine Rentnerin mit Lockenwicklern zu traktieren. Die junge Frau war nicht mehr zu sehen.

„Sie wünschen?", fragte die Wasserstoffblonde.

„Einmal Haare schneiden, bitte!"

„Haben Sie einen Termin?"

„Leider nein."

Die Friseurin ließ von ihrer Kundin ab und schlurfte zur Kasse. Mit nikotingelben Fingern blätterte sie in einer vollgeschriebenen Kladde und starrte Ben mit einem fast feindseligen Blick an.

„Heute Nachmittag um halb vier!"

„Früher geht's nicht?"

„Wann denn?"

„Vielleicht jetzt sofort?"

Ben fühlte sich wie ein unwillkommener Eindringling.

„Warten Sie einen Moment!"

Die Dame warf ihm einen mitleidigen Blick zu und verschwand im Hinterzimmer. Ben hörte sie rufen: „Steffi! Kundschaft!"

Dann schlurfte sie zurück zu ihrer Rentnerin, würdigte Ben keines weiteren Blickes und nahm ihre Arbeit wieder auf.

Ben wartete ein paar Minuten, bis die junge Raucherin wieder auftauchte. Sie war schlank, hatte langes blondes Haar und roch immer noch nach Zigarettenrauch.

„Grüß Gott. Sie wünschen?"

„Einmal Haare schneiden bitte!", wiederholte Ben.

Die junge Friseurin lachte. In einem ihrer Schneidezähne blinkte etwas Goldenes.

„Kein Problem!"

Sie wies Ben an, in einem der Stühle Platz zu nehmen, und legte ihm einen blauen Umgang um.

„Wie hätten Sie es gerne?"

„Hauptsache kurz!"

„Ohren frei? Glatt nach vorn oder mit Scheitel?"

„Egal. Möglichst kurz!"

Sie wuschelte fast zärtlich in seinen Haaren und nahm Schere und Kamm in die Hand.

„Na, das dürfte ja schnell gehen bei Ihnen. Sie kommen wohl gerade von der Arbeit?"

„So ungefähr."

„Haben Sie schon Mittagspause?"

„Ich habe sehr flexible Arbeitszeiten."

„Sie sind aber nicht von hier, oder?"

Das gehört zu meinem Privatleben, dachte Ben. Mein Privatleben ist privat und geht keine Frisörin der Welt etwas an.

„Nein!", sagte Ben und es klang schärfer als beabsichtigt.

Als Nächstes wird sie mich wahrscheinlich nach meinem Beruf fragen, dachte er. Was soll ich sagen? Alles Andere als „Arbeitslos" wäre eine Lüge. Also dann lieber gleich richtig lügen. Ich könnte behaupten, ich sei Handelsvertreter. Oder Drogenhändler? Bloß nicht übertreiben, sie kann ja nichts dafür! Und sie fragte auch gar nicht.

Schade eigentlich dachte er.

„Ist doch nicht schlimm", sagte sie stattdessen, „ich bin auch nicht von hier!"

Ihre Stimme klang bemerkenswert tief. Rauchig. Ben versuchte, ihren Akzent einzuordnen, aber es gelang ihm nicht.

„Woher kommen Sie denn?", fragte er.

„Aus dem Rheinland. Jetzt lebe ich schon seit fünf Jahren hier und man wird mich wohl noch bis zur Rente als Fremde bezeichnen."

Ihr Gesicht war sorgfältig geschminkt mit Wimperntusche, Lidschatten, Kajalstift und einem nicht ganz dezenten, aber auch nicht allzu penetranten Lippenstift. Die Fingernägel waren offenbar im Nagelstudio verlängert worden und sorgfältig lackiert. Ihre Haut hatte einen leichten Mallorca- oder Sonnenbank-Teint.

„Passt es so?"

Sie trat einen Schritt zurück. Offenbar war sie fertig. Ben begutachtete sein Ebenbild im Spiegel. Er nickte.

„Danke wunderbar!"

Sie nahm ihm den Umhang ab und ging zur Kasse.

„Macht zehn Euro zwanzig!"

Ben bezahlte. So billig war er schon lange nicht mehr davon gekommen. Er nahm einen Zehneuroschein aus seiner Geldbörse, zögerte einen Moment, dann legte er noch einen

Fünfer darauf und machte eine wegwerfende Handbewegung, als sie begann, nach Kleingeld zu kramen.

Sie bedankte sich und verschwand nach einem kurzen Gruß wieder im Hinterzimmer. Ben schaute ihr eine Sekunde lang nach und bedauerte, dass er sie so ruppig behandelt hatte.

Dann ging er langsam zur Werkstatt zurück.

„Der Motor ist in Ordnung!", sagte der Mechaniker und präsentierte Ben die Rechnung, „Wie wollen Sie zahlen?"

Wortlos schob Ben ihm seine Karte entgegen.

Der Mechaniker steckte sie in das Lesegerät.

„Bitte die Geheimzahl eingeben und bestätigen!"

Ben folgte der Aufforderung, aber dann wartete er vergeblich auf das Surren des Beleg-Druckers. Sein Gegenüber schaute ihn argwöhnisch an.

„Geht nicht!"

„Was soll das heißen?"

„Das Gerät will Ihre Karte nicht."

„Unmöglich!"

Ben ärgerte sich. So etwas war ihm noch nie passiert. Mit gespielter Gleichgültigkeit nahm Ben mehrere Banknoten aus seiner Geldbörse.

„Nur Bares ist Wahres!", sagte der Mechaniker und gab ihm das Wechselgeld heraus.

Ben steckte seine Karte ein, nahm den Autoschlüssel entgegen und stieg ein.

In der Nähe des Friseursalons hatte er eine Bankfiliale entdeckt. Im Foyer befand sich ein Geldautomat.

Ben steckte seine Karte in den Schlitz und gab die Geheimnummer an. Eine Weile lang passierte gar nichts. Dann kam eine Fehlermeldung und die Aufforderung, die Karte wieder zu entnehmen. Hatte er sich vielleicht vertippt? Ben versuchte es erneut; mit gleichem Ergebnis.

Er nahm sein Portmonee und zählte das Bargeld. Es waren noch mehrere hundert Euro darin. Genug für mehrere Hotelübernachtungen, Essen, Benzin und die Fähre – sofern nichts Unvorhergesehenes dazwischen käme, müsste es reichen, um nach London zu kommen.

Gegenüber, vor dem Friseursalon stand wieder die junge Frau. Sie telefonierte hektisch, steckte das Handy weg, lächelte gequält in Bens Richtung und zündete sich eine Zigarette an.

Ben lächelte zurück.

„Alles in Ordnung?"

Sie seufzte.

„Ja ... wird schon!"

Sie deutete zu seinem Wagen.

„Schicker Schlitten. Herzlichen Glückwunsch!"

„Nur manchmal ist er ein wenig temperamentvoll!"

„So ist das mit schönen Autos. Sind Sie Bastler?"

„Leider nicht."

Sie lachte.

„Mein Freund schraubt jede Minute an seinem Wagen herum."

„Da kann ich nicht mithalten."

„Sie haben nicht viel verpasst. Ein Auto soll funktionieren. Mehr erwarte ich nicht. Seines läuft mal wieder nicht!"

Sie seufzte.

„Ich muss dringend nach Rothenburg. Er kann mich nicht fahren. Mit Bus und Bahn kommt man hier nicht weg. Jetzt habe ich schon alle möglichen Freunde angerufen, aber... „

Ben räusperte sich.

„Ich bringe Sie hin!"

„Das würden Sie wirklich tun?"

„Ich muss nach Heidelberg," erklärte Ben, „Liegt Rothenburg da nicht fast auf dem Weg?"

„Das wäre schon ein Umweg für Sie!"

„Es ist mir ein Vergnügen, Steffi!"

Sie zog die Augenbrauen hoch.

„Woher wissen Sie, wie ich heiße?"

„Weil ich Ohren habe."

Sie schien nicht zu verstehen, was er meinte.

„Ich meine es ernst," bekräftigte Ben, „Der kleine Umweg macht mir nichts aus und ich tu Ihnen wirklich gerne den Gefallen!"

Sie lächelte etwas unbeholfen und drückte ihre Kippe aus. „Ich müsste nur noch einmal kurz in den Laden, meine Sachen holen. ..."

„Ich warte hier!"

Ben schaute ihr nach: Eine Raucherin mit blondierten Haaren. Eine mit Diät und Fitnessstudio schlank gehaltene Figur, etwas zu auffällig geschminkt und ein wenig zu ordinär angezogen. Sie trug einen sehr kurzen Rock und hochhackige Schuhe, dazu eine helle Bluse, welche zwar nicht durchsichtig war, aber doch recht viel von den darunterliegenden Formen erahnen ließ.

9.) Rothenburg ob der Tauber

Steffi kam zurück gestöckelt. Ben öffnete die Beifahrertür und lud sie ein, im Wagen Platz zu nehmen. Sie fuhren los und rollten mit offenem Verdeck über die Landstraße.

Steffi hatte eine Sonnenbrille aufgesetzt, den rechten Arm lässig im Fensterrahmen abgelegt und schaute in den blauen Sommerhimmel.

„Sie haben mir noch immer nicht gesagt, wo Sie herkommen!"

„Aus Budapest!", antwortete Ben.

„Das glaube ich Ihnen nicht!"

„Warum nicht?"

„Weil Sie viel zu gut deutsch reden!"

„Meine Mutter war Deutsche."

„Sie kommen aber trotzdem nicht von hier!"

„Eigentlich bin ich Engländer."

Steffi zog die Stirn in Falten.

„Sind Sie jetzt Deutscher oder Engländer? Wo sind Sie denn geboren?"

„In Freiburg im Breisgau. Ich kann mich aber nicht daran erinnern. Meine Eltern sind weggezogen, bevor ich zwei Jahre alt war."

„Wo sind Sie aufgewachsen?", fragte Steffi.

„Die ersten Jahre in Ruanda, dann in Mexiko."

Steffi wurde zunehmend verwirrter.

„Was haben Sie dort getan?"

„Anfangs geschrien und in die Windeln gemacht. Als ich größer wurde, bin ich dann in den Kindergarten gegangen."

„Kommen Sie oft nach Deutschland?"

„Nein, nur selten. Meistens sind es kurze Geschäftsreisen."

„Und ihre Mutter?"

„Die ist schon lange tot. Mein Vater leider auch."

„Oh, Entschuldigung!"

„Macht nichts. Sie können ja nichts dafür."

Steffi seufzte.

„Dann sind Sie ja nirgendwo zu Hause!", stellte sie fest.

„Es gibt Schlimmeres!", sagte Ben und begriff im selben Moment, dass sie Recht hatte. Allerdings hatte er sich noch nie ernsthafte Gedanken darüber gemacht.

Eine Weile lang schwiegen sie.

„Was machen Sie denn eigentlich beruflich?", fragte Steffi dann.

„Ich bin in der Finanzbranche."

„Sie arbeiten in einer Bank?"

„So etwas Ähnliches. Es nennt sich Private Equity."

„Was bedeutet das?"

„Ich sammele Geld von Leuten, die zu viel davon haben, und gebe es dann aus."

„Schöne Sache."

Sie strich sich eine Haarsträhne aus dem Gesicht.

„Der Haken daran ist, dass die Leute, die mir ihr Geld geben das auch wieder zurückhaben wollen. Und nach Möglichkeit deutlich mehr als sie mir gegeben haben."

„Sie Ärmster!"

„Na ja, arm wird man normalerweise nicht unbedingt dabei. Der Trick ist, das Geld so weit zu vermehren, dass man selbst am Ende auch noch möglichst viel übrig hat!"

„Und wie machen Sie das?"

„Wir kaufen Unternehmen. Unternehmensanteile oder ganze Firmen. Wir räumen auf, machen die Firmen profitabler und verkaufen sie dann wieder!"

„Wie geht so etwas?"

„Zunächst einmal sammeln wir Geld von Leuten, die genug davon haben. Wichtig ist: Unsere Anleger dürfen nicht auf die Idee kommen, ihr Geld in absehbarer Zeit zurückzuverlangen. Denn wir spielen auf Risiko. Ab und zu schreiben wir auch Verluste. Wenn wir genügend Geld gesammelt haben, dann gründen wir einen Fonds. Sobald die Summe in diesem Fonds groß genug ist, können wir auch Kredite aufnehmen."

Er warf einen Seitenblick zu ihr hinüber. Sie schien noch zuzuhören, auch wenn er nicht beurteilen konnte, ob sie verstand, was er sagte.

„Mit all dem gesammelten und geliehenen Geld kaufen wir dann ein Unternehmen. Entweder das ganze Unternehmen oder auch nur einen Anteil. Oft reichen einundfünfzig Prozent, damit haben wir die Mehrheit."

„Kriegt ihr denn immer so viel Geld zusammen?"

„Nicht immer. Das Geniale an der Sache ist ja, dass die Firma, die wir kaufen wollen, ihren Kaufpreis letztendlich selbst bezahlen muss!"

„Wie soll das gehen?"

„Wir gründen eine Übernahme-Gesellschaft. Die nimmt einen Kredit auf. Dann, wenn unsere Übernahme-Gesellschaft das Unternehmen gekauft hat, werden die beiden Firmen miteinander verschmolzen. Die Kredite gehen also auf die übernommene Firma über. Und die muss sie zurückzahlen."

„Ist das denn fair?"

„Das Unternehmen profitiert ja von der Übernahme. Wir machen es fit ..."

„Und was haben die Angestellten davon?"

„Nun ja ...", Ben musste sich räuspern, „Letztendlich profitieren doch alle davon, wenn die Firma gesund ist ..."

Steffi schüttelte vehement den Kopf.

„Nein, das stimmt nicht!"

„Warum nicht?"

„Die Firma von meinem Freund, zum Beispiel, ist aufgekauft worden. Von Amerikanern. Die sind wie die Heuschrecken, hat mein Freund gesagt. Die neuen Bosse haben erst die Löhne gesenkt, dann die Arbeitszeiten erhöht. Der Betriebsrat hat sich vor Angst nicht getraut, irgendwas zu sagen. Dafür hieß es, die Arbeitsplätze seien sicher. Aber dann haben sie meinen Freund am Ende doch entlassen!"

„Wenn die Firma nicht gesund ist, wird bald niemand mehr Arbeit haben."

„Aber ist das denn fair, wenn es den Reichen immer besser geht und Leute wie mein Freund arbeitslos werden?"

Ben schwieg.

Er konnte sich gut vorstellen, wie es in dieser Firma gelaufen war: zu hoher Personalstand, zu teure Produktionskosten. Angestellte, die unprofitabel waren, Faulenzer und Quertreiber, sind rausgeflogen. Aber das konnte er ihr jetzt nicht erklären. Sie würde es nicht verstehen. Und die Angelegenheit war ihr sichtlich unangenehm.

„Ich habe Feierabend!", sagte er stattdessen, „Beenden wir das Thema für heute!"

Sie schwieg.

Eine halbe Stunde später waren sie in Rothenburg.

„Wo darf ich Sie denn absetzen?", fragte Ben.

Steffi nannte eine Adresse. Sie zögerte einen Moment.

„Waren Sie eigentlich schon einmal in Rothenburg?"

Ben verneinte.

„Dann wird es Zeit, dass Sie es kennenlernen! Haben Sie noch ein bisschen Zeit?"

Ben zog die Schultern hoch.

„Das hängt von Ihnen ab!"

Sie lächelte.

„Dann zeige ich Ihnen jetzt die Stadt! Worauf warten wir?"

Er parkte den Wagen am Rande der Altstadt, klappte das Verdeck zu, ging um den Wagen herum und öffnete Steffi die Tür. Sie stieg aus und hakte sich bei ihm ein.

Sie durchschritten das Stadttor und schlenderten durch die engen Gassen.

An der Ecke zum Rathausplatz posierte ein Pantomime-Darsteller in historischem Kostüm.

Eine Gruppe von Japanern stand daneben und schaute ihm staunend zu, dann traten einzelne aus der Gruppe hinzu, warfen ein paar Münzen in die Schale und ließen sich ablichten.

„Die Japaner sind anders als die Amerikaner", stellte Ben fest.

Steffi lachte.

„Klar. Die einen haben platte Nasen und Schlitzaugen!"

Ben schüttelte den Kopf.

„Das meine ich nicht. Schauen Sie: Die Japaner sind höflich. Sie treten fast immer in Gruppen auf und lauschen artig ihrem Guide. Und dann fotografieren sie."

„Und die Amis?"

„Die stellen jede Menge dumme Fragen. Das tun die Japaner nicht!"

In der Nähe war ein Schaufenster mit Kunstschnee und Weihnachtssternen dekoriert. Steffi schob Ben zum Eingang des Geschäftes.

„Hier ist das ganze Jahr über Weihnachten. Die Japaner und Amerikaner sind ganz verrückt danach!"

Was von außen ausgesehen hatte, wie ein unscheinbar kleines Fachwerkhäuschen war von innen groß wie eine Kathedrale, voll mit Weihnachtsbäumen, Krippen und all dem, was man in Nebraska oder Osaka für den Inbegriff deutscher Gemütlichkeit halten mochte.

„Wer kauft denn so etwas im August?", wunderte sich Ben.

Steffis Augen strahlten. Ben überlegte ernsthaft, ihr eine Kuckucksuhr zu schenken – eine von hunderten, welche an einer Wand nebeneinander hingen. Stattdessen begnügte er sich damit, jene Wand zu fotografieren.

„Lassen Sie sich nicht erwischen!", zischte es hinter ihm, „Fotografieren verboten!"

Ein untersetzter Mittfünfziger baute sich vor ihm auf: „You understand? Hier nix Foto!"

Steffi griff nach seiner Hand und zog ihn weg.

„Das ist hier so in Deutschland!", zischte sie in sein Ohr, „Wenn etwas verboten ist, dann muss man sich daran halten!"

Später lud Ben Steffi zum Essen ein.

Beim Aperitif bot er ihr das du an. Sie bestand darauf, Bruderschaft zu trinken, was mit einem Kuss auf den Mund verbunden war. Das fand Ben peinlich und ordinär.

Bei der Vorspeise stellte er fest, dass sie nicht so recht wusste, was sie mit der gestärkten Stoffserviette anfangen sollte.

Dann kicherte sie immer wieder nervös und starrte auf die verschiedenen Besteckteile.

„Von außen nach innen!", sagte Ben leise und lächelte ihr zu.

Beim Hauptgang trank sie zu viel Wein.

„Warum fühlst du dich als Engländer und nicht als Deutscher?", fragte sie.

„Was spricht dagegen?"

„Wenn deine Mutter Deutsche und dein Vater Engländer war, dann könntest du dich doch auch als Deutscher fühlen!"

„In Deutschland habe ich nie längere Zeit gelebt!"

„Und in England?"

Ben dachte nach.

„Wenn ich ehrlich bin, auch nicht. Aber meine Mutter hat auf die Nationalität nie besonderen Wert gelegt. Mein Vater hingegen war stolz auf seine Herkunft. Angeblich stammt er aus einer uralten Familie, deren Vorfahren sich bis ins Mittelalter zurückverfolgen lassen! Einige meiner Vorfahren waren hohe Beamte, Offiziere oder Diplomaten."

„Bist du ein richtiger Lord?"

„Nicht unbedingt. Aber es gibt da schon einen legendären Vorfahren, der adelig gewesen sein soll."

„Ach, wie romantisch!"

„Ich habe keine Ahnung, ob die Geschichte stimmt. Mein Vater hat mir immer wieder von einem legendären Earl of Whitcombe erzählt. Aber kein Mensch weiß, ob es den jemals gegeben hat. Es gibt zwar irgendwo in England ein Dorf namens Whitcombe, aber dort hat es niemals einen Earl gegeben. Wahrscheinlich handelt es sich also nur um eine Geschichte, die seit mehreren Generationen durch unsere Familie geistert. Allerdings waren mein Vater und mein Großvater ziemlich stolz auf diesen legendären Vorfahren."

„In meiner Familie gibt es so etwas nicht!", sagte Steffi.

Spätestens beim Dessert merkte er, dass sie ziemlich betrunken war. Auch er selbst hatte längst viel zu viel Alkohol zu sich genommen. Nach dem Espresso beglich er diskret die Rechnung.

Auf dem Weg zum Parkplatz hakte sie sich bei ihm unter.

Als sie vor dem Auto standen, drängte sie sich an ihn. Unbeholfen nahm er sie in den Arm.

Sie küsste ihn ein zweites Mal und diesmal war es viel leidenschaftlicher als vorhin.

„Was machen wir jetzt?", fragte sie.

„Ich bringe dich zu deiner Adresse!", sagte er.

Sie dachte nach.

„Ehrlich gesagt, hat das auch bis morgen Zeit!", verkündete sie.

Ben antwortete nicht.

„Morgen habe ich frei!", fuhr sie fort, „Meinem Freund habe ich gesagt, dass ich bei meiner Freundin in Rotenburg übernachten werde. Warum nehmen wir uns nicht hier ein Zimmer?"

Sie zog ihn an sich und küsste ihn erneut.

Sie schmeckte nach Zigarettenrauch. Ben erinnerte sich an den blöden Spruch, demnach einen Raucher zu küssen so ähnlich sei, wie einen Aschenbecher auszulecken. Ganz so schlimm ist es nicht, dachte er. Aber wer weiß, vielleicht lecke ich irgendwann auch noch einen Aschenbecher aus.

„Gefalle ich dir?", fragte sie.

10.) Heidelberg

Einen Moment lang zögerte er.

Dann suchte er nach höflichen Worten, öffnete ihr die Wagentür, fuhr zu der von ihr genannten Adresse und reichte ihr zum Abschied die Hand.

Sie stöckelte davon ohne sich noch einmal umzuschauen.

Ben sah ihr hinterher.

Hatte er sie verletzt? Die Sache war ihm peinlich. War er schon zu weit gegangen?

Es es war nicht so, dass sie ihm nicht gefallen hätte. Und er brauchte auch gar kein schlechtes Gewissen zu haben: Jessica war weit weg und hatte ihm unmissverständlich klar gemacht, dass sie nichts mehr von ihm wissen wollte. Ben war frei und konnte tun und lassen, was er für richtig hielt. Aber er wollte keine flüchtige Affäre. Jetzt nicht und auch nicht zu einem anderen Zeitpunkt. So etwas war noch nie seine Art gewesen.

Ben schaute auf seine Armbanduhr. Es war kurz nach neun Uhr abends.

Eigentlich hatte er zu viel getrunken, um noch bis Heidelberg weiterfahren zu können. Aber in Rothenburg wollte er nicht bleiben. Er fuhr unschlüssig ein paar Kilometer, dann fand er ein schäbiges Motel. Dort übernachtete er und machte sich am nächsten Morgen zeitig auf den Weg.

Gegen elf Uhr kam Ben in Heidelberg an. Das Institut für Astronomie befand sich in einer alten Villa im Stadtteil Neuenheim. Der Pförtner schickte ihn ins Sekretariat, wo eine resolut aussehende Mittvierzigerin konzentriert vor einem Bildschirm saß. Als Ben eintrat, nahm sie den Kopfhörer ihres Diktiergerätes ab.

„Sie wünschen?"

„Ich suche Herrn Professor Wroblewski!"

Die Sekretärin schüttelte den Kopf.

„Der ist leider nicht im Haus!"

„Hat er nicht gerade Sprechstunde?"

„Er hat mit unserem Institut nicht mehr viel zu tun."

„Ich dachte, er arbeitet hier?"

„Er ist seit drei Jahren emeritiert."

„Wieso schmückt sich die Webseite Ihres Institutes noch mit seinem Namen?"

„Herr Professor Wroblewski ist zwar altersbedingt aus dem Alltagsbetrieb unseres Instituts ausgeschieden, genießt jedoch als Emeritus noch einige Rechte und ist unserem Institut weiterhin verbunden."

„Hält er noch Vorlesungen oder Seminare?"

„Wie man's nimmt. Ab und zu hält er einen Vortrag. Meistens über seine persönlichen Steckenpferde. Sehr anspruchsvolle, philosophische Themen."

„Wie oft ist er denn hier?"

„Das ist unterschiedlich. Es gibt Zeiten, da geht er hier täglich ein und aus. Dann wieder sieht man ihn wochen- oder gar monatelang gar nicht. In den letzten Jahren war er oft in Chile. Gerne zieht er sich an abgelegene Orte zurück, um in Ruhe zu schreiben. Dort möchte er nicht gestört werden und ist für niemanden erreichbar."

„Er hat doch sicherlich eine private Adresse oder Telefonnummer?"

„Nein."

„Gut, ich kann verstehen, dass Sie diese nicht herausgeben dürfen. Aber es muss doch eine Möglichkeit geben, ihm eine Nachricht zu hinterlassen!"

„Seine E-Mail-Adresse finden Sie auf der Webseite unseres Institutes. Jede an ihn gerichtete E-Mail landet auf meinem Schreibtisch. Die meisten davon beantworte ich in seinem Namen. In seltenen Fällen warte ich, bis er sich meldet, und gebe die Nachricht weiter."

Ben überreichte ihr seine Visitenkarte.

„Richten Sie Herrn Professor Wroblewski bitte aus, dass ich gerne mit ihm sprechen möchte. Wann und wo ist mir egal. Notfalls komme ich auch nach Chile oder Kanada."

„Das werde ich ihm ausrichten. Ich kann Ihnen aber versichern, dass es höchst unwahrscheinlich ist, dass er Ihrem Wunsch nachkommt. Darf ich fragen, worum es geht?"

„Herr Professor Wroblewski weiß, wer ich bin. Er war es, der den Kontakt zu mir gesucht hat und ich möchte wissen, warum!"

Die Sekretärin nahm die Karte teilnahmslos entgegen.

„Ich versuche mein Möglichstes!", sagte sie.

Ben bedankte sich und ging hinaus.

Jetzt jagte er also einem verrückten Professor hinterher, der ein Faible dafür hatte, sich in Berghütten zu verkriechen. In was für eine Sache war er da bloß hineingeraten?

Ben überquerte den Neckar und gelangte zum Bismarckplatz, wo die Fußgängerzone begann, die parallel zum Fluss in die Altstadt führte.

Er fragte einen Studenten nach der Bibliothek und fand sich vor einem eindrucksvollen Gebäude mit roter Sandsteinfassade wieder. Er trat ein und gelangte durch ein halbdunkles Foyer über eine Treppe hinauf in den Lesesaal. Im elektronischen Katalog fand er, was er suchte.

Lucius Wroblewski hatte mehrere Monographien über komplizierte und sehr spezialisierte astronomische und physikalische Themen verfasst. Außerdem gab es Werke, deren Titel recht allgemeinverständlich klangen. Ben nahm ein paar Bücher aus den Regalen und blättere darin herum. Immer wieder ging es um Sonnenfinsternisse, um versunkene Städte und um die Symbolik von Licht und Schatten.

Ben schaute sich das Quellenverzeichnis im Anhang eines Buches an und erstarrte, als er den Namen Leon Gorseth entdeckte. Neben den „Wegen aus der versunkenen Stadt" war noch ein zweites Buch desselben Autors erwähnt.

Im Katalog-Computer wurde er aber nicht fündig: In dieser Bibliothek gab es kein einziges Buch von Leon Gorseth. Auch auch im Internet ließ sich rein gar nichts über ihn herausfinden.

Das war merkwürdig. Was für einen Zusammenhang bestand zwischen Leon Gorseth, Lucius Wroblewski und Francesco?

Ben stellte die Bücher wieder an ihren Platz und ging die Treppe hinunter zurück ins Foyer.

An den Wänden befanden sich mehrere schwarze Bretter. Daran hingen Notizzettel: Suche Wohnung, biete dies und das. Ben fühlte sich an seine eigene Studienzeit erinnert und lächelte. Er freute sich, zu sehen, dass diese Notizbretter auch im Zeitalter des Internets noch nicht verschwunden waren.

Eines der Bretter war für Mitfahrgelegenheiten reserviert. Es war bemerkenswert gut organisiert und wurde offenbar kräftig genutzt. An der Wand hing eine Landkarte, in welcher das ganze Land in verschiedene Bezirke eingeteilt war, offenbar nach Postleitzahl-Bereichen. Unter der Landkarte waren eine Reihe von kleinen Fächern, jedes mit einer Ziffer markiert. In jedem Fach fand sich ein Stapel Zettel, auf welchem man eintragen konnte, ob man eine Mitfahrgelegenheit anbot oder suchte. Es gab auch ein Fach für „Ausland". Darin fand Ben einen einsamen Zettel: Jemand suchte eine Fahrt nach London.

Ben hielt kurz inne. Die morgige Reise würde lang und langweilig werden. Was sprach dagegen, einen Studenten als Mitfahrer mitzunehmen? Er wählte die auf dem Zettel angegebene Handy-Nummer und als sich keiner meldete, schrieb er eine SMS. Dann ging er auf die Straße hinaus.

In der Fußgängerzone fand er eine Buchhandlung. Er trat ein, holte er das Buch hervor, welches Lucius Wroblewski ihm in der Berghütte überreicht hatte und wandte sich an die Angestellte.

„Könnten Sie mir vielleicht etwas über den Autor sagen?"
Die Buchhändlerin runzelte die Stirn.

„Leon Gorseth? Den Namen habe ich noch nie gehört. Es könnte ein Pseudonym sein!"

„Hätten Sie eine Ahnung, von wem?"

„Wer unter Pseudonym schreibt, hat in der Regel Gründe dafür, unerkannt bleiben zu wollen."

„Gibt es keine Möglichkeit, den echten Namen herauszufinden?"

„Sie könnten sich an den Verlag wenden."

„Entschuldigen Sie, aber leider habe ich den Namen des Verlages nicht herausfinden können."

Die Buchhändlerin nahm das Buch in die Hand und blätterte es aufmerksam durch.

„Das ist merkwürdig. Normalerweise hat jedes Buch ein Impressum. Aber dieses hier nicht. Kein Impressum, kein Herausgeber, kein Verlag. Noch nicht einmal ein Erscheinungsjahr."

„Was bedeutet das?"

„Dieses Buch gibt es nicht."

Ben schaute sie erstaunt an.

„Natürlich gibt es dieses eine Exemplar. Aber für den Buchhandel ist es nicht existent. Es handelt sich um einen Privatdruck. Irgendjemand hat es auf eigene Rechnung für einen begrenzten Leserkreis hergestellt."

„Warum tut man das?"

„Meistens aus Eitelkeit. Manchmal auch aus anderen Gründen. Es ist gar nicht so selten!"

Ben bedankte sich und verließ den Laden. Er ließ sich durch die Altstadt treiben, folgte einer Gruppe von jungen Leuten und fand sich in einem schattigen Innenhof wieder. In einem alten Gemäuer war eine Art Cafeteria. Ben orderte einen Kaffee.

Ich sollte den weiteren Verlauf meiner Reise planen, dachte er und nippte an seiner Tasse. Heute Abend würde er in Heidelberg übernachten, aber morgen wollte er endlich Land gewinnen.

Die Strecke kannte er: von hier aus ging es über Frankfurt, Köln und Brüssel an die französische Küste. Die sechs- bis siebenhundert Kilometer sollten auch bei gemütlicher Fahrweise in acht oder maximal neun Stunden zu schaffen sein. In Calais würde er dann entscheiden, ob er die Fähre oder den Tunnel nehmen würde.

Sein Handy klingelte.

„Hier ist die Selina. Du hast mich angerufen?"

Ben brauchte ein paar Sekunden, um zu begreifen, mit wem er sprach.

„Du suchst eine Mitfahrgelegenheit nach London?"

„Wann fährst du?"

Ben lächelte. Es gefiel ihm, dass sie ihn so selbstverständlich duzte. Natürlich ging sie davon aus, dass er ein Student war.

„Morgen früh."

„Das ist ja sehr kurzfristig!"

„Ich bin auf der Durchreise von Budapest nach London und habe vorhin zufällig deinen Zettel in der Bibliothek entdeckt."

„Bist du Lastwagenfahrer?"

„Nein, wie kommst du darauf?"

„Warum sonst solltest du von Budapest nach London fahren?"

„Ich wohne in Budapest … ich meine, ich habe da gewohnt und jetzt fahre ich nach London weil … da wohne ich auch, also vielleicht demnächst wieder …"

Sie lachte.

„Das hört sich chaotisch an. Wohin fährst du genau?"

„Direkt nach London. Wenn du willst, setze ich dich bei der Queen im Garten ab."

„Wie viel Spritkostenbeteiligung willst du haben?"

Ben dachte nach. Natürlich, sie wollte Geld sparen. Ihm hingegen war das Geld egal.

„Das hängt von deinem Musikgeschmack ab.", sagte er.

Die andere Person lachte erneut.

„Jetzt mal im Ernst. Was für ein Auto hast du?"

„Einen Mercedes SL."

„Was ist das?"

„Ein Cabrio. Ein Sportwagen."

„Ach … so einer bist du. Also sag, wie viel Kohle willst du?"

Wenn er ihr sagen würde, dass sie kostenlos mitfahren könnte, würde sie ihm wahrscheinlich unlautere Absichten unterstellen.

„Den Sprit muss ich so oder so bezahlen," sagte Ben, „Aber du kannst dich an den Kosten für die Fähre beteiligen. Wenn du mir fünfzig Euro gibst, bin ich zufrieden!"

Die junge Frau schien hocherfreut.

„Fünfzig Euro bis London? Das ist prima! Und dass du morgen gleich losfährst, das passt eigentlich sogar perfekt. Wann und wo treffen wir uns?"

„Sagen wir um halb sieben Uhr morgens am Bahnhof! Oder ist dir das zu früh?"

Selina lachte.

„Du hast Angst, dass Studenten es nicht gewohnt sind, früh aufzustehen? Keine Angst, das schaffe ich schon!"

Ihr Lachen klang wirklich süß, dachte Ben.

„Halt! Wie erkenne ich dich überhaupt?", fragte sie.

„Schau einfach nach einem schwarzen Cabrio, welches vermutlich im Halteverbot am Bahnhof stehen wird! Und du?"

„Du findest mich schon. Achte einfach auf eine Studentin mit großem Rucksack, die nach einem Cabrio Ausschau hält. Okay?"

Ben unterbrach die Verbindung. Dann schaute nach neuen Emails.

Ein Headhunter hatte geschrieben. Die Nachricht war gerade vor ein paar Minuten erst hereingekommen.

Ben schrieb eine kurze, freundlich-nichtssagende Antwort. Oder sollte er ihn lieber gleich anrufen? Dann war es erledigt und er wusste, woran er war.

„Rungholt Personaldienstleistungen", meldete sich eine weibliche Stimme.

Ben bat darum, zu Herrn Rungholt persönlich durchgestellt zu werden.

Nach wenigen Sekunden Warteschleifenmusik meldete sich eine männliche Stimme mit norddeutschem Akzent.

„Jens Rungholt. Wie kann ich Ihnen helfen?"

Ben nannte seinen Namen.

„Sie hatten mir eine Mail geschrieben!"

„Das ist richtig. Ich wollte mich erkundigen, ob Sie an einer beruflichen Veränderung interessiert wären?"

Jetzt bloß nicht falsch reagieren!

„Darf ich fragen, um was für eine Position es sich handelt?"

„Das würde ich Ihnen gerne im persönlichen Gespräch erklären!"

„Das ist momentan etwas schwierig. Ich bin gerade in Deutschland unterwegs ..."

„Wann haben Sie denn Zeit?"

„Das kommt darauf an, wo das Treffen stattfinden würde."

„In Frankfurt, gleich morgen früh um neun?"

Das passte ja wie die Faust aufs Auge! Von Heidelberg bis Frankfurt waren es keine hundert Kilometer, das müsste in einer guten Stunde zu schaffen sein.

Ben willigte ein.

„Den genauen Ort schicke ich Ihnen noch per E-Mail," sagte der Headhunter, „Planen Sie bitte etwa eine Stunde ein."

Ben bedankte sich und unterbrach nach ein paar Höflichkeitsfloskeln die Verbindung. Er stand auf und ging am Neckarufer entlang zum Auto zurück. Ab und zu kam ein größeres Schiff vorbeigetuckert, beladen mit Schrott, Kohlen oder Containern und hinterließ eine Welle. Enten quakten, Vögel zwitscherten in den Bäumen, Rosen blühten und es duftete nach feuchtem Moos, nach frischgemähtem Gras und nach Sommer. Kinder rannten über die Wiese und ein verliebtes Pärchen saß händchenhaltend auf einer Bank. Ben dachte kurz daran, dass er gerne in der Stimmung wäre, sein

Herz in Heidelberg zu verlieren, aber dazu hatte er zu viele andere Dinge im Kopf.

11.) Frankfurt

Am nächsten Morgen stand Ben in aller Herrgottsfrühe auf und packte eilig sein Gepäck zusammen. Er stopfte alles in seinen Trolley und zog ein frisches weißes Hemd und die guten Lederschuhe an. Die Krawatte band er nicht um, sondern faltete sie vorsichtig zusammen und steckte sie in die Innentasche seines Sakkos, welches er sich locker über die Schulter legte. Er ließ die Zimmertür hinter sich ins Schloss fallen, nahm den Aufzug hinunter zur Rezeption und gab den Schlüssel ab. Auf das Frühstück verzichtete er. Einerseits war es noch viel zu früh, andererseits war er dieser ewig gleichen Hotel-Frühstücksbuffets längst überdrüssig. Immer wieder zähes, dunkles Brot, kalter Aufschnitt und ungenießbar bitterer Filterkaffee. Er sehnte sich nach Toast mit Spiegeleiern und gebratenem Speck und freute sich darauf, dieses Land heute endlich zu verlassen.

Er fuhr zum Bahnhof.

Selina war pünktlich. Sie war schlank und zierlich gebaut. Das kurze, brünette Haar stand struppig nach allen Seiten hin ab und hatte ein paar hennarote Strähnen. Sie trug eine frühlingsgelbe Bluse und darüber eine leichte, rote Sommerjacke zu einer weißen, dreiviertellangen Hose. Ihre Füße steckten in bunten Sandalen.

Sie streckte ihm lachend ihre Hand entgegen.

„Hallo Cabriofahrer!"

Sie hatte braune Augen und ein freundliches, fein geschnittenes Gesicht. Ihre Haut hatte einen leicht braunen Teint, wie Latte macchiato mit einem Extra-Schuss Milch.

„Nenn mich einfach Ben!"

„Ich bin die Selina."

Den voluminösen Rucksack im Kofferraum zu verstauen stellte Ben vor eine gewisse Herausforderung, war aber noch so gerade möglich, wenn man Bens Aktentasche hinter dem Beifahrersitz unterbrachte.

„Ich habe noch einen Termin in Frankfurt," sagte Ben, „Das wird aber hoffentlich nicht lange dauern!"

„Kein Problem. So eilig habe ich es nicht."

„Wenn alles gut geht, sind wir gegen acht Uhr abends in Calais. Mit etwas Glück könnten wir um elf in London sein!"

„Lass dich bloß nicht hetzen!", lachte Selina, „Hast du Urlaub?"

„So eine Art."

„Was willst du in London?"

„Ich fahre nach Hause."

„Du bist Engländer?"

„Eigentlich nur ein Halber. Meine Mutter war Deutsche."

„Also ein Mischling? Ein Straßenköter?"

Selina lachte erneut.

Ein Straßenköter bin ich also, dachte Ben. Man könnte es auch galanter ausdrücken. Aber er konnte ihr gar nicht böse sein. Schöne Augen hatte sie und wenn sie lachte, dann sah sie wirklich süß aus.

„Ich bin durch und durch britisch erzogen", erklärte Ben, „Mein Vater hat großen Wert darauf gelegt!"

„Du könntest dich doch genauso gut als Deutscher fühlen!"

„In Deutschland habe ich nie längere Zeit gelebt!"

„Und in England?"

Ben dachte nach.

„Wenn ich ehrlich bin, auch nicht. Aber mein Vater war stolz auf seine Herkunft. Er hat mir immer wieder von einem legendären Vorfahren erzählt, einem Earl of Whitcombe, von dem kein Mensch weiß, ob es ihn jemals gegeben hat!"

„Hey, bist du ein richtiger Lord?"

„Nicht ganz. Mein Vater war Diplomat. Als Kind bin ich ganz schön in der Welt herumgekommen. Zunächst in Afrika. Dann in Mexiko. Später hat man mich zur Schule in ein Internat in die Schweiz geschickt."

Selina lachte. „Du bist ein Reisender! Genau wie meine Freunde in England!"

„Was sind das für Leute?"

„Sie sind New Age Traveller."

Ben wusste genau, was New Age Traveller waren: Junge oder nicht mehr ganz so junge Leute, die sich in schrottreifen Wohnwagen, umgebauten Bussen oder Lastwagen durchs Leben schlugen und auf abgelegenen Parkplätzen kampierten. Nicht unbedingt seine Wellenlänge.

„Sie leben in einer Kommune in Somerset," erklärte Selina weiter, „nicht weit von Glastonbury."

„Sie beziehen Sozialhilfe, nehme ich an?"

„Nein, sie arbeiten."

„Sie arbeiten?"

Die einzige Art von Erwerbstätigkeit, die Ben solchen Leuten zutraute, war Bettelei oder Drogenhandel.

„Sie betreiben ein Zentrum für spirituelle und ganzheitliche Medizin!"

„Das heißt?"

„Homöopathie, Aromatherapie, Akupunktur und so …"

„Ich nehme an, die wissen, was sie tun?"

„Einer von ihnen hat drei Jahre in China verbracht, um dort alles über die traditionelle chinesische Medizin zu lernen."

„Woher kennst du sie?"

„Von der politischen Arbeit. Im letzten Jahr habe ich an einem europäischen Koordinationstreffen gegen Tierversuche teilgenommen."

„Gegen Tierversuche?"

„Warum nehmen wir Menschen uns das Recht raus, Tiere zu quälen?"

„Weil es notwendig ist, nehme ich an."

„Wozu ist das notwendig?"

„Was weiß ich? Forschung, Wissenschaft ... die werden schon wissen, was sie tun!"

„In Forschung und Wissenschaft gibt es längst sinnvolle Alternativen!"

„Wirklich? Von mir aus! Es ist nicht gerade mein Fachgebiet, aber ich kann mir nicht vorstellen ..."

„Dann muss die Wirtschaft halt auf die Produkte verzichten, die sie nicht ohne Tierversuche entwickeln kann."

„Das wäre aber ziemlich viel verlangt."

„Warum? Weil die Wirtschaft sich vielleicht ein bisschen mehr um Moral kümmern könnte?"

Ben lachte.

„Nun ja, da magst du ein wenig Recht haben ... Wirtschaft und Moral, das ist so eine Sache ..."

„Daran wage ich ja gar nicht, zu denken. Wer sich dabei erwischen lässt, eine Bank zu überfallen, der landet im Gefängnis. Dabei sind es die Direktoren der Bank, die da eigentlich hineingehören!"

Ben lächelte. Ob sie wohl wusste, dass sie da einen berühmten Ausspruch von Bertold Brecht zitierte? Oder war es Marx? Wer auch immer, jedenfalls ein toter Kommunist.

Um viertel vor acht waren sie am Frankfurter Kreuz. Dort bog Ben ab auf eine vierspurige Schnellstraße in Richtung Innenstadt.

Am Willy-Brandt-Platz stellte Ben den Wagen im Parkhaus ab. Er schaute auf die Uhr. Kurz nach acht. Er hatte noch mindestens eine gute Dreiviertelstunde bis zu seinem Termin.

„Ich muss dich jetzt leider für etwa zwei Stunden alleine lassen!", sagte er, zog das Sakko an und band die Krawatte um.

„Schick schaust du aus!", gab Selina zurück.

Ben fühlte sich geschmeichelt, ließ sich aber nichts anmerken.

„Ich rufe dich an, wenn ich fertig bin!"

„Keine Angst, ich kann mich beschäftigen. Vielleicht überfalle ich eine Bank!"

Sie hob die Hand, winkte ihm lächelnd zu und ging in Richtung Mainufer.

Der Headhunter hatte Ben in die Lobby eines großen Hotels bestellt. Ben hatte ein modernes Gebäude aus Beton und Glas erwartet und war überrascht, als er sich in einem alten Palais mit verschnörkelten Säulen und einen kleinen Innenhof wiederfand.

Sein Gegenüber war trotz aller Diskretion einfach auszumachen: Eine Gestalt in tadellosem dunkelblauem Maßanzug saß betont unauffällig in einem Ledersessel, so dass er den Eingang gut im Blick hatte. Er gab Ben ein diskretes Zeichen.

„Setzen wir uns in die Bar!", sagte er nach förmlich-steifer Begrüßung, schob Ben zu einem Tisch im hinteren Teil des Nachbarraumes und bestellte zwei Espresso.

„Ich bedanke mich für Ihre Kontaktaufnahme!", sagte Ben, „Und jetzt bin ich gespannt. Was bieten Sie mir an?"

„Sind Sie flexibel in Bezug auf Standort und Vergütung?"

„Werden Sie konkreter!"

Ben hatte Erfahrung mit der Branche. Nicht alle von denen waren wirklich seriös. Es gehörte Fingerspitzengefühl dazu, die Spreu vom Weizen zu trennen.

„Sie können nicht erwarten, dass ich meine Klienten in diesem Stadium bereits benenne.", sagte sein Gegenüber.

Das sprach gegen ihn. Ein seriöser Headhunter würde seinen Auftraggeber nennen.

„Wollen Sie sagen, dass die betreffende Stelle derzeit noch nicht vakant ist?"

„Das habe ich nicht behauptet. Es geht mir darum, Ihre Position auszuloten. Wer Sie sind, weiß ich. Was ist Ihre Strategie?"

Ben straffte den Rücken.

„Zunächst einmal möchte ich feststellen, dass ich in einer ungekündigten Stellung bin", sagte er, „Ich bin auf dem Weg nach London. Dort werde ich mit meinen Vorgesetzten klären, wo meine künftige Position innerhalb von Goldstein & Liebman sein wird."

„Angenommen, es gäbe keine Position für Sie?"

„Dann reden wir weiter!"

Der Andere senkte seine Stimme.

„Vielleicht müssen Sie eine Position in Betracht ziehen, welche Sie vor ein oder zwei Monaten mit Sicherheit niemals beachtet hätten. Die Budgetverantwortung betrüge nur einen Bruchteil von dem, was Sie gewohnt sind. Dasselbe trifft auf die Vergütung zu."

„Könnten Sie konkreter werden?"

„Nicht zum gegenwärtigen Zeitpunkt."

Ben war verwirrt.

„Was wollen Sie eigentlich?"

Der Andere stand auf und reichte Ben die Hand.

„Mr. Whitcombe, ich danke Ihnen für dieses Gespräch. Sie hören von mir, wenn Sie wünschen."

Oder auch nicht dachte Ben. Das war wohl eine reine Zeitverschwendung gewesen.

„Auf Wiedersehen!", sagte er.

„Auf Wiedersehen, Mr. Whitcombe", sagte der Andere, „und es tut mir aufrichtig leid, dass Professor Wroblewski gestern und heute verhindert ist!"

Ben verstand. Plötzlich wurde ihm alles klar.

„Sie sind gar kein Headhunter! Sie haben mich hierher gelockt!"

Der Andere beugte sich ein wenig vor.

„Nicht ich habe Sie hierher gelockt. Sie waren es, der Kontakt zu Lucius Wroblewski aufnehmen wollte!"

Natürlich! Diese E-Mail gestern, nur Minuten, nachdem er in dem Institut seine Visitenkarte abgegeben hatte!

„Wo ist er?"

„Er ist unterwegs."

„Wohin?"

„Zu dem Ort, an dem Sie ihn treffen werden, sofern Sie das wünschen!"

Ben senkte seinen Blick.

„Wer sind Sie?", fragte er leise.

Der Andere räusperte sich.

„Wir nennen uns: die ‚Bruderschaft von Lyonesse'!"

Er klang fast feierlich.

„Was ist das für eine Vereinigung?"

„Finden Sie es heraus!"

Ben musste lachen.

„Wie soll ich das bewerkstelligen? Und warum sollte ich das tun? Warum deuten Sie etwas an und wollen mir dann nicht verraten, wer Sie sind?"

„Manche Dinge kann man nicht erklären. Man muss sie erleben und erfahren!"

„Was wollen Sie von mir?"

„Niemand verlangt etwas von Ihnen."

„Was ist das für ein Spiel?"

„Wenn Sie Näheres über unseren Bund erfahren möchten oder erwägen, ihm beitreten zu wollen, dann können Sie mit uns Kontakt aufnehmen!"

„Warum sollte ich das?"

„Sie werden eine Einladung erhalten. Es steht Ihnen frei, diese Einladung anzunehmen oder abzulehnen."

„Eine Einladung? Wann und wohin?"

„Warten Sie ab."

„Was führen Sie im Schilde?"

„Sie werden es erfahren!"

„Ich frage Sie noch einmal: Warum sollte ich mich dafür interessieren?"

„Finden Sie heraus, was Sie suchen. Finden Sie heraus, was Sie bereit sind, zu geben. Finden Sie heraus, was für eine Art von Gesellschaft Sie sich wünschen, was Sie erwarten, und was diese Gesellschaft von Ihnen erwarten kann!"

„Warum sollte ich irgendein Interesse daran haben, irgendeiner Gesellschaft beizutreten?"

„Finden Sie heraus, ob das Ihr Wunsch sein könnte. Es steht Ihnen völlig frei, sich dafür oder dagegen zu entscheiden!"

Ben war verwirrt.

„Geben Sie mir doch bitte noch einen Hinweis!"

Der Andere lachte.

„Sie fahren nach London, Mr. Whitcombe?"

Ben nickte.

„Achten Sie auf ein Bild!"

„Ein Bild? Was für ein Bild?"

„Ein Gemälde. Ein Ölgemälde!"

„In London gibt es viele Ölgemälde!"

„Dieses Bild hängt an einem ganz besonderen Ort. Sie kennen und schätzen diesen Ort. Auch das Bild kennen Sie. Zumindest haben Sie es schon gesehen. Gehen Sie und betrachten es!"

Damit stand er auf, drückte Ben die Hand, nickte dem Barmann freundlich zu, legte einen Schein auf den Tresen und verließ das Lokal.

12.) Montabaur

Ben saß da wie versteinert.

Wer war diese 'Bruderschaft von Lyonesse'?

Was für eine Veranlassung sollte Ben haben, einem Verein beizutreten, über den er rein gar nichts wusste? Und was sollte der Hinweis mit dem Bild?

Das Klingeln seines Handys riss ihn aus den Gedanken.

Selina war dran.

„Wo bist du?", fragte er.

„Ich amüsiere mich!"

„Du hast nicht etwa wirklich eine Bank überfallen?"

„Nein, aber mir wäre es trotzdem recht, wenn wir von hier verschwinden!"

Den Wunsch hatte Ben auch.

Rasch stand er auf und ging zum Auto zurück. Selina wartete schon und zog eine Farb-Sprühdose aus ihrer Umhängetasche.

Ben riss die Augen auf.

„Du hast doch nicht etwa ..."

„... eine hässlich-graue Betonmauer verschönert? Genau das habe ich getan!"

„Was hast du hingesprüht?"

„Eigentlich wollte ich eine klare Botschaft hinterlassen: 'Nieder mit dem Kapitalismus' oder so. Das passte aber nicht zu meiner Stimmung."

„Also?"

Ben verkniff sich ein Lächeln.

„Lebe, Liebe, Lache, Kämpfe!"

„Wie romantisch!"

„Ich sehe es als politische Botschaft."

„Hauptsache, du hast dich nicht erwischen lassen!"

Sie wurde rot.

„Nach einer Weile kamen Leute. Mit denen habe ich diskutiert."

„Die haben wirklich mit sich diskutieren lassen?"

„Die Sicherheitsleute nicht. Aber ich war schneller und hab sie abschütteln können."

„Sehen wir zu, dass wir Land gewinnen!", sagte Ben.

Bald war er auf der Autobahn und trat das Gaspedal durch. Selina stellte den Sitz ganz nach hinten, lehnte sich zurück und verschränkte die Hände hinter dem Kopf.

„Habe ich dich schockiert?"

„Sagen wir: Es ist nicht mein Stil."

„Meiner auch nicht. Aber heute war mir danach!"

„Wo hast du die Sprühdose her?"

„Aus dem Fachgeschäft!"

„Aber nicht etwa ...", Ben räusperte sich, „...kostenlos eingekauft?"

Sie starrte ihn entrüstet an.

„Traust du mir so etwas zu?"

„Ehrlich gesagt: ja."

„Ehrlich gesagt: ich mir auch. Heute aber nicht."

„Der Spruch gefällt mir übrigens. Aber nur die ersten drei Worte."

„Das Kämpfen nicht?"

„Kommt drauf an, wofür oder wogegen!"

Sie strahlte ihn an.

„Gegen den Kapitalismus!"

„Was ist schlimm daran?"

„Die Wirtschaft macht unsere Erde kaputt!"

„Ohne die Wirtschaft würden wir heute noch Säbelzahntiger und Mammuts jagen. Mit Keulen, wie die Steinzeitmenschen."

„Vielleicht wären die Mammuts und die Säbelzahntiger dann auch noch nicht ausgestorben."

„Mal im Ernst: Was ist denn die Alternative zu unserem Wirtschaftssystem?"

„Dass der Staat die Banken und Konzerne in ihre Schranken weist!"

„Als ich jünger war, wollte ich auch die Welt verbessern. Inzwischen weiß ich, dass die Welt gar nicht so schlecht ist. Man kann sich darin einrichten."

„Wie meinst du das?"

„Würdest du jetzt lieber mit der Postkutsche nach England fahren?"

Sie dachte einen Moment lang nach.

„Was machst du eigentlich beruflich?", fragte sie.

„Ich bin Kapitalist."

„Hab ich mir gedacht."

„Ist das schlimm?"

„Nicht unbedingt, wenn du es mit deinem Gewissen vereinbaren kannst! Hattest du mal mit feindlichen Übernahmen zu tun?"

„Ich hab's probiert! Ich wollte ein Unternehmen kaufen, welches nicht gekauft werden wollte. Die haben sich gewehrt, aber es hätte ihnen nichts genutzt, wenn ich ein bisschen mehr Glück gehabt hätte."

„So etwas geht?"

„So etwas geht. Das ist Kapitalismus!"

„Schade, dass es keine Postkutschen und keine Säbelzahntiger mehr gibt!", sagte Selina, kramte in ihrer Tasche nach Ohrstöpseln, steckte sie in die Ohren, schloss die Augen und war bald eingedöst.

Ben steuerte mit Vollgas durch die hügelige Landschaft des Taunus.

Sie lagen gut in der Zeit. Es war etwa zehn Uhr vormittags. In zwei Stunden wären sie in Köln, von da aus waren es drei

Stunden bis Brüssel und dann noch einmal zwei bis drei Stunden nach Calais.

Kurz hinter Limburg klapperte wieder irgend etwas. Es folgte ein äußerst disharmonisches Heulen und dann ein Knall. Am Armaturenbrett leuchtete ein roter Warnhinweis auf: „Bitte Werkstatt aufsuchen!"

Gleichzeitig merkte er, dass die Lenkung plötzlich viel schwerer ging. Ben drosselte das Tempo. Als dann auch noch die Kühlwassertemperatur kontinuierlich anstieg, beschloss er, die nächste Ausfahrt anzusteuern. Aber so weit kam er nicht mehr.

„Stop! Motor sofort ausschalten!", sagte das Display am Armaturenbrett. Die Kühlwassertemperatur war weit im roten Bereich.

Ben trat auf die Bremse, lenkte nach rechts an den Randstreifen, schob den Automatik-Schalthebel nach vorn, drehte den Zündschlüssel um und schaltete den Warnblinker ein. Der Wagen kam zum Stehen.

„Was'n los?", fragte Selina und öffnete verschlafen die Augen.

„Kleine Pause!", sagte Ben, „Nicht unbedingt geplant!"

Er stieg aus und öffnete die Motorhaube. Was er darunter sah, gefiel ihm nicht. Im Motorraum lagen schwarze Fetzen lagen herum. Woher sie kamen, vermochte Ben nicht zu sagen.

Selina war neben ihn getreten.

„Was ist kaputt?"

Ben zuckte mit den Schultern.

„Keine Ahnung, Mechanik war noch nie meine Stärke!"

Ein Motor war für ihn ein Buch mit sieben Siegeln.

Er rief den Pannendienst an. Eine halbe Stunde später tauchte ein Abschleppwagen auf. Am Steuer saß ein untersetzter Mann, vielleicht Mitte Fünfzig mit Halbglatze. Er stieg aus, drückte Ben die Hand und warf dann einen Blick auf den Motor.

„Ich schlage vor, ich bringe Sie jetzt erstmal zu einem anständigen Hotel. Dann am Montagmorgen ..."

Ben schüttelte den Kopf.

„Wir müssen heute unbedingt noch weiter!", sagte er.

„Es ist Wochenende!", warf der Pannendienst-Mitarbeiter ein.

Ben schaute auf die Uhr. Kurz vor zwölf.

„Könnte man den Wagen heute zumindest einmal anschauen lassen?"

Sein Gegenüber verzog das Gesicht.

„In Montabaur gibt es eine Fachwerkstatt mit Wochenend-Notdienst. Ich sage Ihnen aber gleich: Das wird ein teurer Spaß!"

Ben zuckte mit den Schultern.

„Versuchen wir es!"

Der Andere telefonierte kurz, dann nickte er Ben aufmunternd zu. Innerhalb weniger Minuten war Bens Auto auf der Ladefläche festgezurrt und Ben und Selina nahmen vorne in der Fahrerkabine Platz.

In der Werkstatt ließ eine junge Angestellte Ben und Selina in einer Sitzgruppe Platz nehmen, nahm die Daten auf und bot ihnen Kaffee an. Ben fühlte sich wie im Wartezimmer eines Zahnarztes.

Nach kurzer Zeit tauchte ein großgewachsener, hagerer Mechaniker im blauen Overall auf. Er hatte ein Klemmbrett in der Hand und nahm ihnen gegenüber Platz.

„Ein schönes Auto haben Sie!"

„Wenn es funktionieren würde, wäre es noch besser!"

„Sieht leider nicht gut aus!"

„Das weiß ich selbst. Meine Frage ist, bis wann Sie den Wagen wieder flott bekommen."

„Die Kühlwasserpumpe ist auseinandergeflogen und hat den Keilriemen abgerissen. Außerdem ist eine Spannrolle abgebrochen. Mehr kann ich momentan nicht sagen. Wir besorgen Ihnen ein Hotelzimmer. Dann, am Montag ..."

„Hören Sie, wir müssen unbedingt weiter. Und zwar heute noch!"

„Ich kann Ihnen einen Leihwagen anbieten!"

Ben schüttelte den Kopf.

„Ich muss nach London. Das dürfte zu weit sein für einen Leihwagen!"

Der Mechaniker kratzte sich am Kopf.

„Also gut. Ich schaue mir den Wagen in Ruhe an. Das wird ungefähr ein bis zwei Stunden dauern. Sie können so lange in die Stadt gehen!"

Das Ortszentrum befand sich auf der Kuppe eines Hügels. Eine steile Treppe führte hinauf in die Fußgängerzone. Sie fanden eine Pizzeria, bestellten etwas zu Essen, aber keiner hatte großen Appetit.

„Was machen wir jetzt?", fragte Selina.

„Auf das Beste hoffen," sagte Ben, „mehr können wir nicht tun!"

„Und wenn er den Wagen nicht reparieren kann?"

„Daran wage ich gar nicht, zu denken!"

Nach einer Stunde begaben sie sich voller böser Vorahnungen zurück zu der Werkstatt.

„Leider keine guten Nachrichten!", begrüßte ihn der Inhaber.

Er führte Ben zum Auto und öffnete die Motorhaube.

„Sehen Sie? Wie ich schon sagte, die Kühlwasserpumpe ist abgerissen. Das ist aber nicht das Problem. Das Problem ist, dass diese lange Schraube dort abgebrochen ist. Ein Teil steckt noch im Motorblock. Das heißt, wir müssen den Motor ausbauen und komplett auseinandernehmen. Das ist eine Menge Arbeit. Und es dauert. Im schlimmsten Fall benötigen Sie einen neuen Motor."

„Was kostet das?", fragte Ben.

„Für die vielen Arbeitsstunden müssen Sie schon fünftausend Euro einrechnen. Wenn Sie einen neuen Motor brauchen, dann sind das mindestens zwölftausend."

„Wie lange brauchen Sie?"

„Mindestens eine Woche. Wenn wir den Motor austauschen müssen, dann natürlich länger!"

Ben atmete tief ein und aus.

„So lange kann ich nicht warten!", sagte er.

„Aber es gibt nun einmal keine andere Möglichkeit. Es sei denn. ..."

Der Mechaniker machte eine Pause und räusperte sich.

„Also, ich mache Ihnen einen anderen Vorschlag. Ich verkaufe Ihnen einen anderen Wagen. Das Cabrio nehme ich in Zahlung."

Ben dachte nach. Sein Kopf sagte ihm, dass es an der Zeit war, jetzt seine Verluste zu begrenzen. Er befand sich in einer Zwangslage. Die Reparaturkosten konnten leicht ins Unermessliche steigen. Die klügste Entscheidung wäre, den Sportwagen jetzt mit Verlust abzustoßen.

Aber sein Bauch sagte etwas anderes.

„Machen Sie den Wagen so schnell wie möglich flott und rufen mich dann bitte an!", sagte er und drückte seinem Gegenüber eine Visitenkarte in die Hand.

Der Mechaniker nickte.

„Eine gute Entscheidung. Ich würde so einen Wagen auch nicht hergeben. Sie bleiben also doch hier?"

Ben schüttelte den Kopf.

„Wir fliegen nach London. Heute noch. Sie schicken mir den Wagen hinterher, sobald er fertig ist!"

„Kein Problem! Wenn Sie Glück haben, wird der Transport sogar von der Versicherung bezahlt. Sie bekommen den Wagen auf jeden Fall frei Haus geliefert!"

„Schon gut," sagte Ben, „Wie kommen wir von hier weg?"

„Nichts leichter als das!", antwortete der Mechaniker, „Mit dem Zug sind sie in weniger als einer Stunde in Köln oder Frankfurt."

Sie holten ihr Gepäck aus dem Kofferraum und ließen sich zum Bahnhof bringen.

„Was machen wir jetzt?", fragte Selina.

„Zurück nach Frankfurt und dann weiter mit dem Flieger!", sagte Ben, „Das Ticket zahle ich dir."

Selina schüttelte den Kopf.

„Ich fliege nicht. "

„Warum nicht?"

„Warum sollte ich dazu beitragen, unsere Atmosphäre mit Abgasen und Lärm zu vergiften?"

„Was wäre die Alternative?"

„Mit dem Zug zu fahren!"

„Bis London?"

„Warum nicht?"

„Da ist man doch Ewigkeiten unterwegs!"

„Nicht länger als mit dem Auto."

Ben seufzte.

„Ich hasse Eisenbahnfahrten!", sagte er.

„Kein Problem," sagte Selina, „Es zwingt dich ja niemand. Dann trennen sich unsere Wege hier!"

Unsere Wege trennen sich, dachte er, was sprach dagegen? Sie kannten sich ja erst seit ein paar Stunden.

„Schade!", sagte er, „Es tut mir leid."

„Es braucht dir doch nicht leidzutun!"

„Ich hätte dich gerne bis London gebracht."

„Ja, schade!", sagte sie.

„Die Sache mit der Motorpanne war leider nicht vorauszusehen!"

„Nee, ich meine, es ist schade, dass wir nicht gemeinsam weiter fahren können."

„Warum?"

„Das wäre spannend geworden!"

Ben lachte. „Abenteuer hatten schon wir genug!"

„Du bist schon ein interessanter Typ!"

„Bin ich nicht ein fleischgewordenes Beispiel für alles, was du verachtest?"

„Nein, ich glaube, du bist gar kein Böser!"

Sie lächelte ihn an, dann wandte sie sich um und studierte den Fahrplan.

„Um sechzehn Uhr eins geht ein Zug nach Köln!", sagte sie.

Er trat zu ihr.

„Ein paar Minuten später geht einer in die andere Richtung!", stellte er fest, „Wenn du in Köln bist, bin ich in Frankfurt am Flughafen!"

Dann kaufte sie ihr Ticket.

Ben wartete noch. Er trödelte herum. Wenn er von Frankfurt die nächste Maschine nach London nehmen würde, wäre er heute Abend wieder in seiner Londoner Wohnung. Die Odyssee durch Europa wäre damit beendet. Seufzend trat er zum Fahrkartenschalter.

„Wohin?", fragte der Angestellte.

„Nach Köln!", sagte Ben ohne zu zögern und wusste selbst nicht, warum. Dann ging er zu Selina.

„Wir nehmen denselben Zug!", verkündete er.

Sie schaute ihn erstaunt an.

„Warum?"

„Ich fahre nicht gerne zurück. Frankfurt liegt hinter uns. In Köln gibt's auch einen Flughafen."

Er freute sich, noch eine weitere Stunde mit ihr verbringen zu können.

Und sie? Hatte sie einen Sekundenbruchteil lang gelächelt? Irgendwas hat sich verändert, dachte Ben, seitdem er sie heute früh kennen gelernt hatte.

13.) Köln

Ben lud Selina in den Speisewagen ein.

Sie sprachen nicht viel. Ben schaute aus dem Fenster, wo der Westerwald an ihnen vorbei raste und fühlte sich wie in einem Raumschiff, verloren in den Weiten des Alls.

„Was machen wir jetzt?", fragte Selina, als sie um zwanzig vor fünf in Köln aus dem Zug stiegen.

„Sehen wir zu, dass wir weiterkommen!"

„Nach London?"

„Wohin sonst?"

„Aber auf keinen Fall mit dem Flugzeug!"

„Gut, dann schauen wir nach Alternativen!"

Zunächst stellten sie fest, dass keine Möglichkeit mehr bestand, heute noch ohne Zwischenübernachtung mit dem Zug nach London zu kommen. Dann fand Selina heraus, dass es zwar eine Busverbindung gab, aber alle Tickets waren ausverkauft.

„Ich hab keinen Bock mehr!", sagte sie, setzte ihren Rucksack auf und drehte sich um.

„Wohin gehst du?", fragte Ben.

„Ich weiß es nicht. Aber ich muss hier raus!"

Sie eilte zum Ausgang der Bahnhofshalle, trat hinaus auf den Vorplatz, überquerte ihn und nahm die Treppen hinauf zur Domplatte.

„Hey, warte doch!"

Ben folgte ihr und schleppte seinen Trolley über die Stufen. Selina schritt rasch am Hauptportal des Doms vorbei, ohne hinzuschauen und wandte sich nach links, am Römisch-Germanischen Museum vorbei, wo ein Obdachloser in einer zugigen Ecke kampierte. Vor seinem Lager stand ein Pappbecher. Selina warf ein paar Münzen hinein.

Dann beschleunigte sie ihre Schritte und nahm die Stufen hinunter zum Rheinufer. Ben musste seinen Koffer anheben und hatte Mühe, ihr zu folgen.

„Warte doch, verdammt nochmal!"

Selina drehte sich um.

„Warum nimmst du nicht den Flieger?"

„Weil ... weil ich zunächst wissen will, was du vorhast!"

„Was geht dich das an? Ich fahre zur nächsten Autobahnraststätte und versuche, per Anhalter weiter zu kommen!"

„Du willst trampen? Das ist viel zu gefährlich!"

„Das ist ja wohl mein Problem!"

Im Laufschritt überquerte sie eine kleine Grünfläche und erreichte die Uferpromenade.

„Jetzt warte doch endlich!"

Sie bleib stehen. Es gab Cafés, Kneipen und Restaurants mit Tischen im Freien. Daran saßen gut gelaunte Menschen, die vollauf damit beschäftigt waren, den milden Sommerabend zu genießen.

„Mensch, wir sind doch nicht auf der Flucht!", sagte Ben etwas außer Atem.

Selina schwieg.

Ben deutete auf einen freien Tisch und nahm Platz.

„Jetzt setz dich doch mal einen Moment!"

Selina folgte ihm zögernd.

Innerhalb von Sekunden Minuten hatten beide ungefragt jeweils ein winziges Glas Bier vor sich stehen.

„Ich will aber gar kein Bier!", sagte Selina.

Ben nahm dankbar einen Schluck.

„Du brauchst es ja nicht zu trinken!"

„Kriegt man hier auch Mineralwasser?"

Ben nahm einen weiteren Schluck und schielte nach der Bedienung.

„So, jetzt mal ganz mit der Ruhe: Wie geht es weiter?"

Selina sagte nichts.

„Wir wollen beide nach London!", fuhr Ben fort, „Aber nicht mit dem Flugzeug, einverstanden?"

Selina runzelte die Stirn.

„Was du machst, ist mir egal. Ich jedenfalls werde nicht fliegen!"

„Okay, okay. Ich bringe dich nach London!"

Er trank sein Glas aus.

„Aber bitte keine billigen Anmacher-Touren!"

„Selbstverständlich nicht!"

Sie wirkte erleichtert.

„Du wärest nicht der Erste, der es versucht!"

Ein Kellner kam mit einem runden Tablett voller Biergläser, stellte ein weiteres Glas Bier auf den Tisch und verschwand, ohne dass Selina Gelegenheit hatte, ihr Mineralwasser zu bestellen.

„Du wirst wohl doch das Bier trinken müssen!"

Selina schüttelte den Kopf.

„Ich bin Straight Edge!", sagte sie.

„Was bedeutet das?"

„Dass ich mich von allen Giften fernhalte!"

„Braves Mädchen."

Sie überhörte seine Ironie.

„Muss ich mich dafür rechtfertigen?"

Ben schüttelte den Kopf.

„Ich fürchte nur, dass wir uns ein anderes Lokal suchen müssen!"

Er zahlte, und sie gingen zum Bahnhof zurück.

Die große Uhr an der Glasfront des Bahnhofsgebäudes zeigte kurz nach halb sieben.

„Was machen wir jetzt?", fragte Selina.

„Wir kämpfen uns etappenweise voran!"

„Das heißt?"

Ben schaute auf die Abfahrtstafel.

„Um achtzehn Uhr siebenundvierzig geht ein Zug nach Aachen! Dort schauen wir weiter!"

Sie warfen eine Menge Münzen in den Fahrkartenautomaten. Ein paar davon rutschten durch, dann ratterte es und ganz langsam, wie im Zeitlupentempo druckte der Automat zwei Fahrscheine aus.

Sie rannten hinauf zum Bahnsteig und erreichten ihn im selben Moment, als der Zug einfuhr.

„Geschafft!"

Selina strahlte.

Sie sieht süß aus, wenn sie so strahlt, dachte Ben und stieg hinter ihr ein. Er streckte die Beine aus, schloss die Augen, atmete tief durch und eine knappe Stunde später stiegen sie in Aachen aus.

„Wie geht's jetzt weiter?", fragte Selina.

Ben studierte den Fahrplan.

„In einer Viertelstunde geht ein Zug nach Belgien!", stellte er fest.

Ein paar Minuten später tuckerten sie in einem altertümlichen, dunkelrot lackierten Triebwagen über Weichen, vorbei an offenbar nicht mehr genutzten Abstellgleisen, durch einen Tunnel und blieben dann auf offener Strecke stehen.

„Wenn es in dem Tempo weitergeht, dann wird das noch eine spannende Reise!", sagte Ben.

Selina lachte.

„Ist denn die Geschwindigkeit so wichtig?", fragte sie.

Ein Schaffner in blauer Uniform mit rundem Hütchen knipste die Fahrkarten. Der Zug nahm wieder Fahrt auf und erreichte kurz darauf einen Bahnhof.

„An der nächsten Station steigen wir aus!", verkündete Selina.

„Wirklich? Sollten wir lieber bis zur Endstation fahren? Wir hätten den Schaffner fragen sollen!"

Selina antwortete nicht. Aber beim nächsten Halt nahm sie ihren Rucksack und schritt zielsicher zum Ausgang.

14.) Verviers

Ben folgte ihr kopfschüttelnd.

„Wo sind wir?"

Selina deutete auf das Bahnhofsschild.

„In Verviers!", sagte sie.

„Und was wollen wir hier?"

„Gehen wir in die Stadt. Ich habe Hunger!"

Eine steile Treppe führte hinauf in das auf einer Brücke gelegene Bahnhofsgebäude. Über einen zugigen Quergang gelangten sie in die Bahnhofshalle.

Zwischen würdig-altertümlich verzierten Fahrkartenschaltern, Holzvertäfelungen und Wandreliefs hing eine elektronische Anzeigetafel.

„In einer halben Stunde geht ein Zug nach Brüssel!", stellte Ben fest.

Selina ging zum Ausgang und Ben folgte ihr hinaus auf den Bahnhofsvorplatz.

Gegenüber lag eine kleine Grunanlage im friedlich-goldenen Abendlicht und zur anderen Seite eine Zeile aus roten Backsteingebäuden. Es gab eine Kneipe und eine Imbissbude. Die Kneipe hieß „Le Petit Bonheur": Das kleine Glück, dachte Ben, aber das war leider geschlossen.

An der Imbissbude aßen sie Pommes frites mit Mayonnaise und schauten von ihrem Stehtisch auf die Straße. Es war sommerlich warm und schwül. Autos, Busse und Lastwagen donnerten an ihnen vorbei.

„Schade, dass ich keine Kamera dabei habe!", meinte Selina.

„Warum?"

„Ich würde gerne Fotos machen!"

„Wovon?"

„Momentaufnahmen. Kennst du diese Art von Bildern, wo man nur Details sieht, die aber viel mehr aussagen als ein großes Panoramabild?"

„Was würdest du fotografieren?"

„Die Reklameschilder vor der Imbissbude. Das Rudel gelber Busse dort auf dem Bahnhofsplatz. Die holzvertäfelte Schalterhalle. Diese Reliefs: geflügelte Räder, ein Hase und Schildkröte vor einem Eisenbahnzug ..."

„Lass uns ein Bier trinken gehen!", sagte Ben.

Selina schaute ihn scharf an.

„Hey, ich trinke keinen Alkohol!"

Ben biss sich auf die Zunge.

„Wie wär's mit einem Kaffee?"

Sie gingen zum Bahnhof zurück und betraten die Bahnhofsgaststätte.

Rauchschwaden hingen so dicht unter der hohen Decke, dass sich die letzten Strahlen Tageslicht durch die Oberlichter nur mit Mühe einen Weg bahnen konnten.

Spielautomaten klackerten. An den Wänden hingen dunkle Fresken: ein Zwerg mit einer Laterne, Landschaften, eine Stadt mit Türmen.

An der Bar standen zwei anorektische blonde Mädchen, eine von ihnen rauchte. Im Hintergrund dudelte Radiomusik.

Ben orderte Kaffee und sie setzten sich an einen der kleinen Tische.

„Möchtest du wissen, warum ich keinen Alkohol trinke?", fragte Selina.

Ben nickte ihr aufmunternd zu.

„Warum?"

„Meine Mutter trinkt zu viel!", fuhr Selina fort.

„Und dein Vater?"

„Ich habe keinen Vater."

„Entschuldige."

„Ich meine … natürlich gibt es einen Mann, der meine Mutter geschwängert hat. Vielleicht lebt er sogar noch. Aber ich habe keinen Kontakt mehr zu ihm."

„Hast du ihn nie kennen gelernt?"

„Ich erinnere mich nur daran, dass er ständig mit meiner Mutter gestritten hat. Und an den Zigarettenrauch. Überall wo er war, stank es nach Rauch. Als meine Mutter ihn rausgeschmissen hat, war ich froh, dass der Rauch weg war. Da muss ich wohl so fünf oder sechs Jahre alt gewesen sein."

Ältere Männer mit silbergrauem Haar saßen in würdiger Haltung über Zeitungen gebeugt und tranken Bier.

Eine Frau trank Wein und sprach mit lallender Stimme in ihr Handy.

„Deswegen trinkst du keinen Alkohol?", fragte Ben.

„Nicht nur deswegen. Ich sehe es nicht ein, warum ich mich vergiften soll, um Spaß zu haben. Ich brauche das nicht. Ich will auch keine Kinder!"

Ben hob die Augenbrauen.

„Vielleicht hast du bloß noch nicht den richtigen Mann getroffen!"

Selina seufzte.

„Das sagen alle Männer. Ich habe andere Gründe."

„Und die wären?"

„Ich bin davon überzeugt, dass die Menschheit auf diesem Planeten nichts mehr verloren hat!"

Ben musste schlucken.

„Das ist ein heftiges Statement!"

„Die Menschheit wird sich früher oder später selbst ausrotten. So oder so. Warum also nicht auf friedliche Weise?"

„Wie soll das geschehen?"

„Man verzichtet einfach darauf, sich zu vermehren!"

Ben dachte an Jessica und an das ungeborene Kind.

„Ich mag Kinder", sagte er leise.

„Aber deswegen brauchst du keine in die Welt zu setzen!"

„Warum nicht?"

„Du setzt ein unschuldiges kleines Wesen in die Welt, nur weil du dir einreden willst, dass deine Gene unsterblich sind. Das ist ziemlich egoistisch!"

„Du tust, als sei das ganze Leben schrecklich. Glaubst du nicht, dass dieses kleine Wesen vielleicht einmal glücklich sein wird?"

„Dann werde doch erst einmal selber glücklich!"

Ben starrte sie an.

„Hey, woher willst du wissen, ob ich glücklich bin?"

Sie atmete tief ein.

„Du bist nicht glücklich!", sagte sie.

„Warum nicht?"

Sie stützte beide Ellbogen auf die Tischkante, verschränkte die Hände und schaute ihn mit großen Augen an.

„Wovor fliehst du?", fragte sie.

Ben antwortete nicht. Er wich ihrem Blick aus.

„Entschuldigung!", sagte sie.

Ben schaute auf die Wanduhr.

„Wir sollten gehen!"

Sie standen auf. Erst dann bemerkte Ben, dass die Uhr schief hing, und sie noch mindestens zehn Minuten Zeit hatten.

15.) Brüssel

Draußen war es dunkel geworden. Der Zug kam und Ben starrte hinaus in die belgische Nacht und versuchte, seine Gedanken zu ordnen. Was für ein Recht hatte Selina, ihm derartige Fragen zu stellen? Er müsste ihr böse sein. Aber warum eigentlich? Sollte er sie darauf ansprechen? Aber was kann sie mir schon antworten? Außerdem hatte sie die Augen geschlossen und den Kopf von ihm abgewandt.

Kurz nach elf Uhr stiegen sie in Brüssel-Midi aus.

„Was tun wir jetzt?", fragte Selina.

„Jetzt schauen wir, wie wir weiterkommen!"

Sie gingen zum Eurostar-Abfertigungsbereich. Dort war alles abgesperrt. Der nächste Zug nach London ging erst um sieben Uhr morgens.

Selina war enttäuscht.

„Ich hatte gehofft, wir schaffen es noch!"

„Sehen wir lieber zu, dass wir morgen früh rechtzeitig wieder hier sind."

Er nahm seinen Trolley.

„Gehen wir!"

„Wohin?", fragte Selina.

Das wusste Ben genau so wenig. Bislang hatte seine Sekretärin in solchen Situationen zuverlässig ein Hotelzimmer gebucht.

Aber jetzt gab es keine Sekretärin mehr. Stattdessen war da eine junge Frau, die er kaum kannte und mit der er in irgendeiner Form die Nacht verbringen werden musste.

„Wir werden wohl in Brüssel bleiben!", sagte er, „Machen wir das Beste draus!"

Natürlich hatte er keinerlei Absichten, das Bett mit ihr zu teilen. Er würde ein Hotel mit mindestens vier Sternen suchen und zwei Einzelzimmer ordern.

„Nehmen wir ein Taxi!", sagte er.

Auf Taxifahrer konnte man sich verlassen. Taxifahrer wissen Bescheid.

„Gehen wir zu Fuß!", sagte Selina.

Sie hatte ihren Rucksack aufgesetzt und war erhobenen Kopfes am Taxistand vorbei marschiert. Ben folgte ihr über den Bahnhofsvorplatz, vorbei an Bürogebäuden und sauber polierten Hochhausfassaden in eine Straße mit kleinen arabischen Läden und schmuddeligen Restaurants.

„Wohin gehen wir überhaupt?", fragte Ben.

Selina deutete nach vorne.

„Wenn wir diesem Boulevard folgen, gelangen wir in die Innenstadt!"

„Warst du schon einmal in Brüssel?"

Selina schüttelte den Kopf.

„Vertrau meinem Orientierungssinn!"

Nach einer Viertelstunde wurden die Straßen belebter. Links und rechts fanden sich etwas sauberere Restaurants, Kneipen, Imbissbuden und kleine Lebensmittelläden, die trotz der späten Stunde noch geöffnet waren. Zahlreiche junge Leute waren grüppchenweise unterwegs.

Selina deutete auf ein gut besetztes Lokal mit Tischen auf dem Bürgersteig.

„Setzen wir uns!"

„Sollten wir nicht zunächst ein Dach über dem Kopf suchen?", fragte Ben.

„Das läuft uns nicht davon!"

Ben erkannte, dass Widerspruch sinnlos war und bestellte ein Bier. Selina trank Tee.

Am Nebentisch saß ein junges Pärchen mit großen Rucksäcken, beide vielleicht Anfang bis Mitte zwanzig, groß und schlaksig.

Der Typ hatte ein sorgfältig gestutztes Bärtchen und mehrere Piercings zwischen Ohr und Nase. Die Frau war schlank mit langen dunkelblonden Haaren. Selina schielte zu ihnen hinüber.

„Habt Ihr eine Ahnung, wo man hier günstig übernachten kann?"

„Schau selber nach!", sagte der junge Mann und reichte ihr ein dickes, abgegriffenes Buch.

„Habt Ihr schon etwas gefunden?", fragte Selina.

Der Typ schüttelte den Kopf.

„Wir fahren heute Abend noch weiter."

„Wohin?"

„Zuerst nach Brügge und morgen über Antwerpen nach Amsterdam!"

„Woher kommt Ihr denn?", fragte Ben.

„Oklahoma", sagte der Jüngling.

„Wir sind erst heute früh in Paris gelandet", fügte die Frau hinzu.

„Ich kenne mich aus", erklärte der Amerikaner, „Ich war letztes Jahr schon einmal in Europa. Drei Monate Amsterdam."

„Wir wollen nach London", erklärte Selina.

„Ihr könnt mit uns mitkommen!", sagte der Typ.

„Was sollen wir in Brügge?", fragte Ben.

„Morgen früh könnt Ihr die Fähre nehmen!"

„Von Brügge?"

„Die Küste ist nicht weit. Irgendwo da muss es Fähren geben. So steht es im Reiseführer!"

Selina hatte in dem Buch geblättert.

„Hier steht, dass es eine Fährverbindung von Ostende nach Dover gibt. Das Fährterminal ist gleich am Bahnhof. Und von Brügge bis Ostende ist es mit dem Zug nur eine knappe halbe Stunde."

„Wenn wir in Brüssel bleiben und morgen früh um sieben den Eurostar nehmen, sind wir trotzdem schneller in London!", sagte Ben.

Der Typ schaute ihn an.

„Es kommt doch nicht darauf an, schnell anzukommen!", sagte er, „genieße es, unterwegs zu sein!"

„Er hat Recht!", sagte Selina.

Ben runzelte die Stirn.

„Ich brauche mir von ihm nicht die Welt erklären zu lassen!", zischte er leise.

Sie warf ihm einen finsteren Blick zu.

„Was Brügge angeht ..."

"... da gibt's Backsteingotik, Kanäle und Schokoladengeschäfte. Kenne ich, habe ich gesehen, und brauche ich heute Abend nicht mehr!"

Sie verdrehte die Augen.

„Also, unter ökologischen Gesichtspunkten ..."

Ben seufzte.

„Wenn wir in Brüssel übernachten und morgen früh den Eurostar nehmen, sind wir gegen zehn Uhr in London.", sagte er betont sachlich, „Und dort lade ich dich in einem richtig feudalen Lokal zum Mittagessen ein!"

„Du brauchst mich nicht einzuladen!", gab Selina zurück.

„Entscheidet Euch!", sagte der Amerikaner und hielt Ausschau nach der Bedienung, „Wir müssen los! Um null Uhr siebenundzwanzig geht unser Zug."

„Ich komme mit!", sagte Selina.

„Bist du verrückt geworden?", zischte Ben ihr zu.

Sie sah ihn eine Sekunde lang kühl, fast feindselig an.

„Du brauchst ja nicht mitzukommen!"

Und das werde ich auch nicht tun, dachte Ben.

„Wo wollt Ihr denn überhaupt übernachten?", fragte er.

„In Brügge soll es ein Hostel geben!", sagte die Amerikanerin.

Bens Erfahrungen mit Jugendherbergen, Zeltplätzen und ähnlichen Einrichtungen lagen schon lange zurück.

„Und ihr glaubt, dass Ihr da um ein oder zwei Uhr nachts noch einchecken könnt?"

„Notfalls schlafen wir am Bahnhof!"

Von dieser Idee war Ben gar nicht begeistert. Die zwei bezahlten und standen auf.

16.) Ostende

Selina schulterte ihren Rucksack und schaute Ben an.

„Kommst du mit?", fragte sie.

Ben merkte, dass die Frage ganz sachlich gemeint war.

Sie hatte ihre Entscheidung getroffen. Falls er den Rest der Nacht in einem bequemen Hotel zu verbringen gedachte, würde er das allein tun müssen. Niemand zwang ihn, sich den Dreien anzuschließen, und dazu gab es auch keinerlei Grund. Selina war kein kleines Mädchen. Sie wusste, was sie tat. Und was hatte er schon mit ihr zu tun? Dieser Umweg über Brügge war Blödsinn. Es war die fixe Idee von zwei jungen Amerikanern auf großer Weltreise, die von europäischer Geographie reichlich wenig Ahnung hatten. Selina hatte aus unerfindlichen Gründen einen Narren an ihnen gefressen. Er hingegen würde jetzt in aller Ruhe sein Bier austrinken und dann einen Taxifahrer bitten, ihm ein anständiges Hotel zu suchen.

„Was ist los?", wiederholte Selina.

„Ist schon okay!", sagte Ben, seufzte, legte einen Geldschein auf den Tisch und stand auf mit dem Gefühl, soeben im Begriff zu sein, eine große Dummheit zu begehen.

„Wie heißt Ihr überhaupt?", fragte er die Amerikaner.

„Ich bin Jeff", antwortete der Typ, „und das ist Crystabell, meine Verlobte!"

Die beiden Amerikaner hatten keinen Blick für die prachtvoll angestrahlten Renaissance-Fassaden des großen Marktes, bogen schnellen Schrittes um ein paar Ecken, überquerten eine Hauptverkehrsstraße und standen dann vor dem Portal des Zentralbahnhofes.

„Wohin fahren wir jetzt eigentlich?", fragte Ben.

„Wir lösen Tickets bis Ostende!", sagte Selina, „Und dann entscheiden wir spontan, ob wir in Brügge einen Zwischenstopp einlegen!"

„Einen Zwischenstopp nachts um halb zwei?"

„Du brauchst ja nicht mitzukommen."

„Wo übernachten wir überhaupt?"

Sie zuckte mit den Schultern.

Am Fahrkartenautomat löste Ben zwei Tickets nach Ostende. Selina bestand darauf, ihr Ticket selbst zu bezahlen, obwohl Ben sich vehement weigerte, das Geld von ihr anzunehmen. Schließlich steckte sie ihm einfach eine Handvoll Münzen und Scheine in die Jackentasche. Ben stopfte sein Wechselgeld dazu.

Im Zug unterhielt Selina sich lebhaft mit den beiden Amerikanern, Ben hingegen schloss die Augen und verfolgte das Gespräch mit halbem Ohr.

Crystabell schwärmte von einer Asien-Reise.

„Ich war ein halbes Jahr in Japan!", erzählte sie, „Ich habe dort gearbeitet. Wenn du dich ein bisschen geschickt anstellst, kannst du in dem Land wahnsinnig gut verdienen."

„Was hast du gemacht?", fragte Selina.

„Ich war Hostess in einer Bar."

„Das ist nichts Unanständiges!", warf Jeff ein, „Es ist ein ganz normaler Job, so wie Bedienung in einem Restaurant, nur dass es viel mehr Kohle gibt. Die sind da nämlich ganz scharf auf große Europäerinnen. Übrigens auch auf Männer!"

„Und ... was macht man da so als ... Hostess?"

„Weißt du, in Japan, ist es nicht üblich, dass Männer und Frauen gemeinsam ausgehen. Als Mann geht man mit anderen Männern aus und als Frau mit anderen Frauen. Aber natürlich wollen sich die Männer auch mit Frauen unterhalten. Du sitzt da also als Frau in einer Gruppe von Männern und unterhältst dich mit denen. So ganz normal, wie man sich auch hier in einer Kneipe miteinander unterhält."

„Und du wirst nicht angebaggert?"

„Natürlich. Aber du kannst schließlich nein sagen. Du flirtest mit deinen Kunden und animierst sie zum Trinken. Es ist wichtig, dass sie viel trinken, denn du bist am Umsatz beteiligt."

Ben war oft genug in Asien gewesen und hatte Geschäftspartner in Hostessenbars einladen müssen. Natürlich gingen nicht alle von denen mit ihren Kunden aufs Zimmer. Aber Ben wusste genau, dass die junge Frau nicht die volle Wahrheit erzählte.

Er döste ein und wachte auf, als Selina ihn sanft anstupste. Der Zug stand still.

„Wir sind da!"

„Wo?"

„In Ostende."

„Doch kein Zwischenstopp in Brügge?"

„Ist zu spät!"

Ben entdeckte, dass die beiden Amerikaner auch noch da waren.

„Wollten die nicht nach Brügge?"

„Sie haben ihre Meinung geändert."

„Warum?"

„Vielleicht können wir morgen noch gemeinsam an den Strand oder so ..."

Ben schüttelte den Kopf. Was um alles in der Welt hatte er an belgischen Stränden verloren? Und was gingen ihn diese Amerikaner an?

Ostende war Endstation. Die Gleise endeten an einem Prellbock. Die Bahnhofshalle war ausgestorben, draußen dümpelten einige Segelboote im Hafenbecken. Nur Taxis konnte Ben nirgendwo entdecken. Es war kurz nach zwei.

„Was machen wir jetzt?", fragte er.

„Wir suchen das Hostel!", sagte Jeff, der offenbar die Führung übernommen hatte.

Ben traute ihm nicht über den Weg.

„Wo denn?", fragte er.

Jeff antwortete nicht.

Sie überquerten den Bahnhofsvorplatz. Am Anfang der Fußgängerzone, gegenüber von einer kleinen Kirche, war ein Hotel. Der Amerikaner drückte die Klingel. Nach einer Weile wurde die Tür von innen einen Spalt weit geöffnet.

„Wir sind ausgebucht!", sagte der Portier rasch und schloss die Türe wieder.

Auch im nächsten Hotel waren sie erfolglos. Und beim Übernächsten reagierte gar niemand auf ihr Klingeln.

Eine Frau kam ihnen mit schwankendem Gang entgegen, Jeff sprach sie an, aber erstens sprach sie kein Wort Englisch und zweitens war sie sturzbesoffen. Den nächsten Passanten, der ihnen begegnete, sprach Ben auf Französisch an, war aber ebenso erfolglos.

Nach einer Weile fanden sie eine Kneipe, welche noch geöffnet war.

„Kann man hier irgendwo zelten?", fragte Jeff den Mann hinter der Bar.

Der Barmann schüttelte den Kopf.

Eine Kellnerin, die wohl gerade Feierabend hatte, nahm sich eine Cola aus dem Kühlschrank und sagte etwas auf Flämisch zu Ben.

„Tut mir leid, ich verstehe Sie leider nicht", antwortete er auf Französisch, „Aber wenn Sie uns helfen könnten, ein Hotel zu finden, wären wir Ihnen sehr dankbar!"

Sie lachte, griff zum Telefon, wählte eine Nummer und sagte etwas auf Flämisch, dann wandte sie sich wieder an Ben.

„Wenn es Euch nichts ausmacht, ein Zimmer zu teilen, habe ich etwas!", sagte sie auf Englisch und schrieb einen Namen und eine Adresse auf einen Quittungsblock.

„Es ist gleich zwei Querstraßen weiter", sagte sie, „Ein Vierbettzimmer mit Bad, zwanzig Euro für jeden, nichts Besonderes, aber für eine Nacht Okay!"

Ben sah schon von außen, dass es sich um eine Billigkaschemme handelte, aber okay, dachte er, in den letzten Tagen hatte er schon einiges erlebt und bislang alles heil überstanden. In der winzigen Rezeption stand ein Tresen mit Plastik-Furnier, daneben ein Getränkeautomat und zwei abgewetzte Polstersessel. Ein übernächtigter Portier empfing sie, kassierte das Geld und drückte Ben den Schlüssel in die Hand.

„Wollen Sie noch etwas trinken?", fragte er.

Ben lud die anderen ein, aber Selina und die beiden Amerikaner lehnten ab, also zog er an dem Automaten nur eine Flasche Bier für sich selbst.

Einen Aufzug gab es nicht. Sie mussten die vier Treppen zu Fuß hinaufsteigen. Das Zimmer war ein langgezogener Schlauch mit vier Einzelbetten. An der Stirnseite gab es eine Tür, die auf einen winzigen Balkon hinausführte.

Ben war erleichtert. Er hatte Schlimmeres erwartet, legte seinen Koffer ab und trat auf den Balkon hinaus. Die beiden Amerikaner traten zu ihm. Jeff zog einen Beutel Tabak und ein kleines Päckchen mit einer harzigen Substanz aus der Tasche.

„Du hast doch nichts dagegen?", fragte er.

Ben schüttelte den Kopf.

„Wie gefällt Euch Europa?", fragte er.

„Ist schon okay," fügte Jeff hinzu, „Du musst nur wissen, worauf du achten musst."

„Auf was muss man den achten?"

„Weißt du, ich war in Amsterdam. Drei Monate lang. Wenn du Amsterdam kennst, kannst du den Rest von Europa vergessen!"

„Was hast du dort getan?"

Jeff antwortete nicht. Er hatte seinen Joint fertig gebaut, zündete ihn an, inhalierte tief und reichte ihn Ben. Ben zögerte kurz, dann nahm er einen Zug und reichte den Joint weiter an Crystabell.

„Damals in Amsterdam, da hab ich das Zeug auch verkauft!", sagte Jeff, „Ich hab gut davon gelebt!"

„War das nicht gefährlich?"

„Wieso? Du arbeitest nur auf Bestellung! deine Kunden sind ausschließlich Freunde oder Leute, die du gut genug kennst. Denen machst du einen Sonderpreis, wenn sie im Voraus bezahlen. Dann gehst du los und besorgst eine Hundert-Gramm-Platte. Wenn du deine Kunden am selben Abend wieder zusammentrommelst, dann liegt das Zeug nicht länger als ein paar Stunden bei dir herum."

Ben hörte Selina drinnen in der Dusche plätschern.

„Wenn du erwischt worden wärest, hättest du eine Gefängnisstrafe riskiert!", sagte er.

„Das Risiko ist nicht groß", fuhr Jeff fort, „Ein Freund von uns hat richtig Kohle gemacht. Er hat da so eine Art Versandgeschäft aufgezogen. Hat das Zeug in Schokolade getaucht und von Belgien aus als Pralinen in die USA verschickt!"

Er zog genießerisch an seinem Joint.

Ein paar Minuten später kam Selina mit nassen Haaren heraus. Die beiden Amerikaner zogen sich nach drinnen zurück.

„Hast du etwas dagegen, wenn ich mein Bier trinke?", fragte Ben.

Sie schüttelte den Kopf, schaute ihn an und lächelte. Nett schaut sie aus, dachte Ben und öffnete die Flasche.

Es war eine milde Sommernacht, sternklar und der Mond war schon ziemlich rund aber noch nicht voll.

Als er aufstand, um ins Zimmer gehen zu wollen, hielt Selina ihn zurück. Sie lächelte wieder und legte einen Finger auf den Mund. Als er nicht gleich verstand, deutete sie mit dem Kopf in Richtung Balkontür. Ben musste lachen, als er von drinnen gedämpftes Stöhnen vernahm und setzte sich wieder.

„Eigentlich hätten wir jetzt längst in London sein wollen!", sagte Selina.

„Vor zehn Tagen habe ich noch in Budapest mit Millionen gespielt", fügte Ben hinzu, „und jetzt sitze ich auf einem Balkon in Ostende und habe mit zwei amerikanischen Backpackern einen Joint geraucht! Ich glaube, seit meinem zwanzigsten Lebensjahr bin ich nicht mehr so chaotisch gereist!"

„Aber wir haben eine Menge erlebt."

„Das ist richtig. Manchmal ist es ein wunderbares Gefühl, unterwegs zu sein!"

Ben trank einen Schluck Bier und fühlte sich verwegen. Die Sache begann, ihm Spaß zu machen. Und inzwischen war es ihm fast egal, wann sie in London ankommen würden. Gerne hätte er Selina jetzt in den Arm genommen, aber stattdessen trank er schweigend sein Bier und wartete, bis sie vorsichtig nach drinnen geschaut und ihm ein Zeichen gegeben hatte, dass die Luft wieder rein war. Im Dunkeln tastete er sich durchs Zimmer, legte sich auf das letzte freie Bett und war rasch eingeschlafen.

Am nächsten Morgen war er schon früh wieder wach. Er nahm frische Wäsche aus seinem Koffer und ging ins Bad.

Als er wieder herauskam, stand Selina im Nachthemd mit Zahnbürste in der Hand vor der Badezimmertür. Die Amerikaner schliefen noch.

„Treffen wir uns gleich im Frühstücksraum!", sagte Ben leise und ging noch ein paar Minuten vor die Tür.

Es war frisch und die Straßen waren noch leer. Ein Ladenbesitzer schob gerade sein Rollgitter hoch. Möwen kreischten und auf der Strandpromenade führte ein alter Mann seinen Hund spazieren.

Als Ben zum Hotel zurückkam, wartete Selina im Frühstücksraum. Es gab starken Kaffee, dazu Schlabberbrot, Plastikmarmelade und sehr künstlich aussehende Wurst.

„Was ist unser Plan?", fragte Selina.

„Wir packen unsere Sachen und nehmen die nächste Fähre!", sagte Ben.

„Hört sich gut an!"

„Wolltest du nicht noch mit den Amerikanern an den Strand?"

„Muss nicht sein. Die sind nicht meine Wellenlänge."

Ben verzichtete auf einen Kommentar.

Als sie im Zimmer ihre Sachen holten, schliefen die Amerikaner immer noch. Ben und Selina verließen das Haus und gingen zum Bahnhof.

„Wo geht's hier zu den Fähren?", fragte Selina.

Ben musste passen.

„Jeff meinte, das Fährterminal sei direkt am Bahnhof!", gab Selina zurück.

„Woher will er das wissen?"

„Es stand so in seinem Reiseführer. Irgendwo muss es einen Gang geben, der direkt zu den Schiffen führt."

Der Gang existierte nicht mehr. Es fanden sich auch keinerlei Hinweisschilder und so fragten sie einen Uniformträger.

Der lachte.

„Ich fürchte, da sind Sie ein wenig spät dran!"

„Warum?"

„Der letzte Katamaran nach Dover ist vor fünf Jahren abgefahren."

„Und seitdem?"

„Nichts mehr. Die Gesellschaft ist pleite."

„Sie meinen, es gibt gar keine Fähren mehr?"

„Nur noch Güterverkehr nach Ramsgate."

„Wie kommen wir nach jetzt England?"

„Nehmen Sie den Eurostar von Brüssel oder von Lille!"

„In Brüssel waren wir schon!", seufzte Selina.

„Wären wir dortgeblieben, dann könnten wir jetzt in England sein.", gab Ben zurück.

Selina wurde rot.

„Also dann Lille?"

Ben ging zum Schalter, um die Fahrkarten zu kaufen.

17.) Lille

Der Zug stand schon bereit. Sie fuhren durch eine flache, grüne Landschaft aus Wiesen und Pappeln. Nach einer Stunde stiegen sie um und erreichten kurz vor zwölf Uhr mittags den Bahnhof Lille Flandres.

Die Eurostar-Züge nach London fuhren von einem anderen Bahnhof ab. Ben und Selina hatten die Wahl zwischen einem Fußmarsch oder einer kurzen U-Bahn-Fahrt. Ben entschied sich für ein Taxi. Der Bahnhof Lille Europe war klein, modern und sauber.

Ben trat an den Fahrkartenschalter.

„Wann geht der nächste Zug nach London?"

„Dreizehn Uhr achtundvierzig", sagte die Angestellte wie aus der Pistole geschossen.

Ben war erleichtert.

„Prima! Dann hätte ich gerne zwei Tickets, einfache Fahrt."

„Welche Klasse? Standard, Business, oder Business Premier?"

Normalerweise hätte Ben nicht lange gezögert und wäre Erster Klasse gefahren, aber er wollte sich Selina gegenüber nicht schon wieder als reicher Emporkömmling darstellen.

„Standard, bitte!"

Die Angestellte klapperte auf ihrer Tastatur herum.

„Das macht dann vierhundertundfünf Euro für die beiden Tickets!"

Für den Preis hätten wir auch von Köln aus fliegen können, dachte Ben und suchte seine Brieftasche.

Er fand sie nicht.

Sie war nicht in seiner Hosentasche und auch nicht in der Jacke.

„Entschuldigen Sie einen Moment!"

Er suchte die Jacke noch einmal ab, dann die Außentasche seines Trolley-Koffers. Aber die Brieftasche war nicht zu finden.

„Kann ich Ihnen vielleicht einen Scheck ausstellen?"

„Was für einen Scheck?"

„Einen Scheck auf ein britisches Konto ..."

„Tut mir leid. Wir nehmen nur französische Schecks."

Ben wandte sich an Selina.

„Könntest du mir aushelfen? Ich zahle es zurück, sobald wir in London sind!"

Selina griff in ihre Tasche und erstarrte.

„Mein Portmonee ist weg!"

„Bist du dir sicher?"

Sie kramte in sämtlichen Taschen und im Rucksack, aber das Portmonee blieb unauffindbar.

Das war kein Zufall! Eine dunkle Ahnung beschlich sie.

„Verfluchte Scheiße, wir sind beklaut worden!"

Ben bemühte sich um Contenance.

„Die beiden Amerikaner ..."

„Diese Schweine!", sagte Selina und ballte die Hände zur Faust.

Ben sagte nichts.

„Und was machen wir jetzt?", fragte Selina.

„Wie viel Geld hattest du dabei?", fragte Ben.

„Vielleicht dreihundert Euro ... und meine Bankkarte!"

„Wir müssen die Polizei anrufen und Anzeige erstatten, auch wenn die beiden vermutlich längst über alle Berge sind. Außerdem müssen wir die Karte sperren lassen!"

Ben nahm sein Telefon in die Hand. Es war ausgeschaltet. Er versuchte, es einzuschalten, aber das Display blieb dunkel.

„Auch das noch", fluchte er, „Der Akku ist leer!"

„Jetzt haben wir genau zwei Möglichkeiten!", sagte Selina.

„Welche?"

„Entweder wir fahren schwarz oder wir trampen!"

Ben musste lachen, obwohl ihm eigentlich gar nicht danach war.

„Die erste Möglichkeit scheidet aus!", sagte er und deutete auf die Sperre vor dem Durchgang zu den Gleisen, „Die Kontrollen und der Check-in sind hier fast so streng wie am Flughafen. Da kannst du nicht einfach durchspazieren!"

„Dann suchen wir einen Lastwagenfahrer, der uns mit auf die Fähre nimmt!"

„Wo finden wir den?"

„An einer Autobahnraststätte! Wir müssen nur herausfinden, wo die Nächste ist und wie man dort hinkommt!"

Das fehlte gerade noch! Als Hitchhiker an Bord eines Lastwagens. Ben schüttelte den Kopf.

„Haben wir irgendwo noch Geld?", fragte Selina.

Ben langte in seine Hosentasche, wo er gewöhnlich das Kleingeld aufbewahrte. Er förderte einen Haufen Münzen und ein paar zerknitterte Scheine hervor.

„Wie viel ist es?"

Ben strich die Scheine glatt.

„Hey, das sind ja fast Hundertundfünfzig Euro!"

Selina strahlte, „damit kommen wir doch bestimmt weiter!"

Sie wandte sich erneut an die Angestellte.

„Es gibt doch bestimmt auch billigere Möglichkeiten, nach England zu kommen?", fragte sie.

„Nicht mit Eurostar!", sagte die junge Frau hinter dem Schalter.

„Und sonst?"

„Sie könnten es mit der Fähre von Calais aus probieren!"

Ben nickte.

„Also gut. Probieren wir es mit der Fähre!"

Ben überredete Selina, nicht per Anhalter, sondern mit dem Zug nach Calais zu fahren. Dazu mussten sie wieder zu dem anderen Bahnhof zurück. Angesichts der Umstände gingen sie zu Fuß. Es dauerte nicht mehr als zehn Minuten.

Sie zahlten knapp zweiunddreißig Euro für zwei Tickets nach Calais und stiegen kurz darauf in den Zug.

Ben dachte nach. Wenn der Rest seiner Barschaft nicht reichte, um auf die Fähre zu kommen, war er zahlungsunfähig. Insolvent. Bankrott. Zum ersten Mal in seinem Leben.

18.) Dover

Kurz nach zwei Uhr nachmittags erreichten sie Calais-Ville. Sie stiegen aus und gingen die Treppen vom Bahnsteig hoch in die Bahnhofshalle. Draußen standen mehrere Taxen. Aber Ben und Selina mussten jetzt sparsam sein, also nahmen sie für den Weg zum Hafen den Bus, der kostete nur einen Euro und fünfzig Cent.

Der Angestellte am Fähr-Terminal wunderte sich: „Sind Sie wirklich ohne Auto unterwegs?"

Immerhin, die Tickets als Fußpassagiere kosteten nur 14 Euro pro Person. An Bord tauschte Ben den Rest seiner Euro-Barschaft in britische Pfund. Der Wechselkurs war mies und die Gebühren unverschämt, aber sie hatten keine andere Wahl. Ben zählte seine Barschaft und beschloss, dass die Ausgabe von drei Pfund für zwei Tassen Kaffee den Rahmen des verfügbaren Budgets nicht sprengen würde.

Dann gingen sie hinaus auf das Deck und schauten nach Backbord zur französischen Küste, die immer kleiner wurde. Auf der Steuerbordseite war England bereits als schmaler Streifen zu sehen und bald erkannte man die weißen Klippen von Dover, die allmählich näher rückten, bis man die Festungsanlage und den Leuchtturm von South Foreland ausmachen konnte .

Kurz darauf passierte die Fähre die Hafeneinfahrt. Eine Durchsage forderte die Passagiere auf, über die Treppen hinunter zu ihren Autos zu gehen. Nur Ben, Selina und eine kleine Handvoll anderer Fußpassagiere warteten darauf, dass der Landungssteg angedockt wurde.

Über eine lange Brücke gelangten sie an Land und wurden mit einem Shuttle-Bus zum Terminalgebäude gebracht. Nachdem sie die Hafenanlagen verlassen hatten, gelangten sie mit einem anderen Bus zum Bahnhof. Von dort aus gab es jede halbe Stunde einen Zug nach London.

„Hoffen wir nur, dass unser Geld noch reicht!", meinte Ben.

„Warum fahren wir nicht schwarz?", schlug Selina vor, „Das ist völlig risikolos: Wir klettern über die Sperre, steigen ein, und wenn wir einen Schaffner sehen, dann gehen wir schnell auf die Toilette …"

Ben schüttelte den Kopf und ging zum Fahrkartenautomaten. Die einfache Fahrt nach London kostete knapp siebzehn Pfund.

„Na wunderbar," sagte er, „Es reicht doch!"

Er steckte zwei Zwanzigpfundscheine in den Schlitz und gab Selina eine der beiden Tickets. Kurz darauf schaukelten sie durch die grüne und sanft hügelige Wiesenlandschaft von Kent. Gegen sieben Uhr abends erreichten sie Victoria Station, durchschritten die Sperre am Bahnsteigende und standen dann beide etwas unschlüssig in der großen Halle.

„Was hast du jetzt vor?", fragte Ben.

Selina zuckte mit den Schultern.

„Weiß nicht. Ich werde meine Freunde anrufen oder so …!"

„Wo wirst du übernachten?"

Sie seufzte. „Hier in London kenne ich niemanden. Ich werde mir halt ein Hostel suchen. Vielleicht komme ich ja auch heute noch weiter."

„Ohne einen Pfennig Geld in der Tasche?"

Selina zog die Augenbrauen hoch.

„Ich weiß nicht … es wird schon irgendwie gehen!"

Ben schüttelte den Kopf. „Komm mit zu mir!"

Selina wurde rot.

„Nein, du brauchst keine Angst zu haben …," beeilte er sich, hinzuzufügen, „ich meine, sobald wir in meiner Wohnung sind, werde ich dir helfen können!"

Sie nickte zögerlich.

19.) London

Sie traten aus der weitläufigen Bahnhofshalle hinaus auf den Vorplatz und Ben winkte ein Taxi heran.

„Dorchester Place!", verlangte er.

Sie fuhren die Victoria Street entlang, an Parlament und Big Ben vorbei und überquerten die Themse.

Ben schielte heimlich auf das Taxameter. Er besaß noch genau vierzehn Pfund und siebenundachtzig Pence. Das Geld würde reichen.

Dorchester Place war eine kleine Wohnanlage am Ende einer Sackgasse in Southwark. Sie war von einem hohen schmiedeeisernen Zaun umgeben und das einzige Tor wurde von einem Kameraauge bewacht. Erst als Ben sich aus dem Fenster lehnte und über die Sprechanlage seinen Namen nannte, öffneten sich die Torflügel. Sie fuhren hindurch und hielten vor einem Appartmentblock.

Ben stieg aus und überließ dem Fahrer den Rest seiner Barschaft. Selina folgte ihm. Gemeinsam gingen sie die Stufen zum Eingang hinauf und betraten die Eingangshalle.

Ben nickte dem Pförtner beiläufig zu.

„Guten Abend, Mr. Whitcombe," antwortete der aus seiner Kabine heraus und warf einen schiefen Blick auf Selina.

„Guten Abend, Miss…"

Ben schaute ihm geradeaus in die Augen.

„Sie heißt Selina!"

„Ihre Nichte, nehme ich an?"

„Ich sagte: Sie heißt Selina!"

Der Pförtner grinste übertrieben breit in Selinas Richtung. „Herzlich willkommen in Dorchester Place!"

Was er jetzt denkt, will ich gar nicht wissen, dachte Ben.

„Gut, dass Sie endlich kommen!", fuhr der Pförtner fort, „Wir haben schon auf Sie gewartet."

„Warum?"

„Wollen Sie nicht Ihre Wohnung ausräumen?"

Ben atmete tief durch. Irgendetwas stimmte hier nicht. Die Wohnung wurde von der Firma bezahlt und so lange er dort angestellt war, lief auch der Mietvertrag.

„Darf ich fragen, was ..." - Ben stockte - „...was der Stand der Dinge ist?"

„Der Mietvertrag für Ihre Wohnung wurde am ersten August mit Wirkung zum Fünfzehnten gekündigt!"

Das waren Neuigkeiten! Die Wohnung war also ohne Rücksprache genau an dem Tag gekündigt worden, als Ben in Budapest das unerfreuliche Gespräch mit Jenkins gehabt hatte. Jenkins, dieser Schuft hatte ihn also bloß zappeln gelassen! Mehr als interessant, dachte Ben, dass ich es auf diese Art und Weise erfahre! Dennoch war er bemüht, sich nichts anmerken zu lassen.

„Bis zum Fünfzehnten, sagten Sie?"

Der Pförtner nickte.

Heute war Sonntag, der zehnte August. Der fünfzehnte war der kommende Freitag. Ben hatte also noch fünf Tage Zeit.

„Dann gehe ich davon aus, dass die Firma die Miete bislang weiterhin bezahlt hat?"

„Na ja… eigentlich nur bis letzte Woche. Aber Sie waren ja immer ein guter Mieter und haben uns noch nie Scherereien gemacht. Außerdem haben wir noch gar keinen Nachmieter. Normalerweise werden uns diese Wohnungen aus den Händen gerissen, aber derzeit gibt es wohl immer weniger Leute, die sich das leisten können!"

Ben holte sein Scheckbuch aus der Tasche und stellte einen Scheck aus.

„Für diese und nächste Woche. Ich kläre das morgen mit dem Büro."

„Wir werden Sie vermissen, Mr. Whitcombe!"

„Danke. Könnten Sie mir jetzt bitte meine Post geben?"

Der Portier ging in sein Hinterzimmer und kam mit einem eindrucksvollen Stapel zurück. Immerhin war er seit fast drei Wochen nicht mehr hier gewesen.

Ben bedankte sich, dann schob er Selina zum Aufzug und fuhr in den vierten Stock.

In der Wohnung sah auf den ersten Blick alles noch so aus wie immer: in der Ecke des Wohnzimmers das beige Ledersofa mit zwei Sesseln und einem kleinen Couchtisch davor, an der anderen Seite des Raumes der Esstisch mit sechs Stühlen. Rechts ging es zu der kleinen Küche, links waren Bad und Schlafzimmer. Alles war sauber und ordentlich, in Bens Abwesenheit war regelmäßig geputzt und Staub gesaugt worden.

„Herzlich willkommen!", sagte er zu Selina, „Fühl dich wie zu Hause."

Und dann musste er lachen. In dieser Wohnung hatte er sich nie zu Hause gefühlt. Die Wohnung war möbliert angemietet und Ben gehörte hier nicht mehr als die Bücher in den Regalen und ein paar Sachen, welche zusammengenommen kaum mehr als fünf oder sechs Umzugskartons füllen würden. Es war ein Ort wie ein Hotelzimmer: bequem, praktisch, aber unpersönlich.

Während Selina im Bad verschwand, ging Ben in die Küche. Da gab es versteckt in die Wand eingelassen einen kleinen Tresor. Ben tippte die Kombination ein.

Schon von klein auf hatte er gelernt, dass man für schlechte Zeiten vorsorgen muss.

Im Tresor befanden sich neben wichtigen persönlichen Unterlagen mehrere Briefumschläge mit Bargeld in britischen Pfund, Euro und US-Dollar. Genug, um damit mehrere Monate über die Runden zu kommen. Außerdem gab es Karten zu einem Bankkonto, welches Ben extra für den Notfall angelegt hatte.

Er entnahm die Bankkarten und eine bedeutende Summe Bargeld, dann ging er zum Kühlschrank. Ob es hier irgendetwas gab, was er Selina anbieten konnte?

Ben fand nur ein paar Flaschen Bier. Sonst gab es nur noch Mineralwasser. Er nahm das Wasser und zwei Gläser, stellte beides auf den Wohnzimmertisch und inspizierte das Schlafzimmer.

Auch hier war alles sauber, das Bett war ordentlich gemacht, aber dann stutzte er.

In der Ecke standen mehrere Umzugskartons. Sie stammten von einer ungarischen Spedition und auf jeder Kiste klebte ein kleiner Zettel mit Jessicas Handschrift. Sie war schnell gewesen. Und sie hatte ganze Arbeit geleistet.

Offenbar hatte sie den Mietvertrag der Budapester Wohnung ohne Rücksprache mit ihm gekündigt und war abgereist. Wohin war sie gegangen? Vermutlich zu ihren Eltern in Irland, dachte Ben. Aber wie sie hatte wissen können, dass auch er nicht nach Budapest zurückkehren würde, das war ihm schleierhaft. Aber sollte sie doch machen, was sie wollte! Ben hatte weder Lust noch Veranlassung, mit ihr zu streiten.

Er ging zurück in die Küche, nahm sich aus dem Kühlschrank ein Bier, öffnete die Flasche, ging zum Fenster und schaute hinaus über die Stadt. Diesen Blick über die Southwark Cathedral und den Fluss würde er nicht mehr lange genießen können!

Selina kam aus dem Bad. Sie hatte sich umgezogen und trug jetzt ein langes Kleid. Ben war erstaunt, wie attraktiv sie darin aussah, aber er verbat sich jeden weitergehenden Gedanken.

„Das Schlafzimmer gehört dir!", sagte er, „Ich übernachte auf der Wohnzimmercouch."

Dann ging er ins Bad um sich ebenfalls frisch zu machen und umzuziehen. Er entschied sich für einen nicht allzu förmlich aussehenden Leinenanzug. Als er zurückkam, schaute Selina ihn mit großen Augen an.

„Hast du heute Abend noch etwas vor?"

„Ich schlage vor, wir gehen gemeinsam einen Happen essen. Ich würde dich gerne in meinen Club einladen."

„In deinen Club?"

„In den ‚Winchelsea Club', einen der ältesten und traditionsreichsten Gentlemen's Clubs in London!"

„Ach so einer bist du also?"

„Was für einer?"

„Na, so ein Snob!"

„Ich dachte, es würde dich vielleicht interessieren…"

„Du willst mich beindrucken? Vergiss es!"

„Ich habe einfach nur Hunger!"

„Geht's nicht etwas weniger feudal? Ohne Krawatte?"

„Schlag etwas vor!"

„Mir reicht ein Sandwich, Fish & Chips oder eine Pizza."

Ben überlegte.

„Ich könnte ein libanesisches Restaurant im West End vorschlagen…"

„Dann nichts wie hin!"

„Gut. Ich rufe ein Taxi."

„Warum fahren wir nicht mit dem Bus oder mit der U-Bahn?"

„Ich habe keine Idee, wo die nächste Haltestelle ist!"

Selina lachte.

„Die werden wir schon finden!"

Der Gedanke an zugige Haltestellen und dreckige Busse oder Bahnen gefiel Ben gar nicht.

„Ich habe einen anderen Vorschlag. Gleich hier um die Ecke ist ein Chinese."

Da hatte sich Ben zwar bislang noch nie hinein getraut, weil er ihm stets zu schmuddelig erschienen war, aber Selina würde sich dort vermutlich wohler fühlen als beim Edel-Libanesen. Außerdem brauchte man keinen Tisch zu reservieren.

Kurz darauf stocherten sie mit ihren Essstäbchen in Singapur-Nudeln mit Gemüse und gebackener Ente.

„Was hast du jetzt vor?", fragte Ben.

Selina seufzte.

„Wahrscheinlich werde ich morgen früh meine Freunde in Glastonbury anrufen und mit dem Bus hinfahren!"

„Warum bleibst du nicht noch ein paar Tage in London?"

Selina schaute ihn mit großen Augen an.

„Was soll ich hier? Hier habe ich nichts verloren!"

Ben schlief auf der Wohnzimmercouch wie ein Stein und wurde gegen neun Uhr vom Telefon geweckt. Der Hausmeister war dran.

„Wann räumen Sie die Wohnung aus?", fragte er.

Ben rieb sich die Augen.

„Damit habe ich noch bis Ende nächster Woche Zeit!"

Der Hausmeister druckste herum.

„Es ist nur so ... die Miete ist überfällig."

„Ich habe den ausstehenden Betrag gestern beglichen!"

„Na ja… Sie haben uns einen Scheck ausgestellt."

„Was stimmt daran nicht?"

„Wie Sie wissen, dauert es bei Schecks immer ein paar Tage, bevor man sich sicher sein kann, dass er gedeckt ist!"

Ben wurde ärgerlich.

„Hören Sie! Ich wohne seit drei Jahren hier. Weder meine Firma noch ich selbst haben jemals irgendwelche Probleme verursacht. Warum behandeln Sie mich jetzt so, als sei ich ein hergelaufener kleiner Gauner?"

„Haben Sie schon die Zeitung gelesen?"

„Natürlich noch nicht. Was hat das eine mit dem Anderen zu tun?"

„Lesen Sie die Zeitung!"

„Das werde ich tun."

„Danach rufen Sie bitte noch einmal an. Aber erst, nachdem Sie die Zeitung gelesen haben!"

„Gerne, wenn Sie das für notwendig halten."

„Ich würde darum bitten."

Ben legte auf.

Er hatte ein komisches Gefühl. Irgendetwas stimmte da nicht! Rasch machte er sich fertig, um ins Büro zu gehen und zu klären, was los war.

Selina schlief noch. Einen Moment zögerte Ben. Dann steckte er zweihundert Pfund in einen Briefumschlag und legte einen kurzen Brief dazu.

„Versteh mich nicht falsch!", schrieb er, „Betrachte es als ein Darlehen, wenn du willst."

Dazu legte er seine Visitenkarte. Er nahm den Aufzug hinunter in die Lobby und warf dem Portier im Vorbeigehen einen finsteren Blick zu. Dieser grüßte ihn ganz freundlich zurück, als sei nichts gewesen.

Ben trat hinaus auf die Straße. Gleich um die Ecke war ein kleiner Zeitungsladen. Ben nahm sich ein Exemplar der „Times", bezahlte es, rollte es zusammen und steckte es ein, ohne einen Blick darauf zu werfen. Er ging zur Uferpromenade, überquerte die Themse auf der Blackfriars Bridge, und nach einem kurzen Fußweg durch die City betrat er das Gebäude von Goldstein & Liebman.

Der Pförtner warf ihm einen Blick zu, den Ben nicht zu deuten wusste.

„Guten Morgen, Mr. Whitcombe!", sagte er, „Schön, Sie wieder zu sehen. Brauchen Sie einen Karton?"

Ben schüttelte den Kopf.

„Nein, danke… weshalb sollte ich?"

„Auch gut. Wenn Sie einen brauchen, lassen Sie es mich wissen!"

Ben ging zum Aufzug und fuhr nach oben. Er betrat das Großraumbüro, in dem die jüngeren Analysten arbeiteten. Der Raum war durch halbhohe Trennwände in mehrere Abteile unterteilt. Normalerweise saß dort in jedem Abteil ein junger Banker am Bildschirm und war angestrengt damit beschäftigt, Geld zu machen. Jetzt aber war es dort merkwürdig still. Die meisten Arbeitsplätze waren verwaist. Die Kollegen saßen in

Grüppchen zusammen, unterhielten sich halblaut oder starrten auf den Boden.

Einige waren dabei, ihre Schreibtische auszuräumen und den Inhalt in Kartons zu packen. Eine Stimmung wie bei einer Beerdigung, dachte Ben.

„Kann mir jemand verraten, was hier los ist?", fragte er.

„Ach Ben? Auch wieder im Lande? Willkommen im Club!", kam es zurück.

„In was für einem Club?"

„Na, du weißt doch wohl, was los ist! Oder hast du deine Emails nicht gelesen?"

„Tut mir leid, ich verstehe nicht, was Ihr meint!"

„Unten in dem Café, gegenüber auf der anderen Straßenseite sitzen ein paar Headhunter. Wenn du möchtest, kannst du ihnen deinen Lebenslauf vorbei bringen. Druck ihn am besten gleich mehrmals aus, aber beeil dich! Wer weiß, wie lange die Drucker noch funktionieren!"

Ben schüttelte den Kopf.

„Wo ist Jenkins?"

„Keine Ahnung. Den würden wir alle gerne sehen!"

„Kann mir bitte jemand verraten, was hier gespielt wird?"

„Sag bloß, du weißt es wirklich noch nicht!"

„Woher sollte ich…?"

„Hast du keine Nachrichten gesehen? Keine Zeitung gelesen?"

Ben zog die *Times* aus der Tasche, rollte sie auseinander und beim Blick auf die Titelseite wurde ihm schwindelig.

„Goldstein & Liebman insolvent!", stand da in dicken Lettern, und daneben: „Sämtliche Mitarbeiter entlassen.".

Ben musste sich setzen. Sein Kollege lachte.

„Tröste dich, das ist uns allen so gegangen!"

„Und wieso erfahren wir das aus der Zeitung?"

„Ich hab's im Radio gehört."

Ben griff nach seinem Telefon. Das Display war noch immer dunkel. Er versuchte, das Gerät einzuschalten, aber es tat sich nichts. Er hätte den Akku heute über Nacht aufladen sollen! So ein Mist, dass er nicht daran gedacht hatte.

Er ging hinüber in sein eigenes Büro, schaltete den Computer ein und fand eine Menge Emails. Die Nachricht von der Geschäftsführung war irgendwo versteckt.

„Heute Nachmittag soll es eine Video-Ansprache vom Vorstand geben!", sagte ein Kollege.

„Und wo steckt Jenkins?"

„Keine Ahnung. Er ist nicht ins Büro gekommen und er geht nicht ans Telefon."

Ben schrieb ihm eine Email. Die Antwort kam unverzüglich.

„Ruf mich in einer Stunde von deiner Privatnummer aus an. Auf keinen Fall aus dem Büro!"

Ben nahm ein Taxi und fuhr nach Hause. Als er durch die Haustüre schritt, winkte der Pförtner ihm aufgeregt zu.

„Mr. Whitcombe?"

Ben blieb stehen.

„Da war ein Anruf für Sie!"

„Von wem bitte?"

„Ein Mann mit einer ausländischen Stimme. Hatte einen grauenhaften Akzent. Vielleicht aus Deutschland?"

Ben ging auf die Pförtnerkabine zu.

„Was wollte er?"

„Sie sollen ihn zurückrufen!"

Der Pförtner schob ihm einen Zettel mit einer Telefonnummer zu. In der Tat eine deutsche Nummer.

„Hat der Anrufer gesagt, was er wollte?"

„Es geht um Ihr Auto. Ist das möglich?"

Ben nickte und bedankte sich. Seufzend steckte er den Zettel ein. Die Werkstatt aus dem Westerwald! Vermutlich wollte man ihm mitteilen, dass die Reparatur noch viel teurer würde als angenommen. Nein, dachte Ben, momentan hatte er wirklich genügend andere Sorgen.

„Schade, dass Sie uns so bald verlassen werden!", sagte der Pförtner.

Ben hielt inne.

„Können Sie ein gutes Möbel-Lagerhaus empfehlen?"

Der Pförtner nickte.

„Würden Sie veranlassen, dass alle meine Sachen spätestens bis Ende der Woche dahin kommen? Ich komme selbstverständlich für alle Kosten auf, einschließlich einer Aufwandsentschädigung für Sie!"

Der Pförtner versprach, sich um die Angelegenheit zu kümmern und Ben ging in seine Wohnung hinauf.

Selina war nicht mehr da. Das Geld hatte sie genommen. Sie hatte ihm einen Zettel hinterlassen mit ein paar netten Worten, ihrer Telefonnummer und ihrer Email-Adresse. Sie schrieb nicht, wohin sie gegangen war. Wahrscheinlich wusste sie das selbst noch nicht. Schade, dachte Ben. Er hätte sich gefreut, wenn er sie noch angetroffen hätte. Er nahm sich ein Bier aus dem Kühlschrank und schaute die Post durch.

Ein paar Rechnungen. Ein Brief von der Geschäftsführung, in welchem man ihm in aller Form mitteilte, dass er von allen Aufgaben in Budapest mit sofortiger Wirkung entbunden sei. Dann war da ein Brief mit handgeschriebener Adresse und echter Briefmarke, abgestempelt in Penzance im äußersten Südwesten Englands.

Er enthielt eine aufklappbare Karte.

Eine Einladung?

Die ‚Bruderschaft von Lyonesse' teilte ihm auf der Innenseite der aufwändig gestalteten Faltkarte mit, dass man ihn bei der nächsten Zusammenkunft gerne herzlich willkommen heißen würde. Wann und wo diese Zusammenkunft stattfinden sollte, schrieben sie nicht.

Es gab weder eine Kontaktadresse noch eine Telefonnummer oder Email-Adresse. Nur den Poststempel von Penzance in Cornwall.

Ben lächelte.

Was auch immer das für ein Haufen war: moderne Kommunikation gehörte offenbar nicht zu ihren Stärken.

Kopfschüttelnd steckte Ben die Karte in seine Jackentasche, das Kündigungsschreiben auch, und die übrigen Briefe warf er in den Müll.

Dann rief er Richard Jenkins an. Der schien schon auf seinen Anruf gewartet zu haben.

„Wir treffen uns in einer halben Stunde vor der Royal Festival Hall!", sagte er knapp, „Und achte darauf, dass dir niemand folgt."

„Warum so geheimnisvoll?"

Jenkins überhörte die Frage.

„In genau einer halben Stunde!", wiederholte er und unterbrach die Verbindung.

Ben nahm ein paar Hemden, Hosen und etwas Unterwäsche aus seinem Kleiderschrank. In den Schreibtischschubladen kramte er die wichtigsten Unterlagen zusammen und packte alles in seinen Koffer. Zuletzt nahm er das Bargeld und alle Wertsachen aus dem Tresor. Dann fuhr er mit dem Aufzug hinunter in die Lobby.

„Schicken Sie diesen Koffer bitte in den Winchelsea Club!", sagte er. Er gab seine Wohnungsschlüssel ab und hinterließ dem Pförtner einen Umschlag mit Bargeld für dessen Unkosten beim Ausräumen und Einlagern seiner Habseligkeiten.

Draußen nahm er ein Taxi zur Royal Festival Hall. Der Weg war nur kurz, Ben hätte genauso gut auch zu Fuß gehen können, aber ihm war nicht danach.

Er ging die Glasfront der Veranstaltungshalle entlang zu einem der Cafés an der Uferpromenade, setzte sich an einen der Tische und bestellte einen Cappuccino.

Richard Jenkins ließ nicht lange auf sich warten. Er trug eine Baseball-Kappe und eine dunkle Sonnenbrille und wirkte gehetzt. Ben lud ihn ein, sich zu setzen, aber Jenkins schüttelte den Kopf.

„Komm mit! Gehen wir!", sagte er.

Ben ließ seinen Cappuccino stehen.

Jenkins ging schnell und Ben hatte Mühe, ihm zu folgen. Fast im Laufschritt schritten sie die Uferpromenade entlang, unter der Waterloo Bridge hindurch an den Ständen des Bücher-Flohmarktes und am National Film Theatre vorbei.

Jenkins schwieg.

„Wie war der Flug?", fragte Ben.

„Welcher Flug?"

„Waren Sie nicht in Hong Kong?"

„Ach ja. Richtig. Furchtbar. Zwölf Stunden lang in der Holzklasse."

Jenkins war wohl der einzige Mensch, welcher die First Class der British Airways als Holzklasse bezeichnete. Er mochte grundsätzlich keine Flugzeuge, in denen er nicht selbst am Steuerknüppel saß. „Das ist ein Unterschied wie zwischen einem Ferrari und einem Linienbus!", hatte er einmal behauptet. Selbstverständlich besaß Jenkins einen schnittigen Sportwagen. In einem Linienbus hatte Ben ihn allerdings noch nie gesehen.

Lieber saß er am Steuerknüppel des Firmenjets. Ben war ein paar Mal mitgeflogen, was Jenkins immer als besondere Ehre zu bezeichnen pflegte. Ben hingegen hatte sich in der engen Kabine der fünfsitzigen Citation nicht sonderlich wohl gefühlt – vom mangelnden Vertrauen in Jenkins' Flugkünste ganz abgesehen. Einmal hatte er Jenkins gegenüber auch eine entsprechende Bemerkung gemacht.

„Richtig!", hatte Jenkins geantwortet, „Die Citation Mustang ist viel zu klein. Wir hätten eine Gulfstream kaufen sollen. Am besten eine G500, da ist ordentlich Platz!"

Die G500 war sein Lieblingsthema. Jenkins träumte davon wie ein kleiner Junge, der sich ein Spielzeugauto zu Weihnachten wünscht.

„Mit einer G500 hätte ich locker selbst bis Hong Kong fliegen können!", hatte Jenkins einmal gesagt „Und wieder zurück!"

Ben erinnerte sich daran, dass Jenkins seinerzeit versucht hatte, bei der Direktion die Anschaffung eines solchen Vogels

187

durchzusetzen: Der war um ein Drittel schneller, mehr als doppelt so groß und gut zehnmal so teuer wie die auch nicht gerade billige Cessna Citation Mustang.

Vorstand und Aufsichtsrat hatten seinerzeit geschlossen dagegen gestimmt und was man hinter vorgehaltener Hand über Jenkins gesagt hatte, war nicht zitierfähig.

„Wie sind die Geschäfte in Hong Kong gelaufen?", fragte Ben.

„Schlecht."

„Seit wann sind Sie denn wieder zurück?"

„Vergessen wir Hong Kong. Reden wir von deinem Job in Budapest."

„Mr. Jenkins, Sie haben mich vor einer Woche gefeuert! Sie haben mich mit falschen Versprechungen hingehalten!"

Jenkins schaute ihn nicht an, sondern ging im Laufschritt weiter.

„Der Firma geht's nicht gut.", presste er hervor.

Er achtete nicht auf die Straßenkünstler und schaute sich ein paar mal über die Schulter um, als habe er Angst, verfolgt zu werden.

„Die Firma ist pleite.", sagte Ben.

„Die Firma ist zahlungsunfähig. Glaub nicht alles, was in der Zeitung steht. Vielleicht ist die Zahlungsunfähigkeit nur vorübergehend. Möglicherweise wäre es gar nicht dazu gekommen wenn nicht ein paar Leute die Nerven verloren hätten ..."

„Und die Gläubiger?"

„Die wären besser beraten, wenn sie das Maul gehalten und gewartet hätten. Ich hatte Ideen, Ben. Aber sie haben nicht zuhören wollen."

Ben sagte nichts.

„Ich weiß, dass du ein guter Mann bist," fuhr Jenkins fort, „Du warst unser Bester!"

„Bei Ihrem letzten Besuch in Budapest haben Sie anders geklungen!"

„Es tut mir leid, Ben. Ich musste das tun, weil sie es mir aufgetragen hatten. Ich weiß, dass du nicht dumm bist. Wir können zusammen etwas Neues aufbauen. Wir gründen eine neue Firma. Nur wir beide."

„Haben Sie etwas Konkretes im Auge?"

„Dein Projekt in Bukarest!"

Ben pfiff durch die Zähne.

„Ich dachte, das wäre gestorben!"

„Goldstein und Liebman wollte es nicht. Es war ihnen zu riskant. Sie hatten Angst. Aber das Projekt hat Hand und Fuß. Ben, du hast wunderbare Arbeit geleistet!"

„Danke für das Kompliment."

„Wir könnten es durchziehen. In Eigenregie."

„Wo wollen Sie das Kapital hernehmen?"

„Ich habe mit den Leuten in Bukarest gesprochen. Am Tag bevor wir uns in Budapest getroffen haben. Ich habe ihnen gesagt, dass Goldstein und Liebman kein Interesse mehr an der Sache haben."

„Sie haben an mir vorbei mit denen verhandelt?"

„Ben, du warst für uns tot. Das Budapester Büro ist schon vor ein oder zwei Monaten gestorben. Zumindest für die Herren im Vorstand. Die wollten einfach nicht mehr. Aber die Leute in Bukarest stehen unter Druck. Sie wollen unbedingt verkaufen."

„Mir gegenüber haben sie anders geklungen."

„Sie haben gepokert. Sie wussten, dass du die Firma kaufen wolltest um die Produktion aus Österreich hierher zu verlagern. Und sie wussten, dass du in Zugzwang warst, weil du die Österreicher bereits gekauft hattest. Das wollten sie sich vergolden lassen."

„Woher wissen Sie das?"

„Weil ich seit einigen Wochen intensiv mit ihnen verhandele!"

„Sie verhandeln mit Bukarest? Warum haben Sie mich nicht informiert?"

„Weil ich erst vor zwei Wochen einen ganz heißen Tipp bekommen habe. Jemand, der sich auskennt, hat geplaudert…"

„Wie heißt dieser jemand?"

„Ben, du verstehst, dass man da sehr diskret sein muss…"

„Wie heißt er?"

„Ben, das kann ich nicht…"

„Wie heißt er? Sagen Sie nur seinen Vornamen!"

„Istvan. Istvan Nagy."

Ben pfiff durch die Zähne. Jenkins bemerkte das nicht.

„Hätte ich mir denken können. Der Kerl hat uns verraten."

„Richtig. Und deshalb brauchte ich eine Gegenstrategie. Ich habe ihnen gesagt, dass du für uns uninteressant geworden bist. Zum Beweis dafür, dass ich es ernst meine habe ich dafür gesorgt, dass du von der Bildfläche verschwandest."

Ben glaubte, seinen Ohren nicht zu trauen.

„Sie haben mich gefeuert, nur um…"

„Richtig. du warst unser Bauernopfer. Und Istvan Nagy hat sich gefreut. Er wollte deinen Kopf rollen zu sehen. Von dem Moment an, als das passiert war, hat, er uns wieder aus der Hand gefressen."

„Sie haben dieser miesen Ratte meinen Kopf auf dem Silbertablett serviert?"

„Ben, ich bitte dich!"

Ben schüttelte den Kopf.

„Unglaublich. Was ist danach passiert?"

„Die Rumänen haben Muffensausen bekommen. Natürlich wollten sie verkaufen. Sie wollten sogar unbedingt verkaufen. Sie sind mit dem Preis runtergegangen," fuhr er fort, „Sie haben mir ein Angebot gemacht, welches man eigentlich nicht ausschlagen kann. Es wäre eine Sünde, so etwas an sich vorbeigehen zu lassen."

„Von wie viel Kapital reden wir?"

„Vier Millionen. Das sind zwei Millionen von jedem von uns. Wir brauchen natürlich noch mehr, aber den Rest kriegen wir zusammen. Ich habe schon einige Geldgeber gefunden und auch Kreditverhandlungen geführt."

„Sie glauben doch nicht, dass ich zwei Millionen einfach so auf dem Konto herumliegen habe!"

„Du brauchst das Geld ja nicht bar auf den Tisch zu legen. Zumindest nicht den ganzen Betrag. Wir reden hauptsächlich von einer Bürgschaft. Ben, ich weiß, was du bei uns verdient hast…"

„Der größte Teil davon waren Optionen. Die sind jetzt wertlos. Dann habe ich in Irland ein Haus gekauft. Jessica wollte das so. Das Haus ist ausschließlich in ihrem Namen, ich habe noch nicht einmal Wohnrecht. Falls es noch nicht bekannt ist: Jessica hat mich verlassen. Das Haus ist also weg. Und der Rest…"

„Ich kann auch Kapital beitragen. Ich habe schon mit Kreditgebern verhandelt. Aber ich kann keine Bürgschaften geben. Ich hänge in der Insolvenz mit drin. du warst ja nur Angestellter. Deine Bonität ist weiterhin exzellent!"

„Darum geht es also? Sie brauchen mich für die Bürgschaft. Zwei Millionen?"

„Das hängt natürlich noch von den weiteren Verhandlungen ab. Die Rumänen wollen auf jeden Fall verkaufen. Ich denke mal, die Firma ist etwa sechzehn Millionen wert. Gut die Hälfte des Kapitals habe ich zusammen bekommen. Dazu kommt unser eigener Einsatz. Das sind die vier Millionen, für die du bürgen müsstest. Die Finanzierung ist bereits gesichert. Vier Millionen sind also noch offen. Aber die kriegen wir auch noch. Die Kredite müssten allerdings auf jeden Fall auf deinen Namen laufen. Wir würden eine neue Gesellschaft gründen, an der wir beide jeweils zu fünfzig Prozent beteiligt sind …"

„Entschuldige, sehe ich das richtig, ich trage das volle Risiko und Sie bekommen einen Anteil von fünfzig Prozent?"

„Nun ja … das ist alles noch Verhandlungssache!"

„Verhandlungssache?"

„Ach Ben, sei doch nicht immer so emotional!"

Ben lachte bitter.

„Emotional nennen Sie das?"

Schweigend gingen sie weiter am Ufer entlang und standen jetzt vor dem Tate Museum of Modern Art, dem aufwändig renovierten ehemaligen Kraftwerksgebäude.

„Gehen wir rein!", sagte Jenkins.

Sie betraten das Gebäude durch den Haupteingang und standen auf einer schiefen Ebene, die sich zur Mitte der riesigen ehemaligen Maschinenhalle hinab senkte. Sie wandten sich nach links und fuhren mit einer Rolltreppe hinauf in den zweiten Stock.

Jenkins hatte keinen Blick für die Gemälde und Skulpturen.

Mit gesenkter Stimme redete er weiter auf Ben ein und ging hektisch von einem Saal zum anderen: Gemälde von Expressionisten aus dem frühen 20. Jahrhundert, Video-Installationen aus der Gegenwart, skurrile Skulpturen und Kunstwerke, zu denen Ben gar nichts einfiel.

„Wie konnte das denn überhaupt passieren?", fragte er.

„Was meinst du?"

„Die Sache mit der Insolvenz!"

Richard Jenkins lachte.

„Das weißt du doch! Die amerikanische Bankenkrise seit letztem Jahr. Credit Crunch, Sub-Prime-Kredite und all das. Natürlich stecken wir da auch drin. Wir haben versucht, die Verluste zu kompensieren… Wir haben einfach weiter gemacht."

Sie standen vor einer Joseph-Beuys-Installation, die hauptsächlich aus einem Siebziger-Jahre-Auto bestand. Eine Gruppe von französischen Schülern fotografierte einander gegenseitig. Ben trat zurück. Der Aufpasser ermahnte die Schüler, welche sich verlegen grinsend in den nächsten Raum schoben. Jenkins nahm das alles gar nicht wahr.

„Also, vier Millionen Startkapital.", sagte er, „Ich mache weiter in London, du gehst zurück nach Budapest. Sobald wir das eine Projekt geschaukelt haben, schaust du dich weiter um. Rumänien hat Zukunft! Serbien auch, und dann von mir aus Bulgarien. Die Gegend hat Potential! Dort geht der Immobilienmarkt weiter aufwärts. Ich sammele britisches Kapital, du suchst passende Objekte…"

„Es hat nicht funktioniert!", sagte Ben.

„Aber es könnte funktionieren."

„Wo wollen Sie jetzt das Fremdkapital her bekommen? Wir schlittern in eine Rezession!"

„Die Leute fliehen aus Aktien. Sie wollen sicherere Anlageformen. Immobilien sind sicher…"

„Nach dem Crash in den USA auch nicht mehr. Sogar hier in England sinken die Preise…"

„Ben, du brauchst einen Job. Irgendwas musst du tun!"

„Ich habe es nicht eilig."

„Was willst du sonst machen?"

„Ein Sabbatical."

„Wie bitte?"

„Ich nehme mir einfach eine Auszeit. Vielleicht nur ein paar Wochen. Vielleicht mehrere Monate. Vielleicht auch ein ganzes Jahr. Ich weiß es noch nicht."

Jenkins drehte sich um.

„Gehen wir!"

Sie gingen schweigend die Rolltreppen hinunter, traten aus dem Gebäude und schoben sich mit der Menschenmenge auf die Millennium Bridge.

„Du wirst also nicht mitmachen?"

Ben schüttelte den Kopf.

Sie hatten die Themse auf der filigranen Fußgängerbrücke überquert und standen vor der breiten Schneise, welche auf die St. Pauls Cathedral hinzu führte. Rechts von ihnen war das moderne neue Hauptquartier der Heilsarmee.

„Was werden Sie jetzt tun?", fragte Ben.

„Ich fliege nach Bukarest."

„Wieder mit dem Firmen-Jet?"

Jenkins lächelte.

„Ich weiß noch nicht."

„Ich fliege nicht mit."

Jenkins blieb stehen.

„Dann trennen sich unsere Wege?"

„Es sieht ganz danach aus!"

„Das war's also?"

Ben nickte.

Jenkins seufzte.

„Ich werde jetzt ins Büro gehen. Seit heute früh drücke ich mich davor. Für dich gibt es von nun an keinerlei Veranlassung mehr, die Geschäftsräume zu betreten. Ich werde dafür sorgen, dass du für August noch dein Gehalt bekommst. Das heißt, wenn Geld da ist!"

Eine Weile gingen sie schweigend nebeneinander her. Sie erreichten die verkehrsreiche Cannon Street. Gleich gegenüber auf der anderen Seite war die Kathedrale.

„Ach, bevor ich es vergesse: Gib mir doch bitte dein Telefon zurück!"

Ben zögerte einen Moment. Das Smartphone, Symbol für seine ständige Erreichbarkeit, welches er nie ausschalten durfte. Die Hundeleine, die ihn im Urlaub an die Firma band: Niemals hatte er sich von diesem Gerät getrennt.

Er nahm es aus der Tasche.

„Die Batterie ist leer!", sagte er.

Jenkins nickte kurz und steckte es ein.

Ben streckte Richard Jenkins seine Hand hin.

„Was immer Sie vorhaben: Ich wünsche Ihnen viel Erfolg! Auch wenn ich nicht mitmachen werde."

Jenkins sagte nichts. Er nahm die Hand nicht entgegen. Er drehte sich wortlos um, überquerte die Straße und winkte ein Taxi heran.

Ben sah ihm nach, wie er langsam in dem dichten Verkehr gen Osten entschwand. Er selbst wollte in die andere Richtung, wartete eine Weile, aber es kam kein Taxi.

Stattdessen tuckerte ein roter Routemaster-Doppeldeckerbus vorbei. Ben liebte diese alten Busse mit der offenen Plattform am Heck, auf die man während der Fahrt nach Belieben auf- und abspringen konnte. Eigentlich waren sie ja schon seit Langem aus dem Verkehr gezogen und durch modernere Fahrzeuge ersetzt worden, aber hier und da fand man noch einen, hauptsächlich dort, wo viele Touristen unterwegs waren.

Der Bus schob sich im Schritttempo an ihm vorbei und Ben sprang mühelos auf. Er bezahlte bei der Schaffnerin und kletterte über die Wendeltreppe hinauf ins Oberdeck. Er setzte sich ganz nach vorn neben eine Familie von holländischen Touristen.

Langsam schob sich der Bus durch den dichten Verkehr die Fleet Street entlang. Ben schaute nachdenklich aus dem Fenster.

Jetzt war er also arbeitslos. Und er war gar nicht traurig darüber, im Gegenteil: Mit dem Firmen-Smartphone war eine große Last von ihm gefallen, so schien es. Und dass selbst Jenkins offenbar in Schwierigkeiten steckte, fand er einfach nur amüsant.

Der Bus fuhr am Gerichtsgebäude Old Bailey vorbei, den Strand und Aldwych entlang zum Trafalgar Square. Dort stieg Ben aus.

Eine Weile lang schaute er den Tauben zu, dann setzte er sich zwischen die Touristen auf eine der Stufen, die zur National Gallery hinaufführten. Ein Obdachloser ging mit einem Pappbecher umher.

„Du hast doch bestimmt auch ein bisschen Kleingeld für mich!", sagte er und streckte Ben seinen Becher entgegen.

Ben schüttelte müde den Kopf.

„Du siehst aber aus, als ob du Geld hättest!"

Ben bemühte sich, in eine andere Richtung zu schauen.

„Hör mal, ich weiß genau, dass du eigentlich ein ganz Spendabler bist!"

Er baute sich breitbeinig vor Ben auf.

„Du bist kein Tourist. Es kommt nicht oft vor, dass ein Typ im Business-Anzug auf diesen Stufen sitzt, ohne besoffen zu sein. Ich weiß, du hast einen Grund dazu!"

Ben fand in seiner Hosentasche keine Münzen, aber einen Fünf-Pfund Schein und steckte ihn in den Pappbecher.

„So ist's schon besser!", brummte der Obdachlose zufrieden.

„Obwohl du nicht sonderlich gesprächig bist. Brauchst du auch nicht zu sein. Dir geht's nicht gut. Ich weiß dass. War ja auch mal so einer wie du! Wirst schon wieder auf die Beine kommen! Schönen Tag noch."

Ben riss die Augen auf.

„Wie bitte?"

Der Obdachlose lachte.

„Tja, ich war mal genau so einer wie du. Bin in besten Anzügen herumgelaufen. Hatte eine Rolex am Handgelenk. So wie du. Und deshalb weiß ich, wie es dir jetzt geht. Und ich weiß, wie man Leute wie dich behandeln muss, damit sie etwas springen lassen!"

Das Lachen wurde zu einem Hustenanfall, als er weiterging.

Ben stand auf und folgte ihm.

„Was haben Sie da gesagt?"

„Willst du meine Lebensgeschichte hören? Die erzähle ich dir gerne, wenn du magst. Kostet aber."

Ben kramte in seiner Tasche und steckte ihm einen weiteren Fünfpfundschein zu.

„Spendier mir einen Drink," sagte der Andere, „dann erzähle ich dir mehr!"

Ben deutete auf das kleine Café, welches sich gleich gegenüber der großen Fontäne befand.

„Darf ich Sie zu einem Kaffee einladen?"

Der Obdachlose lachte erneut.

„Bin schon lange nicht mehr eingeladen worden. Allerdings wäre mir ehrlich gesagt ein Bier lieber!"

„Ein Bier?"

„Im 'Lord Moon'. Das ist mein Stammlokal. Sind wir im Geschäft?"

„Warum nicht? Wenn Sie die Güte hätten, mir das Lokal zu zeigen ..."

„Komm einfach mit!"

Sie überquerten den Platz bis hinunter zu dem Kreisverkehr am unteren Ende. Der Obdachlose scherte sich nicht um den Verkehr und ging mit schlafwandlerischer Sicherheit zwischen Autos, Bussen und Taxis hindurch. Nach wenigen Metern standen sie vor einem Pub.

„Darf ich vorstellen? Das ist 'Lord Moon at the Mall'. Hier habe ich meine halbe Leber versoffen!"

Er kicherte, öffnete die Tür und bat Ben mit gespielter Verbeugung hinein.

Sie betraten das Lokal: einen schönen alten Pub mit hohen Decken, viel Stuck, dunklem Holz und großen Ölgemälden an den Wänden.

„Willkommen im zentralsten Pub von London! Der kleine Kreisverkehr dort draußen - Charing Cross - ist bekanntlich der Mittelpunkt von London und London ist der Mittelpunkt der Welt. Das hier ist mein Wohnzimmer!"

Der Fremde ging zielstrebig zur Theke, „Ich nehme ein Lager. Und du?"

Ben bestellte zwei Pint Lager. Er glaubte, bei der jungen Frau hinter der Theke einen zweifelnden Blick zu bemerken, aber vielleicht hatte er sich das auch nur eingebildet. Er bezahlte, nahm die Biergläser entgegen und gab eines davon seinem Gast. Der steuerte einen der kleinen Tische in der Ecke an. Über ihnen hing das Ölgemälde eines jungen Adeligen.

„Sie wollten mir erzählen, dass Sie in der City gearbeitet haben!", eröffnete Ben das Gespräch, nachdem sie miteinander angestoßen hatten.

„Bis vor drei Jahren. Ich war bei einer Firma für Finanzdienstleistungen. Ich war im Vertrieb. Ich habe sogar die Dotcom-Krise überstanden! Alle anderen Firmen haben Leute entlassen, nur wir haben weiter verkauft. Ich hatte es drauf…"

„Aber letztendlich haben Sie Ihren Job doch verloren!", stellte Ben fest.

Der Andere nahm einen tiefen Schluck.

„Weil ich zu gut war!"

„Weil Sie zu gut waren?"

„Ich habe Kunden betreut. Kunden mit viel Geld und wenig Ahnung. Ich habe sie ausgeführt in edle und teure Restaurants. In Bars. In Striplokale. Immer und überall gab es etwas zu trinken. Meine Kunden konnten etwas vertragen und ich habe ordentlich mitgehalten. Auf diese Weise habe ich mir Respekt erworben. Du kannst dir also ungefähr vorstellen, was das für Leute waren!"

Ben runzelte die Stirn.

„Was für Leute?"

„Neureiche. Zwielichtige Gestalten. Unterweltgrößen. Es war spannend, mit denen zusammen zu trinken. Gerne und viel getrunken habe ich immer schon."

„Es hat Ihnen auf Dauer nicht gutgetan!", stellte Ben fest.

Der Andere nahm einen weiteren Schluck.

„Erst später habe ich auch zu Hause alleine gesoffen. Irgendwann war ich so weit, dass ich morgens meinen Wodka brauchte, um wach zu werden. Da wusste ich, dass ich Alkoholiker bin. Jawohl, ich bin Alkoholiker!"

Andere Leute drehten sich nach ihnen um.

„Es ist ja nicht so, dass ich nicht schon versucht hätte, daran etwas zu ändern!", fuhr er fort, „Im Gegenteil: Ich habe eine Menge getan. Bei den Anonymen Alkoholikern war ich auch mal. Da hat meine Frau mich hingeschickt. Ist aber alles Blödsinn. Weißt du, da trifft man sich bei Mineralwasser und redet davon, dass man keinen Tropfen mehr anrührt. Nebenbei qualmt man hunderte von Zigaretten und schüttet literweise Kaffee in sich hinein. Und abends triffst du dieselben Leute vor dem Schnapsladen."

„Wie ging es weiter?"

„Irgendwann hat meine Frau nicht mehr mitgemacht. An dem Abend, an dem sie mich verlassen hat, habe ich mich vollllaufen lassen. Wenig später haben sie mich gefeuert. Erst da habe ich gemerkt, dass ich wirklich ein Problem hatte."

„Was haben Sie getan?"

„Man kann nichts tun, bevor man ganz unten ist. Das ist einfach so. Also ging es erst einmal weiter abwärts. Aber interessiert dich das überhaupt?"

Ben schaute ihn auffordernd an.

„Ich hab einen neuen Job gefunden. Ich wurde Barmann. In einem großen Hotel. Ich habe Preise bekommen für die wunderbaren Cocktails, die ich gemixt habe!"

Er lachte bitter.

„Natürlich habe ich weiter gesoffen. Irgendwann war ich auch diesen Job los. Ein Jahr später war die Wohnung weg. Schneller als ich mich versah, war ich dann irgendwann plötzlich ganz unten, auf der Straße. Dann habe ich alles getrunken, was mir in die Finger kam: Aftershave, Lösungsmittel, alles. Einmal hab ich in der Nähe der Victoria Bus Station gesessen und gesoffen. Ich hatte einen Filmriss. Als ich wieder zu mir kam, war ich in Glasgow. Keine Ahnung, wie ich dahin gekommen bin. Die Leute, mit denen ich damals zusammen gesoffen habe, sind jetzt tot. Alle von denen. Ich selbst müsste eigentlich auch tot sein."

„Warum?", fragte Ben.

„Ich war im Krankenhaus, mit Leberversagen. Die Ärzte haben mir noch ein paar Stunden gegeben. Dann bin ich aufgestanden."

„Und seitdem?"

„Eigentlich bin ich trocken. Ich hab's unter Kontrolle."

Ben fühlte sich schuldig.

„Wir hätten nicht hierher gehen sollen.", sagte er.

Der Andere schüttelt den Kopf.

„Ist eh zu spät. Ich weiß: Wenn ich eine Flasche Wodka anrühre, ist sie leer. Aber was nützt mir das? Wenn du einmal in der Gosse warst, kommst du nicht mehr rauf!"

Ben sah ihn nachdenklich an.

„Warum?"

„Einen Job kriegst du nur, wenn du eine Wohnung hast. Eine Wohnung kriegst du nur, wenn du sie bezahlen kannst. Welcher Vermieter gibt mir schon Kredit bis zum ersten Gehaltscheck, wann immer der kommen mag?"

Er hatte sein Bier ausgetrunken.

„Kaufst du mir noch eins?", fragte er.

Ben fühlte sich schuldig. Konnte er es verantworten, einen schwer kranken Alkoholiker zum weiteren Trinken zu verführen? Trotzdem stand er auf und holte von der Bar zwei frische Pints, obwohl er sein eigenes noch nicht einmal zur Hälfte getrunken hatte.

„Ich verstehe noch immer nicht, wie man so schnell abstürzen kann!", sagte er.

„Das geht schneller, als man denkt!"

„Wieso?"

„Ich verrate dir Eines: Ich bin nicht der Einzige, dem es so ergangen ist. Vier Dinge gibt es, vor denen du Respekt haben solltest. Vier Dämonen, welche dich in den Abgrund reißen können!"

„Wie heißen die?"

Der andere nahm einen tiefen Schluck.

„Vier Dämonen!", raunte er und zählte sie an seinen Fingern auf. „Krankheit. Sucht. Schulden. Trennung."

„Welche waren es bei dir?", fragte Ben.

„Wenn dich der eine von den Dämonen gepackt hat, dann sind auch die anderen nicht weit. Bei mir ging es mit der Sucht los. Dann kam die Trennung. Dann Schulden. Und zum Schluss die Krankheit. Und wenn du da einmal drin bist, dann kommst du nicht mehr hoch!"

Ben schaute den Fremden nachdenklich an.

„Wirklich nicht?"

Der Fremde erwiderte Bens Blick.

„Nur wenn du wirklich stark bist!", sagte er und fuhr fort „Bist du gesund?"

Ben nickte.

„Gut. Hast du Schulden?"

„Zum Glück nicht."

„Sehr gut. Sucht?"

„Nein. Absolut nicht."

„Wunderbar. Wunderbar. Trennung?"

Ben stockte.

Der andere lachte. Ein heiseres, böses Lachen.

„Da haben wir es! Trennung! Hast du einen Job?"

Ben schaute ihn lange an und sagte nichts. Dann schüttelte er langsam den Kopf.

„Seit heute bin ich arbeitslos!"

Der Fremde lachte dröhnend.

„Aber eine Wohnung hast du noch?"

Ben schüttelte erneut den Kopf.

„Nein ... seit heute früh habe ich keine Wohnung mehr!"

Der Obdachlose lachte weiter, dass ihm die Tränen über das Gesicht liefen.

„Du hast weder Frau noch Job noch Wohnung! Und läufst in Anzug und Krawatte durch die Welt. Ein Anfänger! Ein blutiger Anfänger!"

Ben verzog das Gesicht.

„Ich gebe zu, ich habe noch nicht allzu viel Erfahrung auf diesem Gebiet!"

Sein Gegenüber trank das zweite Glas in einem Zug aus.

Dann kramte er in seiner Tasche und holte die beiden Geldscheine wieder hervor, die Ben ihm wenige Minuten zuvor gegeben hatte.

„Nichts für ungut!", sagte er, „Danke für das Bier. Aber die Kohle, die gebe ich dir zurück. Glaub mir, du hast noch eine Menge zu lernen!"

Er schob die beiden Scheine in Bens Richtung und stand auf.

„Mach's gut, Kollege!"

Er lachte bitter, schlurfte aus dem Lokal und drehte sich nicht mehr um.

Ben nippte an seinem Glas. Er trank einen Schluck, dann schob er das Glas weg und ließ es stehen.

Er stand auf und ging hinaus. Er brauchte nicht weit zu gehen, bis er einen Telefonladen fand, wo er sich ein neues Telefon besorgte. Langsam ging er weiter, durchquerte den Admirality Arch und ging die Mall entlang. Am Anfang des St. James Parks ging er nach rechts die Freitreppe zum Waterloo Place hinauf und bog dann nach links in die Pall Mall.

Wenig später stand er vor seinem Club. Eine Sekunde lang hielt er inne und betrachtete das strahlend weiße Gebäude mit dem Portikus davor.

Er atmete tief ein, ging die Stufen hinauf zum Eingang und trat durch die altmodische Drehtür.

Drinnen in der Eingangshalle hatte er zum ersten Mal wieder das Gefühl, zu Hause zu sein.

Das durch die Bleiverglasungen gefilterte Tageslicht, die Marmorböden, die Säulen im Treppenhaus, die holzvertäfelten Wände mit den Ölgemälden daran, all das erschien ihm wie ein Hort der Sicherheit in einer fremden Welt, wie eine Insel der Vertrautheit, nachdem er zwei Wochen lang wie ein steuerloses Schiff durch unruhige Wasser gesegelt war.

Der uniformierte Portier nickte Ben höflich zu.

„Guten Tag, Mr. Whitcombe!", sagte er und reichte ihm das Anwesenheitsbuch. Ben trug sich ein. Sein Koffer war längst angekommen und stand in der Garderobe.

„Ich habe Ihnen vorsorglich ein Zimmer reserviert," sagte der Portier und überreichte Ben einen Schlüssel, „Ich darf annehmen, dass Sie Verwendung dafür haben?"

Ben unterschrieb den entsprechenden Beleg und erst eine Sekunde später wurde ihm bewusst, dass dieser Mann offenbar ganz genau über seine Situation Bescheid wusste.

Wie fast jedes Mal war er erneut über das Wissen, das Einfühlungsvermögen und die Diskretion der Angestellten seines Clubs erstaunt. Das waren echte Psychologen.

Ben nahm sein Gepäck, nickte dem Pförtner noch einmal freundlich zu und begab sich dann auf sein Zimmer.

Ein Zimmer in einem Hotel der gehobenen Klasse wäre vielleicht größer und komfortabler gewesen - aber das hier war anders: herzlicher, individueller und gemütlicher. Gemütlicher sogar als seine eigene Wohnung, die er soeben verlassen hatte.

Ben zog sich um, gab die Schmutzwäsche in die Reinigung, dann packte er sein neues Handy aus, baute es zusammen und schloss es an das Ladegerät an.

In der Innentasche seines Jacketts fand er die Einladungskarte der seltsamen Bruderschaft und den Zettel, den der Pförtner seiner Wohnung ihm vorhin zugeschoben hatte. Eine Telefonnummer aus Deutschland: vermutlich die Autowerkstatt.

Wenn es schlechte Nachrichten sind, dann möchte ich sie lieber sofort erfahren, dachte Ben und wählte die Nummer.

„Ihr Wagen funktioniert wieder!", sagte die Person am anderen Ende.

„Wie ist das möglich?"

„Es war letztendlich doch keine große Sache. Die Wasserpumpe, der Keilriemen und noch ein paar Kleinigkeiten. Der Motor war in Ordnung. Das habe ich noch am Wochenende alles machen können!"

„Und jetzt?"

„Sie sind in London, nehme ich an?"

Ben bejahte.

„Sehr gut. Heute Abend geht ein Transport!"

„Wie meinen Sie das?"

„Alle großen Versicherungen und Automobilclubs arbeiten zusammen, um Unfallfahrzeuge aus dem Ausland zu ihren Eigentümern zurückzubringen. Dazu werden Transporte mit Tiefladern zusammengestellt. Normalerweise dauert das natürlich ein paar Tage. Aber ich habe zufällig erfahren, dass heute Abend ein solcher Transport nach London geht. Es gab noch Platz, also habe ich nicht lange gezögert und Ihren Wagen mitgeschickt!"

„Das klingt ja wunderbar!"

„Jetzt müssen Sie mir nur sagen, wo wir den Wagen abliefern sollen!"

Ben gab die Adresse seines Clubs durch.

„Morgen im Laufe des Vormittags dürften Sie die gute Lady wieder in Empfang nehmen!"

„Danke. Und die Rechnung ...?"

„Die liegt drin. Keine Angst, Sie werden keinen Schreck bekommen!"

Ben bedankte sich mehrfach und unterbrach die Verbindung.

Dann dachte er an Selina: ihre Augen, ihr Lachen, ihre Sprüche. Wo mochte sie jetzt sein? Ben vermisste sie mehr, als er zugeben wollte. Nach kurzem Zögern schickte er ihr eine Nachricht: „Geht's dir gut?"

Was hätte sie wohl gesagt, wenn er sie gestern hierher geführt hätte? Mit Marmor, Ölgemälden oder dicken Teppichen hätte er sie wohl kaum beeindrucken können. Auch nicht damit, dass Buckingham Palace nur einen Steinwurf entfernt war. Ben musste lächeln. Sie hatte Recht, er war wohl in gewisser Weise wirklich ein Snob.

Jetzt brauche ich einen Drink, dachte er und begab sich hinunter an die Bar.

Etwa ein Dutzend Männer in dunklen Anzügen saßen dort an kleinen Tischen, alleine, zu zweit oder auch zu dritt. Einige schauten auf und nickten Ben zu.

„Wir haben Sie schon lange nicht mehr gesehen, Mr. Whitcombe!", sagte der Barmann.

„Gut möglich," erwiderte Ben ausweichend und orderte einen Gin Tonic.

„Sie sind viel im Ausland unterwegs, wie man hört?"

Der Barmann schob das Glas in Bens Richtung.

„Ich freue mich immer, wenn eines unserer Mitglieder aus Übersee wieder einmal vorbeischaut!"

Er hielt kurz inne.

„Neulich war übrigens Francesco hier," fuhr er kopfschüttelnd fort, „Jahrelang sieht und hört man nichts von ihm ... und dann steht er plötzlich vor der Tür!"

Ben riss die Augen auf.

„Francesco? Er war hier?"

„Er ist ein guter Freund von Ihnen, nicht wahr?"

„Wann haben Sie ihn gesehen?"

„Vor ein paar Tagen. Er war auf der Durchreise, sagte er. Er hatte einen Gast mitgebracht, einen sehr sympathischen Herrn aus Deutschland ..."

„Francesco war hier mit einem Gast aus Deutschland?"

Ben trank sein Glas in einem Zug leer und schob es dem Barmann wieder hin.

„Ein sehr kultivierter Herr, schon etwas älter. Ziemlich groß, Vollbart, etwas längere Haare..."

„Ist Francesco noch in London?"

Der Barmann zuckte mit den Schultern und bereitete einen weiteren Gin-Tonic.

„Keine Ahnung. Sie wissen ja, Francesco mag London nicht sonderlich."

Ben nippte an seinem zweiten Drink und schrieb eine Nachricht an Francesco.

„Bist du in London?"

Die Antwort kam innerhalb einer Minute:

„Du weißt doch, ich mag London nicht!"

Ben schrieb sofort zurück:

„Wo bist du?"

Jetzt musste Ben eine Weile warten, bis Francesco sich erneut meldete.

„Ich warte auf dich. Wir sehen uns, sobald du angekommen bist!"

Angekommen wo? Francesco sprach, wie immer in Rätseln und Ben wusste genau, dass er kaum mehr herausbekommen würde. Seufzend trank er sein Glas aus und bestellte einen dritten Gin Tonic.

Er hatte jetzt keine Wohnung mehr. Weder in Budapest noch in London. Seine Besitztümer waren in wenigen Kisten verstaut vermutlich in irgendeinem Lagerhaus. Ohne feste Adresse ging es ihm nicht anders als diesem obdachlosen Alkoholiker.

Gut, Ben verfügte über ein prall gefülltes Bankkonto und ein dickes Wertpapierdepot, welches ihm ermöglichen würde, auf der Stelle an fast jedem Ort der Welt eine Immobilie in beliebiger Größe zu erwerben ohne einen Kredit aufnehmen zu müssen.

Nein, unter Obdachlosigkeit stellt man sich landläufig etwas anderes vor als in einem Club an der Pall Mall zu residieren und Gin Tonic zu trinken. Zu Selbstmitleid bestand wirklich kein Anlass!

Dann dachte Ben, dass auch der obdachlose Alkoholiker vor ein paar Jahren vielleicht noch in einem solchen Club ein- und ausgegangen war.

„Leute kommen und gehen," sagte der Barmann, „Und auch wenn sie gegangen sind, sind sie immer noch hier!"

Ben runzelte die Stirn.

„Wie meinen Sie das?"

Der Barmann deutete hinüber zum Speisesaal. Die hohe, doppelflügelige Tür stand offen. Die große Tafel unter dem Kristalllüster war eingedeckt.

„Sehen Sie das Bild dort?"

Er deutete auf ein Ölgemälde an der Stirnwand des Saales. Ben kannte das Gemälde.

Es hatte, soweit er wusste, schon immer dort gehangen. Ben hatte ihm niemals besondere Aufmerksamkeit geschenkt. Es gab viele Ölgemälde in diesem Haus, die meisten waren langweilige Porträts.

„Was ist mit dem Bild?"

„Schauen Sie es an!"

Ben stand auf und ging ein paar Schritte, um besser sehen zu können. Das Bild zeigte eine Gruppe von Männern. Sie saßen an einem festlich eingedeckten Tisch in einem Speisesaal.

Ben schaute kopfschüttelnd zum Barmann, der lächelte.

„Ist Ihnen etwas aufgefallen?"

Ben zuckte mit den Schultern.

„Schauen Sie genau hin," sagte der Barmann, „Das Bild zeigt genau den Saal, in dem es aufgehängt ist. Derselbe Tisch, derselbe Kronleuchter. Und an der Stirnwand hängt ein Bild. Das Bild im Bild zeigt ebenfalls diesen Speisesaal und an der Stirnseite hängt wieder ein Bild. Verstehen Sie jetzt?"

Ben runzelte die Stirn.

„Das heißt ..."

„Alle fünfundzwanzig Jahre lassen wir so ein Gemälde anfertigen. Es zeigt alle Mitglieder dieses Clubs. Das Bild wird dann an genau dieser Stelle aufgehängt und ersetzt das vorherige Bild. Auf jedem neuen Bild sind alle alten Bilder zu sehen. Dieser Speisesaal ist ein Blick zurück in die Ewigkeit!"

Ben nahm sein Glas und begab sich erneut in den Speisesaal. Er setzte sich an den Tisch, schaute das Gemälde an und dachte nach.

Ein Blick zurück in die Ewigkeit?

Dieser Club war, soweit Ben wusste, über zweihundert Jahre alt. Gegründet worden war er gegen Ende des achtzehnten Jahrhunderts, wobei das gegenwärtige Gebäude erst gegen Mitte des neunzehnten Jahrhunderts bezogen worden war. Aber auch das war schon eine ganze Weile her. Menschen kommen und gehen und dieses Haus bleibt dasselbe. Wie oft bin ich in den letzten Jahren hierher gekommen? Jedes Mal war es genau so wie zuvor, nichts hatte sich verändert, alles war immer noch so wie beim letzten Mal, wie beim vorletzten Mal, wie vor fünfzig Jahren ... Dieser Ort war eine feste Größe. Etwas Bleibendes. Hier war die Zeit still gestanden.

Er selbst war nie still gestanden. Er hatte sich bewegt. Und er würde sich weiter bewegen. Seit heute hatte er nicht nur kein Zuhause mehr, sondern keinerlei Bindung. Er war so frei, wie seit Jahren nicht mehr.

Ben ging wieder an die Bar. Der Barmann spülte Gläser.

„Erzählen Sie mir etwas, was ich noch nicht weiß!", forderte Ben ihn auf. Der Barmann hielt inne. Er lächelte wieder.

„Unser Club ist viel älter, als die meisten Leute denken," sagte er, „Er geht zurück auf eine viel ältere Vereinigung."

„Was für eine Vereinigung?"

Der Barmann seufzte.

„Ich nehme an, Sie wissen, was eine Livery Society ist?"

Ben schaute ihn fragend an.

„Sind das nicht diese alten Londoner Handwerkszünfte und Gilden?"

„Richtig. Die ersten dieser Gesellschaften wurden im späten Mittelalter gegründet und spielten eine große Rolle im gesellschaftlichen Leben dieser Zeit. Aber nicht jedes Gewerbe war gleichermaßen hoch geschätzt. Es gab Berufe, die man verachtet hat. Auf diese Menschen hat man herabgeschaut. Aber auch sie haben sich in Zünften und Gilden zusammengeschlossen!"

„Zum Beispiel?"

„Zum Beispiel Gaukler, fahrende Spielleute, Musikanten, Barden und Geschichtenerzähler."

Ben horchte auf.

„Die Barden und Geschichtenerzähler? Was haben die mit unserem Club zu tun?"

Der Barmann zuckte mit den Schultern.

„Das weiß ich nicht so genau. Aber Sie können es nachlesen. Gehen Sie in die Bibliothek, da finden Sie alles, was Sie brauchen!"

Ben bedankte sich und ging hinauf in den ersten Stock.

Diese Bibliothek war sein Lieblingsort. Hier konnte er stundenlang verweilen und die Stille genießen. Vor dem Kamin standen ein paar schwere grüne Ledersessel um ein kleines Tischchen herum, darauf lagen einige Bücher.

Langsam schritt Ben durch die ehrwürdigen Regalreihen aus dunklem Holz. Der Bibliothekar pflegte immer ein paar Bücher herauszulegen, von denen er dachte, dass sie für die Clubmitglieder von besonderem Interesse waren. Dabei handelte sich meist um Neuerscheinungen oder um Werke, die einen aktuellen Bezug hatten. Manchmal aber waren es auch einfach Bücher, von denen der Bibliothekar dachte, dass sie aus diesem oder jenem Grund das eine oder andere Clubmitglied gerade jetzt ansprechen würden. Fast immer hatte der Bibliothekar da einen sehr guten und treffsicheren Geschmack.

Ben warf einen Blick auf die ausliegenden Bücher und starrte plötzlich wie hypnotisiert auf einen Titel: „Das Erbe der versunkenen Städte" lautete er. Der Autor hieß Leon Gorseth.

Konnte das Zufall sein?

Bens Hände zitterten, als er das Buch aufhob.

Er ließ sich in einen Sessel fallen und begann zu blättern.

Im Gegensatz zu dem anderen Band handelte es sich bei diesem Buch um eine detaillierte, ziemlich exakte und detailversessene Aufstellung von legendären oder historischen Siedlungen, die im Meer versunken, zerstört oder aufgegeben worden waren. Es las sich schwerfällig wie eine wissenschaftliche Abhandlung.

Ben blätterte und stieß auf Namen: Vineta war eine Stadt, die der Legende nach in der Ostsee versunken war. Was hatte dieser Berggasthof damit zu tun?

Ben las weiter: Die mittelalterliche Siedlung Rungholt in Nordfriesland war im vierzehnten Jahrhundert von der Nordsee verschlungen worden. Der Headhunter hatte sich offensichtlich einen Künstlernamen zugelegt. Und das Bild, von dem er gesprochen hatte? „Ein Bild in London, an einem besonderen Ort"? Hatte er das Gemälde im Speisesaal gemeint? Aber wie konnte der Mann, der sich Jens Rungholt nannte, das wissen? Und was hatte das alles mit der alten Gesellschaft von Barden und Geschichtenerzählern zu tun? Ben langte in die Innentasche seines Jacketts, fand er die Karte der seltsamen Bruderschaft und legte sie vor sich auf den Tisch. Sie hatten ihn eingeladen. Aber wohin? Was wollten sie von ihm? Was für Gründe gab es, sich auf diese Geschichte einzulassen?

Das Foto erinnerte an eine verkleinerte Version von Stonehenge. Ab morgen würde Ben sein Auto wieder haben. Das ganze Land stand ihm offen. Stonehenge war von London aus in zwei oder drei Stunden gut erreichbar. Es gab keinen Grund, der dagegen sprach, morgen dorthin zu fahren.

Ben steckte die Karte wieder zurück. Dann ging er auf sein Zimmer und begab sich zu Bett.

20.) Stonehenge

Am nächsten Morgen wurde Ben vom Telefon geweckt. Der Pförtner war dran.

„Sir, Ihr Auto ist angekommen!"

Ben sprang auf, rannte durchs Treppenhaus nach unten und nahm den Schlüssel entgegen. Wenige Minuten später packte er seine wenigen Sachen zusammen und nach dem Frühstück machte er sich auf den Weg.

„Wo geht's denn hin?", fragte der Pförtner.

„Nach Lyonesse!", antwortete Ben.

Der Pförtner runzelte die Stirn.

„Wo liegt das?"

Ben lächelte.

„Keine Ahnung," sagte er, „Ich werde es herausfinden!"

Er nickte dem Pförtner freundlich zu, trat auf die Straße und öffnete die Wagentür. Mit leisem Schnurren stellte sich der Sitz automatisch in die richtige Einstiegsposition. Ben schloss die Tür und drehte den Zündschlüssel. Der Motor wurde lebendig und begann satt zu blubbern.

Ben zog den Automatik-Schalthebel nach hinten und berührte mit dem rechten Fuß sanft das Gaspedal. Der Wagen glitt aus der Parklücke auf die Straße und fädelte sich in den Verkehr ein. Wie in Zeitlupe ging es von St. James über die Piccadilly Street zwischen Taxis und Doppeldeckerbussen am Green Park entlang. Zwischen Hyde Park Corner und Knightsbridge kam der Verkehr fast völlig zum Stillstand. Erst ab Earls Court wurde es etwas besser. Hinter Richmond ging es dann flüssiger voran und schließlich erreichte Ben die Schnellstraße, welche auf die Autobahn nach Süden führte.

Eine gute halbe Stunde später bog er ab auf eine vierspurige Schnellstraße und nach insgesamt zweieinhalbstündiger Fahrt erreichte er Stonehenge.

Sein Ziel lag inmitten einer weiten, sanfthügelig-grünen Graslandschaft. Ben stellte den Wagen auf dem Parkplatz vor einem provisorisch wirkenden Container-Pavillon ab. Er bezahlte das Eintrittsgeld und schritt durch eine schmuddelige Fußgängerunterführung auf das Gelände. Die Steine sahen genauso aus, wie er sie aus zahlreichen Abbildungen kannte, allerdings hatte er es sich größer und eindrucksvoller vorgestellt. Er nahm die Einladungskarte der „Bruderschaft von Lyonesse" in die Hand. Viel Ähnlichkeit bestand nicht. Die Steine auf dem Bild waren viel kleiner und standen vergleichsweise ordentlich im Kreis.

Ben entdeckte einen Aufseher, der gerade damit beschäftigt war, den Mitgliedern einer Touristengruppe etwas zu erklären. Als die Gruppe weggegangen war, sprach Ben ihn an und und zeigte ihm die Karte.

„Können Sie mir sagen, wo dieses Bild aufgenommen worden ist?"

Der Aufseher runzelte die Stirn.

„Definitiv nicht hier."

„Vielleicht irgendwo in der Nähe?", fragte Ben.

Der Andere nahm die Karte in die Hand, schaute sie lange an und schüttelte dann bedächtig den Kopf.

„Von solchen Steinkreisen gibt es Hunderte in diesem Land."

„Sie haben wirklich keine Idee?"

Der Aufseher klappte die Karte auf und las den Text.

„Die 'Bruderschaft von Lyonesse'? Wenn Sie mich fragen, dann klingt das sehr verdächtig nach einer New-Age Gruppierung."

Er seufzte und fuhr fort: „Solche Spinner treiben sich natürlich auch hier herum. Wir sehen sie nicht gerne. Vor allem dann nicht, wenn sie versuchen, über Absperrungen zu klettern oder merkwürdige Shows abzuziehen."

„Was machen Sie dann?"

„Wir reden mit ihnen und schicken sie heim!"

Er grinste, schüttelte den Kopf und fuhr fort: „Wenn Sie an solchen Leuten interessiert sind, dann fahren Sie doch nach Glastonbury!"

„Warum nach Glastonbury?"

„Wissen Sie das nicht? Glastonbury ist die Hauptstadt von diesen Verrückten! König Artus, Avalon, der Heilige Gral und all das. Wenn Sie Wert auf Ihre geistige Gesundheit legen, machen Sie lieber einen großen Bogen darum!"

Ben bedankte sich. Er hatte genug gesehen. Er bezweifelte, dass er in Glastonbury wirklich mehr über diese rätselhafte Bruderschaft herausfinden würde. Aber dann dachte er an Selina und ein Teil von ihm wollte auf dem schnellsten Weg dorthin.

Ein anderer Teil aber sagte ihm, dass dies eine ziemliche Dummheit wäre. Also suchte Ben sich ein Quartier in Salisbury. Das war nur eine halbe Autostunde entfernt.

21.) Salisbury

Ben schlenderte durch die Stadt, besuchte die Kathedrale, ging am Ufer des kleinen Flusses zwischen Pappeln und Trauerweiden spazieren und ertappte sich dabei, viel zu oft an Selina zu denken. Ich kenne sie gar nicht, dachte er. Ich weiß noch nicht einmal wie alt sie ist. Ihre Welt hat mit der Meinigen so gut wie nichts zu tun.

Um sich abzulenken, ging er am Abend in einen Pub, trank viel zu viel, starrte hübsche Studentinnen an und verglich jede von ihnen mit Selina. In deren Augen bin ich ein alter Mann, dachte er. Vielleicht ein netter alter Mann. Aber alt. Viel zu alt. Ob sie jetzt wohl gerade bei ihren Hippie-Freunden ist? Was mag sie wohl anstellen mit denen?

Erstens geht mich das rein gar nichts an, dachte Ben, und zweitens muss ich sie wiedersehen.

Er trank sein Glas aus, trank noch eines und am nächsten Morgen hatte er Kopfschmerzen.

Zum Frühstück trank er schwarzen Kaffee und aß Spiegeleier mit gebratenem Speck, dann ging es ihm wieder besser.

Mit offenem Verdeck fuhr er über enge und kurvige Nebenstraßen durch Dörfer mit grauen Bruchsteinkirchen, Kramläden und Pubs und fühlte sich mindestens fünfzig Jahre in die Vergangenheit zurückversetzt. Die Straße war von brusthohen Hecken gesäumt und hinter jeder Kurve sah es anders aus. Die Sonne schien und der Morgen war angenehm mild. Ben folgte den Hinweisschildern nach Stourhead Castle.

Von einem Aussichtspunkt schaute er über ein sanftes Tal mit einem See. An dessen Ufern standen kleine Gebäude wie zufällig genau an den richtigen Stellen: Antike Tempelchen, verwunschene Cottages und mitten auf der Wiese eine Steinbrücke, die nirgendwo hinführte.

Erst auf den zweiten Blick merkte man, dass diese anscheinend so natürliche Landschaft sorgfältig geplant und inszeniert worden war: Der See war künstlich angelegt und diese hübschen kleinen Gebäude waren Follys, Verrücktheiten, bloße Fassaden, wie Kulissen in einem Theater.

Was für ein schöner Ort, dachte Ben. Was für ein wunderbarer Ort, um melancholischen Gedanken nachzuhängen!

22.) Glastonbury

Ben fuhr weiter und erreichte schließlich eine Ebene, aus welcher ein einzelner, im oberen Bereich fast baumloser Hügel hervorragte, der von einem Turm gekrönt wurde: dem legendären Glastonbury Tor.

Am Fuß des Hügels lag die kleine Stadt. Die High Street war gesäumt von Läden, in denen man von marokkanischen Wasserpfeifen über nepalesische Klangschalen bis hin zu tibetanischen Gebetsfähnchen alles bekam, was ein normaler Mensch niemals im Leben brauchen würde. Auch an Dienstleistungen war vom Wahrsagen bis zur spirituellen Heilung alles im Angebot, für das man überall sonst auf der Welt bestenfalls ein Kopfschütteln übrig gehabt hätte. Die Touristeninformation befand sich direkt neben einem biologisch-dynamischen Café und auf Plakaten wurden Seminare über keltische Mythologie, Heilfasten und Astrologie beworben. Die resolute Dame hinter der Theke wirkte dennoch vertrauenserweckend normal. Allerdings schüttelte sie sorgenvoll den Kopf, als Ben nach einem Hotelzimmer fragte.

„Fast alles ist ausgebucht!", sagte sie.

„Auch in der höheren Preisklasse?"

„Ich glaube, wir werden wohl mehr Glück haben, wenn wir es in den kleinen Bed-and-Breakfast-Pensionen probieren."

„Tun Sie, was Sie für richtig halten!"

Die Dame setzte sich an einen Schreibtisch im hinteren Teil des Raumes und telefonierte eifrig. Nach einer Weile wurde sie fündig.

„Es handelt sich um eine ältere Lady, die gelegentlich Zimmer vermietet.", berichtete sie strahlend, „Sie macht das nur ab und zu und auch nur an Gäste, die ihr sympathisch sind!"

Augenzwinkernd gab sie Ben den Zettel mit der Adresse.

„Ich habe ihr gesagt, dass Sie ein sehr sympathischer junger Mann sind!"

Ben bedankte sich und machte sich auf den Weg.

Es handelte sich um eine verwinkelte Villa mit Türmchen und Erkern, umgeben von einem liebevoll gepflegtem Garten mit alten Bäumen. Fast ein kleines Märchenschloss, dachte Ben.

Eine Dame mit schneeweißem Haar und hellwachen blauen Augen öffnete ihm. Ben schätzte ihr Alter auf etwa fünfundsiebzig Jahre.

„Herzlich willkommen in Avalon!", sagte sie und ließ ihn eintreten.

Im Erdgeschoss gab es ein Wohn- und ein Schlafzimmer. Die beiden Räume wurden wohl von der Wirtin selber genutzt. Nebenan war eine geräumige Küche mit einem massiven gusseisernen Herd, der frei im Raum stand.

Eine enge Treppe führte zwei Stockwerke hinauf ins Dachgeschoss zu einer kleinen Kammer mit Dachschrägen.

Ben heuchelte Begeisterung.

„Wunderbar gemütlich ist es hier!", sagte er und schaute sich um: Das schmale Bett hatte zwischen den Bücherregalen kaum Platz und dann gab es noch einen wuchtigen Ledersessel, der in dem engen Raum reichlich deplatziert war.

„Darf ich Ihnen einen Tee bringen?", fragte die Wirtin.

Ben nickte. Einen Wasserkocher zur Selbstbedienung – wie sonst in englischen Hotels und Pensionen allgemein üblich - konnte er nicht entdecken.

Die Wirtin wandte sich um und kam nach ein paar Minuten mit einem Tablett wieder. Darauf befanden sich eine Teekanne und eine Tasse mit Untertasse aus feinem Porzellan, dazu ein Milchkännchen, eine Schale mit Würfelzucker und zwei kleinen Stückchen Schokoladenkuchen.

Ben war gerührt und bedankte sich artig.

„Dies war früher übrigens das Arbeitszimmer meines verstorbenen Mannes!", berichtete die Wirtin.

„Offensichtlich ein sehr belesener Mann!", gab Ben zurück.

Sie nickte.

„Mein Mann war Schuldirektor und hat sich sehr für die Geschichte unserer Stadt interessiert."

Ben nippte an seinem Tee.

„Dann können Sie mir vielleicht erklären, was es mit all diesen … äh, mit diesen Hippies hier auf sich hat?"

Sie lächelte.

„Manch einer sucht den Heiligen Gral!"

„Hat ihn schon jemand gefunden?"

Sie überhörte seine Ironie.

„Glastonbury ist ein einzigartiger Ort."

„Das mag sein.", sagte Ben, „Allerdings sind mir die Zusammenhänge, ehrlich gesagt, noch nicht so richtig klar!"

Sie setzte sich.

„Trinken Sie Ihren Tee!"

Ben nahm einen kleinen Schluck.

„Wir befinden uns in Avalon," sagte sie leise mit Verschwörerstimme, „auf der Insel im Nebelmeer, wo der Heilige Gral vergraben ist!"

Ben musste sich zusammenreißen, um nicht laut zu lachen, und hätte sich fast verschluckt.

„Das müssen Sie mir jetzt erklären!"

„Das Land hier ist flach und sumpfig," begann sie, „und war in früheren Zeiten regelmäßig überflutet. Nur im Sommer konnten Menschen es hier aushalten. So hat diese Grafschaft Somerset ihren Namen erhalten."

Ben nickte ihr aufmunternd zu.

„Sie können mir glauben, im Winter haben wir hier ziemlich oft Nebel! Der Glastonbury Tor aber, dieser Berg, ragt aus der Ebene hervor wie eine Insel. Vermutlich war er früher wirklich eine Insel. Die Legende sagt, dass dies der Ort ist, an dem König Artus sich seinerzeit von den schweren Wunden nach seiner letzten Schlacht erholt hat."

Ben stellte die Teetasse ab.

„Gut. So viel also zu Avalon. Was hat das nun mit dem Gral zu tun? Was ist das überhaupt?"

Sie nickte eifrig.

„Warten Sie, ich erzähle Ihnen alles! Der Gral ist der Kelch, den Jesus und seine Apostel beim letzten Abendmahl verwendet haben. Joseph von Arimathäa hat diesen Kelch nach der Kreuzigung an sich genommen und Jesu Blut darin aufgefangen. Als Kaufmann kam er in der Welt herum und eines Tages ist er nach England gereist und hat den Gral hier in Glastonbury sicher verborgen"

„Und wo liegt er jetzt?", fragte Ben und bemühte sich, ernsthaft zu bleiben.

Die Wirtin machte ein geheimnisvolles Gesicht.

„Wo der Heilige Gral liegt, weiß niemand. Aber am Fuße des Tor entspringt eine Quelle, deren Wasser blutrot ist und wundertätige Wirkung hat. Außerdem ist dort ein Rosenstrauch, welcher der Sage nach von Jesu Dornenkrone abstammt."

Ben stutzte.

„Wenn Sie sich mit diesen Dingen so gut auskennen, können Sie mir dann vielleicht eine Frage beantworten?"

Sie lächelte zustimmend.

Ben schaute sie fest an.

„Kennen Sie die ‚Bruderschaft von Lyonesse'?", fragte er.

Die Wirtin wirkte in keiner Weise überrascht.

„Lyonesse ist, der Legende nach, ein versunkenes Land, weit draußen im Westen.", sagte sie, „Es ist Teil der Geschichte von König Artus und seiner Tafelrunde!"

„Kommen in der Arthussage auch Barden vor?"

Die Frau runzelte die Stirn.

„Ich weiß zu wenig darüber. Eine gute Bekannte von mir hält regelmäßig Kurse und Seminare. Wenn Sie möchten, kann ich sie gerne anrufen!"

„Ja, tun Sie das!", sagte Ben.

Die Wirtin nickte zustimmend.

„Ich werde Sie jetzt allein lassen,"" sagte sie und wandte sich um, „In einer Stunde gibt es Abendessen!"

Dann schlurfte sie langsam die Treppe hinunter.

Ben war sich nicht bewusst, dass im vereinbarten Übernachtungspreis auch das Abendessen eingeschlossen war, aber die Worte der Wirtin hatten eher nach einer Aufforderung als nach einer Einladung geklungen. Ben wollte sie nicht enttäuschen und so kam er eine Stunde später gehorsam hinunter in die Küche.

Die Wirtin holte einen mit Alufolie bedeckten Teller aus dem Backofen.

„Zucchini aus dem eigenen Garten!", sagte sie stolz.

Die Zucchini waren mit anderem Gemüse zusammengekocht und befanden sich neben einem Haufen Reis. Der Anblick war gewöngungsbedürftig, aber es war genießbar und eigentlich gar nicht schlecht.

Ben langte tapfer zu, obwohl er eigentlich gar keinen Hunger hatte. Dann bedankte er sich und ging zurück aufs Zimmer. Eigentlich hätte er noch einmal hinausgehen wollen, aber stattdessen kramte er bloß in seinem Koffer herum, sortierte die Schmutzwäsche in eine Plastiktüte, legte sich aufs Bett und dachte nach.

Selina war irgendwo hier in der Nähe.

Aller Wahrscheinlichkeit nach hielt sie sich bei diesen Freunden aus der Hippie-Kommune auf. Solche Gestalten hausten normalerweise in alten Wohnwagen. Es dürfte nicht allzu schwer sein, herauszufinden, wo hier in der Nähe ein solches Lager war. Einfach dort aufzutauchen, dürfte aber keine gute Idee sein. Wenn er sie treffen wollte, dann musste er sich eine halbwegs glaubwürdige Geschichte ausdenken.

Auf seine Textnachricht aus London hatte sie nicht reagiert. Er schrieb ihr noch eine Nachricht um ihr in möglichst unverbindlichem Ton mitzuteilen, dass er in der nächsten Zeit nach Somerset kommen würde. Dass er bereits hier war, verriet er nicht.

Am nächsten Morgen klopfte es gegen halb neun an seine Zimmertür. Ben sprang aus dem Bett und öffnete die Tür einen Spalt weit. Die Wirtin lächelte ihn an.

„Guten Morgen, ich wollte nur nachfragen, was Sie zum Frühstück essen möchten?"

Ben unterdrückte ein Gähnen.

„Eier mit Speck und starken Kaffee!", antwortete er.

Sie schüttelte bedauernd den Kopf.

„Ich koche leider nur vegetarisch!", sagte sie, „und Kaffee habe ich auch nicht!"

Ben atmete tief ein und aus.

„Aber Eier gibt es?"

Sie nickte.

„Dann machen Sie doch einfach Rührei. Und Toast, bitte!"

„Wie wäre es mit einem spanischen Omelett mit Mandarinen und Korianderblättern?"

Von mir aus auch das, dachte Ben und beschloss, das Ganze mit Humor zu nehmen.

„Hört sich wunderbar an!"

Er zog sich an und fand sich in der Küche ein. Auf dem Tisch stand ein Teller mit einem gebratenen Irgendwas, welches optisch entfernt an ein Omelett erinnerte, dazu ein paar Mandarinenscheiben und Korianderblätter – Letztere wieder aus dem eigenen Garten, wie die Wirtin freudestrahlend beteuerte. Außerdem gab es staubtrockene aufgebackene Supermarkt-Croissants, die zwar ziemlich krümelig, aber mit viel Butter und Marmelade halbwegs genießbar waren. Der Kräutertee hingegen war gar nicht nach Bens Geschmack.

Die Wirtin schaute ihm die ganze Zeit von einem Stuhl aus der Ecke beim Essen zu. Keine zwei Sekunden nachdem er fertig war, sprang sie auf.

„Möchten Sie noch etwas? Ein Croissant? Noch eine Tasse Tee?"

Als Ben ablehnte, legte sie ihm ein Flugblatt auf den Tisch.

„Ich habe mit meiner Bekannten gesprochen!", sagte sie freudestrahlend, „Sie hält am kommenden Wochenende ein Seminar über Barden und Druiden. Es wären noch Plätze frei!"

„Das ist schön!", sagte Ben.

„Soll ich Sie für das Seminar anmelden?", fragte sie.

Um Himmels willen, dachte Ben, ein ganzes Wochenende voller Druiden und Esoterik, das ist nun wirklich das Letzte, was ich jetzt brauche!

Er lehnte mit höflichen Worten ab, aber als er den tief enttäuschten Ausdruck in Ihrem Gesicht entdeckte, tat es ihm leid.

„Ich würde Ihre Bekannte trotzdem gerne kennen lernen!", fügte er hinzu.

„Brenda bietet auch Einzelberatungen an," antwortete die Wirtin rasch, „Soll ich einen Termin vereinbaren?"

Ben beherrschte sich.

„Ja, tun Sie das von mir aus!"

„Vielleicht klappt es ja sogar schon heute Nachmittag. Dann können Sie sich vormittags noch die wichtigsten Sehenswürdigkeiten anschauen. Waren Sie schon oben auf dem Tor?"

Ben verneinte.

„Der Turm ist der letzte Rest einer mittelalterlichen Kirche.", fuhr die Wirtin fort, „Außerdem müssen Sie unbedingt die Ruinen der alten Abtei besichtigen. Wenn Sie sich jetzt zeitig auf den Weg machen, können Sie Beides in Ruhe anschauen und sind um ein Uhr rechtzeitig zum Mittagessen wieder zurück!"

Die Dame hatte offenbar vor, sein ganzes Leben zu organisieren, dachte Ben. Trotzdem hatte er Gefallen an ihrer Art. Was sprach dagegen, sich einfach mal auf so etwas einzulassen?

Gehorsam machte er sich auf den Weg, den sie ihm ausführlich beschrieben hatte: Über einen gut markierten Pfad aus der Stadt heraus, zunächst durch ein Wäldchen, dann durch Wiesen auf den Hügel hinauf. Oben war der berühmte Turm, der hervorstach wie ein übrig gebliebener hohler Zahn. Nachdem Ben die Aussicht hinreichend gewürdigt hatte, ging er auf der anderen Seite wieder herunter und passierte am Fuß des Hügels den von einer Mauer umgebenen Garten, in dem sich die legendäre Quelle befand. Da er noch nie ein besonderes Faible für wundertätiges Wasser gehabt hatte, ging er rasch weiter.

Letztendlich gelangte er an einer vielbefahrenen Straße entlang wieder in die Stadt. Um vor seinem Gewissen nicht als Kulturbanause dazustehen schaute er sich dann auch pflichtbewusst die Ruinen der Abtei an.

Während er die Ruinen bestaunte, piepste sein Handy.

Selina hatte geschrieben.

„Wohne bei Freunden in Glastonbury. Melde dich, wenn du wirklich in die Gegend kommst!"

Einen Moment lang überlegte er, ihr sofort zu antworten, aber dann ließ er es doch sein. Er würde sie am Abend anrufen.

Zunächst gönnte er sich in einem Steakhaus ein völlig unvegetarisches Mittagessen. Dann erst fiel ihm ein, dass die Wirtin ihn ja um ein Uhr erwartete. Langsam und mit schlechtem Gewissen ging er zu seiner Pension zurück.

Die Wirtin fing ihn gleich an der Tür ab:

„Ich habe mit Brenda gesprochen.", sagte sie, „Sie haben um fünfzehn Uhr einen Termin bei ihr!"

Seufzend gab Ben sich drein und nahm ein zweites Mittagessen mit einem Bratling aus Süßkartoffeln an Gemüsepampe zu sich. Anschließend sah er zu, dass er schnell aus dem Haus kam, bevor die Wirtin ihn für eine bestimmte Uhrzeit zum Abendessen einbestellen konnte.

Zuvor schrieb er noch eine kurze SMS an Selina:

„Bin ganz in der Nähe. Rufe dich heute Abend an!"

Pünktlich um drei fand er sich im Hinterzimmer in einer New-Age Buchhandlung ein. Etwa ein halbes Dutzend Stühle waren im Halbkreis angeordnet und vorn stand ein Flip-Chart.

Die Expertin war eine füllige Dame in den Fünfzigern mit nikotingefärbten Händen und Raucherstimme. Sie trug einen Wollpullover in Regenbogenfarben und dazu auffälligen Modeschmuck inklusive mehrerer Ohrringe und eines Nasenringes. Das Haar war mit viel Henna gefärbt worden, so dass man nicht erkennen konnte, ob es darunter schon ergraut war.

„Hallo, ich bin Brenda!", begrüßte sie ihn, „Wie kann ich helfen?"

„Erzählen Sie mir etwas über Lyonesse!"

Die Dame nickte eifrig.

„Ich sehe, Sie interessieren sich für die Arthussage. Nehmen Sie Platz!"

Ben setzte sich auf einen der Stühle und verschränkte die Hände über seinem Schoß.

Brenda räusperte sich.

„Das Königreich von Lyonesse soll sich, der Sage nach, westlich von Cornwall befunden haben. Man vermutet es zwischen den Scilly-Inseln, Lands End und Penzance, möglicherweise ging es auch noch weiter bis dahin, wo heute der St. Michael's Mount liegt. Vor langer Zeit ist es im Meer versunken."

„Ist das alles?", fragte Ben.

Brenda lächelte.

„Lyonesse ist die Heimat von Tristan, einem der Ritter von Arthurs Tafelrunde, dem Helden der wunderbaren Liebesgeschichte von Tristan und Isolde."

Ben nickte ihr aufmunternd zu.

„...es geht auch die Sage, dass Lyonesse der Schauplatz von Arthurs letzter Schlacht gewesen sei. Dreimal hat Arthur gegen seinen Neffen und Widersacher Mordred gekämpft. In der dritten und entscheidenden Schlacht wurde Mordred getötet und Arthur zwar schwer verwundet, aber auf wundersame Weise nach Avalon gebracht, wo man ihn gesund gepflegt hat. Eine weitere Geschichte erzählt von einem Mann namens Trevilian, der auf einem weißen Pferd den Fluten entkam und zu einer Höhle flüchten konnte, von wo aus er den Untergang des Landes beobachtet hat!"

„Gibt es in diesem Zusammenhang irgendwelche geheimen Bruderschaften?"

„Damals, im frühen Mittelalter gab es noch keltische Druiden. Es waren nur noch wenige und sie haben ihre Kunst nur an Ihresgleichen weitergegeben, und zwar ausschließlich mündlich. Es war ihnen strikt verboten, ihre Geheimnisse aufzuschreiben. Mit der Verbreitung des Christentums ging das Wissen nach und nach verloren. Es gibt viele Legenden und Sagen darüber, dass einzelne Druiden ihre Tradition heimlich weitergeführt haben sollen, aber verbürgt ist nichts!"

„Ist es möglich, dass solche Organisationen bis in die Gegenwart weiter existieren?"

„Warum nicht?"

„Gibt es eine geheime Bruderschaft, die in einem Zusammenhang mit der Geschichte von Lyonesse steht?"

„Es mag sie geben, aber ich habe noch nie davon gehört."

„Was können Sie mir über Barden erzählen?"

„Die Barden waren, ähnlich wie die Druiden im Mittelalter ein hoch angesehener Berufsstand ..."

„...die sich ebenfalls zu geheimen Bruderschaften zusammengeschlossen haben?"

„Das ist gut möglich!"

„Wenn es heutzutage noch solche geheimen Organisationen gäbe, wie würde man die finden?"

Brenda lachte.

„Man kann sie nicht suchen. Sie lassen nur Auserwählte in ihren Kreis hinein!"

Ben holte tief Luft.

„Gut. Sie lassen nur Auserwählte in ihren Kreis. Das heißt, sie wählen Leute aus, die sie in ihren Kreis hineinlassen. Nach welchen Kriterien wählen sie diese Leute aus? Sind das alles esoterische Spinner ...."

„Nein, sie suchen intelligente Personen. Leute, die im Leben stehen. Solche, die eine gesellschaftliche Position innehaben."

„Nun, was für ein Interesse kann denn ein intelligenter Mensch, der mitten im Leben steht, haben, um sich so einer Bruderschaft anzuschließen?"

„Er erfährt geheimes Wissen. Er gewinnt neue Erkenntnisse ..."

„Was ist denn der praktische Wert dieses geheimen Wissens?"

Brenda zuckte mit den Schultern.

„Was ist der praktische Wert von schöner Musik, von Kunstwerken, von Literatur?"

„Gut. Ich verstehe, was Sie meinen. Aber jetzt erklären Sie mir doch bitte: Wie läuft das ab, wenn so eine Bruderschaft neue Mitglieder rekrutieren möchte? Ich nehme ja nicht an, dass sie einen Headhunter losschicken!"

Brenda zuckte mit den Schultern.

„Ich nehme an, sie werden diese Leute eine ganze Weile lang beobachten und dann ganz diskret an sie herantreten ... aber genau weiß ich das nicht. Woher denn auch?"

Ben nickte nachdenklich.

„Ja, woher denn auch?", wiederholte er,

„Haben diese Geschichten einen wahren Kern?"

„Darüber haben sich schon viele Menschen die Köpfe zerbrochen."

Ben dachte nach.

„Gibt es sonst noch etwas, was Sie wissen wollen?", fragte Brenda.

Ben zog die Augenbrauen hoch.

„Ja, eine letzte Frage vielleicht!"

Er zögerte einen Moment.

„Angenommen .... also angenommen, jemand spricht Sie an ... und erwähnt den Namen einer solchen mystischen, möglicherweise alten aber in jedem Fall geheimen Organisation

... und nehmen Sie weiter an, dieser jemand würde Sie zu einem Treffen einladen. Was würden Sie tun?"

„Ich würde mich geehrt fühlen!"

„Wirklich? Würden Sie die Einladung annehmen?"

Brenda schaute ihm gerade in die Augen.

„Jemand hat Kontakt zu Ihnen aufgenommen!", stellte sie fest.

Ben nickte.

„Darf ich fragen, wer es ist?"

„Sie nennen sich: 'Die Bruderschaft von Lyonesse'."

Brenda verzog keine Miene.

„Die Entscheidung müssen Sie selbst treffen!", sagte sie.

Mehr war aus ihr nicht herauszubekommen. Ben verabschiedete sich und suchte dann auf der Hauptstraße einen möglichst nicht-esoterisch aussehenden Pub, wo er ein Pint Lager bestellte. Dann rief er Selina an.

„Ich bin in Glastonbury!", sagte er nach wenigen einleitenden Worten.

Sie schien überrascht.

„Echt? Was machst du hier?"

„Ich versuche herauszufinden, wer mir Postkarten schickt!"

„Ist das ein Grund, um von London nach Somerset zu fahren?"

„Ich will der Angelegenheit persönlich auf den Grund gehen."

Sie kicherte.

„Das klingt jetzt abstrus, aber es hört sich spannend an."

„...und ganz abgesehen davon wollte ich fragen, ob ich dich heute Abend zum Essen einladen darf!"

Sie lachte.

„Aha.", sagte sie nur.

„Ist das 'Aha' ein Ja oder ein Nein?"

„Im Prinzip eher ein Nein... aber... hmmm ... warum eigentlich nicht?"

„Sagen wir heute Abend um acht?"

Dann würde er Zeit haben, um herauszufinden, wie das edelste und vornehmste Restaurant am Ort hieß und dort einen Tisch zu bestellen. Aber sie kam ihm zuvor.

„Wo bist du jetzt?"

Er nannte den Namen des Pubs.

„Gleich nebenan ist das 'Mumbai Curry House'. Das ist ein guter und günstiger Inder. Sagen wir, in einer Stunde?"

Ben akzeptierte. Er schaute auf die Uhr. Es war jetzt gerade einmal halb fünf. Es würde also ein sehr frühes Abendessen werden.

Er orderte noch ein zweites Bier und als er es ausgetrunken hatte, machte er sich auf den Weg in das Restaurant nebenan.

Selina erschien überpünktlich. Sie hatte ein buntgemustertes Sommerkleid mit Spaghettiträgern an und sah hinreißend aus.

Noch vor dem ersten Bissen fragte sie ihn nach den Gründen für seine Reise. Freimütig erzählte er ihr von der ‚Bruderschaft von Lyonesse'.

„Was ist das denn für eine Truppe?", fragte sie und stocherte in ihrem Reis.

„Sie haben mich zu einem Treffen eingeladen. Aber sie haben mir nicht genau mitgeteilt, wo es ist."

„Haben Sie dir gesagt, was sie von dir wollen?"

„Nein!"

Selina lachte.

„Was willst du von ihnen?"

„Keine Ahnung. Aber ich habe das Gefühl, dass es interessant werden könnte."

Selina verdrehte die Augen.

„O Mann, ich wusste gar nicht, dass du so abenteuerlustig bist!"

Ben trank einen Schluck Wasser und grinste.

„Manchmal schon!"

Selina machte ein ernstes Gesicht.

"Auf jeden Fall solltest du vorsichtig sein!"

„Warum? Ich gehe davon aus, dass sehr integre Personen dahinterstecken!"

„Wer denn?"

„Ein guter Freund von mir."

„Was soll der von dir wollen?"

„Er lockt mich auf eine Art Schnitzeljagd!"

„Wo soll die hinführen?"

„Das weiß ich noch nicht."

„Und warum versteckt er sich hinter einer New-Age-Sekte?"

„Das wüsste ich auch gerne. Genau deswegen bin ich hier."

„Wozu?"

„Um mehr über Druiden, keltische Mythologie und den Gral herauszufinden."

„Ich wusste gar nicht, dass du so eine esoterische Ader hast!"

Ben schaute sie trotzig an.

„Habe ich jemals das Gegenteil behauptet?"

„Jedenfalls hast du auf mich niemals den Eindruck gemacht, als würdest du dich für so etwas interessieren!"

„Ich gehe halt gerne den Dingen auf den Grund!"

„Das könnte in diesem Fall gefährlich werden!"

„Wieso?"

Sie zuckte mit den Schultern.

„Wenn das wirklich so eine Sekte ist? Wer weiß, ob sie dich nicht am Ende noch massakrieren!"

„Warum sollten sie das tun?"

„Ich habe da mal so einen Horrorfilm gesehen. Ein Polizist kommt auf eine Insel, die von Anhängern einer heidnischen Sekte bewohnt ist. Er glaubt, er muss da ein Verbrechen aufklären. In Wirklichkeit aber haben sie ihn hergelockt, um ihn ihren Göttern zu opfern."

„Das ist doch bloß ein Film!"

„Richtig. Aber es werden immer wieder mal Leichen von Menschen gefunden, die offensichtlich Ritualmorden zum Opfer gefallen sind!"

Ben schüttelte vehement den Kopf.

„Aber doch nicht hier bei uns. Ich sehe das Ganze eher als eine Art Abenteuerspiel. Den Sinn dahinter habe ich noch nicht verstanden. Und das will ich herausfinden."

Er lächelte und schaute Selina an.

„Ich wusste übrigens gar nicht, dass du dieser New-Age-Bewegung so abweisend gegenüber stehst."

Sie lachte kurz auf.

„Ach? Nur weil ich ökologisch, vegan und politisch verantwortungsbewusst bin, muss ich auch an esoterischen Hokuspokus glauben? Das ist ja so naiv, dass es fast schon wieder schön ist. Oder habe ich etwa Recht in der Annahme, dass alle Kapitalisten Mitglieder der Mafia sind?"

„Das könnte sogar stimmen!"

„Das glaube ich dir gerne."

Ben wechselte das Thema.

„Wie geht's dir denn überhaupt?", fragte er.

„Danke, gut!"

Sie lächelte ein wenig unsicher.

„Wie geht's deinen Freunden?"

„Auch gut. Vor allem einem ganz Besonderen!"

Sie druckste wenig herum.

„Ein ganz Besonderer?"

„Ja ... wir haben uns vor etwa drei Monaten kennen gelernt. Vielleicht kommt er nächstes Jahr für längere Zeit nach Heidelberg. Ich habe auch schon daran gedacht, mal ein Jahr auszusetzen und nach England zu gehen ..."

Ben spürte, dass ihm zuerst heiß und dann kalt wurde.

„Ist alles in Ordnung mit dir?", fragte Selina.

„Ja ... es geht schon."

„Du bist ja plötzlich ganz blass!"

„Nein ... es ist nur ... es ist ein wenig stickig. Vielleicht wegen dem Zigarettenrauch ...“

„Hier wird doch gar nicht geraucht.“

Das war richtig. Seit einigen Monaten galt in ganz England das allgemeine Rauchverbot an öffentlichen Orten.

„Vielleicht ... einfach die schlechte Luft! Meinen Glückwunsch, dass Ihr euch gefunden habt!“

„Ich dachte, ich erwähne das mal ganz direkt ...“

„Ist schon Okay.“

„Ich will nicht, dass du falsche Erwartungen hast.“

Dieser Satz war überflüssig, dachte Ben.

„Nein, wirklich kein Problem!“ Er beglich unauffällig die Rechnung und bot Selina an, sie zu ihrem Quartier zu bringen. Als sie ablehnte, war er allerdings mehr als froh, denn er hatte schon viel zu viel getrunken.

„Sehen wir uns noch einmal?“, fragte er.

„Vielleicht.“

Sie wirkte ein wenig verlegen.

„Ich melde mich, wenn ich nach London komme!“

Das ist schön, dachte er, aber ich werde nicht dort sein. Natürlich musste sie annehmen, dass er immer noch am Dorchester Place wohnen musste. Von der Wohnungsauflösung hatte er ihr nichts gesagt, warum auch? Für ihn aber war das alles längst Lichtjahre weit weg.

„Schreib mir eine Email!“, sagte er, „Oder melde dich auf meiner neuen Handynummer. Ich werde in der nächsten Zeit ziemlich viel unterwegs sein!“

„Schon gut.“

Sie gab ihm einen Kuss auf die Wange, drehte sich um und winkte ihm noch einmal zu, bevor sie um eine Ecke bog.

Ben stand ein paar Sekunden lang wie versteinert da.

Dann ging er langsam zurück in den Pub, in welchem er den Abend begonnen hatte. Innerhalb einer halben Stunde stürzte er zwei Pint Lager und einen doppelten Whisky hinunter, dann wankte er sturzbetrunken zu seiner Unterkunft zurück, schlich leise hinauf in seine Dachkammer und war dankbar, dass die Wirtin ihn nicht bemerkte.

Er schlief schlecht und wachte am Dienstagmorgen mit einem dicken Kater auf. Das Erste, was er bemerkte, war ein Stapel frischer, gebügelter und ordentlich auf einen Stapel gefalteter Wäsche. Die Wirtin hatte offenbar in seiner Abwesenheit aufgeräumt und die Schmutzwäsche gewaschen.

Als er unter der Dusche stand, stellte er fest, dass es verbrannt roch. Schnell zog er sich an und rannte hinunter in die Küche. Die Quelle des Brandgeruches war ein Toaster oder genauer gesagt zwei Scheiben Toastbrot, die schwarz verkohlt und mit Käse überbacken waren. Dazu gab es diesmal Rührei, Tomaten und Müsli mit Obst. Wenn nur dieser widerliche Kräutertee nicht wäre!

Die Wirtin fragte, wie das Treffen mit Brenda verlaufen sei, aber Ben antwortete nur einsilbig.

Dann ging er in ein möglichst unökologisch und nicht-biologisch-organisch aussehendes Café mit Tischen draußen auf der Straße, welches damit warb, ein öffentliches W-Lan-Netz zu haben, und schaltete seinen Laptop ein. Seit London hatte er keinen Internet-Zugang mehr gehabt. Von daher war er nicht erstaunt darüber, dass sich in den paar Tagen ziemlich viele Emails angesammelt hatten.

Zunächst sortierte er den Spam aus, auch die meisten anderen Nachrichten löschte er nach flüchtigem Überfliegen. Nur wenige Mails schaute er sich näher an.

Das Management von Goldstein & Liebman gab eine lange Verlautbarung ab, in welcher man sich für die Unannehmlichkeiten entschuldigte, welche der Belegschaft durch die plötzliche Insolvenz entstanden waren.

Ben lachte bitter.

Richard Jenkins schrieb aus Bukarest. Er wollte sich nur mal melden, denn er hatte wieder eine neue Geschäftsidee entwickelt. Die Sache hörte sich völlig abstrus an und Ben wusste, dass er mehr als gut beraten war, daran keinen überflüssigen Gedanken zu verschwenden. Trotzdem schrieb er eine kurze, nichtssagende Antwort. Wenn Jenkins nicht aufpasst, landet der noch im Gefängnis, dachte er.

Ben suchte die New-Age Buchhandlung auf, in der er gestern den Nachmittag verbracht hatte und in deren Video-Abteilung fand er den Horror-Film, welchen Selina erwähnt hatte. Er kaufte die DVD und ging in sein Turmzimmer zurück. Der Wirtin sagte er, dass es ihm nicht gut ginge, dann legte er sich auf sein Bett und schaute den Film auf dem Laptop an. Der Protagonist wurde von den Sektenmitgliedern zunächst eine ganze Weile lang an der Nase herum geführt und dann rituell auf einer Art Scheiterhaufen verbrannt. Eine ziemlich abstruse Geschichte.

Wirklich völlig abstrus? Waren nicht auch in England schon Menschen verschwunden und grausam verstümmelt als Opfer von Ritualmorden aufgefunden worden? Wer sagte ihm, dass diese „Bruderschaft von Lyonesse" nicht doch auch so eine okkulte Sekte war?

Das war zwar unwahrscheinlich, aber Ben wollte mit der Sache nichts mehr zu tun haben! Francescos Sinn für Humor in allen Ehren, aber hier und jetzt war eine Grenze erreicht.

Das Spiel war aus. Ben spielte nicht mehr mit.

Was er jetzt brauchte, war ein Ort, an dem er nachdenken konnte. Ein Ort, an dem er Ruhe finden würde. Vielleicht am Meer: weiter Horizont, frischer Wind, der Duft nach Salz und Tang und dazu das Rauschen der Brandung, so etwas in der Art.

Der Wirtin erzählte er etwas von einem dringenden geschäftlichen Termin und bot ihr an, auch die kommende Nacht noch voll zu bezahlen, was sie natürlich ablehnte.

„Schade, dass Sie es so eilig haben!", sagte sie, „dabei gibt es noch so viel zu sehen in Somerset!"

Sie musste ihn für einen gestressten Stadtmenschen halten, der für ein paar Tage Urlaub auf dem Lande machte.

„Was denn zum Beispiel?", fragte Ben.

„Jetzt kennen Sie Avalon. Besuchen Sie Camelot, den legendären Ort der Tafelrunde, die Residenz von König Artus!"

„Wo ist das?"

„Ungefähr eine halbe Stunde von hier!"

Ben bedankte sich, aber sein Bedarf an Geschichten über König Artus den Gral war bis auf Weiteres als gedeckt. In aller Eile machte er sich auf den Weg.

23.) Weymouth.

Ben kam ein wenig durcheinander mit der Verkehrsführung und war schließlich froh, als er eine Straße gefunden hatte, die aus der Stadt hinaus führte. Er atmete auf, als der Hügel mit dem Turm endlich aus dem Rückspiegel verschwunden und damit ein weiteres Kapitel hinter ihm abgeschlossen war.

Es gibt wichtigere Dinge als diese Schnitzeljagd, dachte er. Es gibt Dinge, über die ich nachdenken muss. Wie geht es mit Jessica weiter? Immerhin wird sie mein Kind zur Welt bringen! Gibt es noch eine Chance für eine Versöhnung?

Und dann muss ich mir Gedanken über meine berufliche Zukunft machen. Natürlich wird es irgendwie weitergehen. Aber ich brauche einen Plan!

Die Straße wurde immer kurviger und Ben hatte keine Ahnung, wo sie hinführte. Die Ortsnamen auf den Hinweisschildern sagten ihm nichts. Das Navigationssystem war keine Hilfe, da er gar kein klares Ziel mehr hatte. In einem Ort namens Somerton hielt er an. Die kleine Stadt lag auf einer Anhöhe und oben gab es einen Marktplatz mit alten Häusern aus grauem Stein. Ben starrte auf den Straßenatlas. Wenn er von hier aus mehr oder weniger geradeaus nach Süden fuhr, waren es vielleicht vierzig Meilen bis zur Küste.

Cadbury Castle - das legendäre Camelot, wie seine Wirtin aus Glastonbury ihm vorhin erklärt hatte – lag direkt auf seinem Weg. Und da er sich jetzt nun wirklich alle Zeit der Welt nehmen konnte, machte er einen kurzen Abstecher dorthin.

Er hatte ein altes Schloss erwartet mit Türmen, Zugbrücken und hohen Mauern, aber was er fand, war nur grüne Landschaft. Auf der Kuppe eines Hügels fand sich ein ringförmiger Erdwall. Es gab Disteln und Brennnesseln und grüne Hügellandschaft mit Schafen und Hecken. Man brauchte schon sehr viel Phantasie um sich vorzustellen, dass hier im frühen Mittelalter einmal eine Siedlung gewesen sein sollte.

Ben fuhr weiter durch Dörfer mit Häusern aus honiggelbem Sandstein und liebevoll gepflegten Vorgärten. Eine Stunde später erreichte er das Meer. Die Straße führte in einer Haarnadelkurve hinunter nach Weymouth, wo Ben sich in einer der zahlreichen Bed-and-Breakfast-Pensionen an der Strandpromenade einquartierte. Das Zimmer war eine Orgie aus pinkfarbenem Teppichboden und gemusterten Tapeten mit Blümchenbanderolen. Das Bett füllte wie üblich den überwiegenden Teil des Zimmers aus und war mit einer pinkfarbenen Überdecke überzogen. Es gab ein winziges Fenster zum Hinterhof und an den Wänden hingen Farbdrucke mit Blumenmustern: immerhin keinerlei Anzeichen von esoterischem Schnickschnack. An der Strandpromenade waren zahlreiche Spaziergänger unterwegs und auf dem weiten Sandstrand spielten Kinder. Die zugehörigen Eltern waren eifrig damit beschäftigt, ihre Sachen zusammenzupacken.

Ben wandte sich stadteinwärts. Die Fußgängerzone bestand aus einer Ansammlung der üblichen Läden der üblichen Ketten wie überall. Zwischen Automatenspielhallen und schmierigen Kneipen, die mit billigen Getränkepreisen warben, kündigte eine Disco mit rotleuchtender Laufschrift an, dass heute Abend hier die ultimative Party steigen würde, auf der Frauen bis elf Uhr abends freien Eintritt haben.

Grüppchen von angetrunkenen Jugendlichen torkelten die Straße entlang: Übergewichtige Teenagerinnen mit knappen Röcken und bauchfreien Hemdchen, ein Stück Bauch mit gepierctem Nabel freilassend, Zigarette in der einen Hand und das Handy in der Anderen. Die Jungs einen Schritt voran mit modisch lässigen Jeans.

Ben dachte an Selina. Was hatte er von ihr erwartet? Rein biologisch hätte sie fast seine Tochter sein können.

Hätte er sich wirklich eine Beziehung zu ihr erhofft? Oder bloß ein sexuelles Abenteuer? Nein, das war es nicht. Selina war so radikal anders als er: Sie konnte lachen, sie konnte streiten ... und sie hatte Ideale. Sie hatte Ideale und sprühte vor Ideen.

Meine eigenen Ideale sind mir anscheinend irgendwann abhandengekommen, dachte Ben. Hatte er überhaupt jemals welche gehabt?

Er ging in sein Guesthouse zurück, schlief lang und am Morgen genoss er ein völlig unorganisches Frühstück aus Eiern mit Speck, Würstchen und Baked Beans mit schwarzem Kaffee.

Dann fuhr er weiter.

Ich brauche einen Ort zum Nachdenken, dachte er, einen Ort am Meer, an den ich mich zurückziehen kann wie in ein Schneckenhaus und erst herauskomme, wenn ich klüger geworden bin.

24.) West Dorset

Was er genau suchte, wusste er nicht und so fuhr er einfach aus der Stadt hinaus nach Westen und folgte dem dem Verlauf der Küstenstraße.

In Abbotsbury bestaunte er die Schwäne, die auf einer Lagune hinter dem Kiesstrand schwammen. In West Bay aß er Fish and Chips, trank Tee aus einem Plastikbecher und schaute gelangweilt über die Fischkutter und Freizeitbötchen im Hafenbecken. Hinter Bridport entdeckte er eine kleine Nebenstraße, die sich bald zu einem einspurigem Hohlweg verengte. Zwischen Wänden aus Sandstein hindurch gelangte er vorbei an einem winzigen Dorf mit Pub, Hotel und Campingplatz zu einem Wendehammer. Dahinter war das Land zu Ende. Es brach einfach zwei oder drei Meter tief zu einem grobkörnigen, rötlich-gelben Sandstrand ab. Ben stieg aus, ging ein paar Schritte und entdeckte eine kleine, beige gestrichene Blockhütte. Im Fenster hing ein „Zu Vermieten"-Schild. Ben brauchte keine zehn Sekunden, um zu wissen, dass er hierbleiben wollte.

Am Campingplatz erkundigte er sich nach dem Vermieter, fand diesen ein paar Häuser weiter und klingelte.

Ein älterer Mann öffnete und musterte ihn.

„Wie viele Leute sind Sie denn?", fragte er.

„Ich bin allein!", sagte Ben.

„Es ist ein Ferienhaus für sechs Personen. Normalerweise vermiete ich nur an Familien."

„Ich kann Ihnen aber keine Familie bieten!"

„Ist das Haus nicht viel zu groß für Sie alleine?"

„Ich kann Platz brauchen!"

„Warum gehen Sie nicht ins Hotel?"

„Weil ich ungestört sein möchte."

„Im Hotel wäre es aber billiger!"

„Das ist mir egal!"

Er schaute ihn argwöhnisch an.

„Sie haben nicht etwa irgendetwas Verbotenes vor?"

Ben schüttelte den Kopf.

„Und Sie werden sich auch nichts antun?"

Ben schüttelte abermals den Kopf.

„Wissen Sie, es kommt immer wieder mal vor, dass jemand von den Klippen springt, und ich möchte nicht, dass meine Hütte mit so etwas in Verbindung gebracht wird!"

„Nein, ich möchte wirklich nur Urlaub machen!"

„Haben Sie überhaupt Bettwäsche und Handtücher dabei?"

Ben verneinte.

„Normalerweise bringen die Gäste das selbst mit. Aber warten Sie!"

Er verschwand im Haus und kam nach einer Weile mit einem Stapel frisch gewaschener und gebügelter Wäsche wieder.

„Ich vermiete grundsätzlich wochenweise. Die Miete für die erste Woche ist im Voraus fällig!"

Er ließ sich einen Scheck geben und überreichte Ben den Schlüssel.

„Es ist zwar Hochsaison", sagte er, „Aber ich habe auch für die kommende Woche noch keine Vorausbuchung! Wenn Sie länger bleiben möchten, melden Sie sich bitte so früh wie möglich!"

Inzwischen klang er schon viel versöhnlicher.

„Wenn Sie sonst noch etwas brauchen, sagen Sie mir einfach Bescheid!"

Ben ging zu der Hütte zurück und sperrte die Tür auf.

Es gab ein Wohnzimmer mit Sofa und kleinem Couchtisch nebst zwei Sesseln sowie einen Esstisch mit sechs Stühlen. Außerdem war da eine kleine Küchenzeile mit Gasherd und Kühlschrank, ein Schlafzimmer mit Doppelbett und ein winziges Bad. Eine Leiter führte hinauf auf eine Art Dachboden, wo noch zwei Stockbetten standen.

Ben lud sein Gepäck aus, fuhr er in den nächstgelegenen Supermarkt und kaufte ein: Tütensuppen, Nudeln und Fertigsoßen, Erdnüsse, Chips, Toastbrot, Wurst und Käse und natürlich Kaffee und Kekse, dazu ein paar Sixpacks Bier und eine Flasche Schnaps. Das brauchte er jetzt.

Später saß er auf der Bank vor seiner Hütte.

Es war kühl geworden und die Luft schmeckte frisch. Die Sonne war untergegangen. Im Westen schimmerte der Himmel noch leuchtend rot, im Osten hingegen schon tiefblau.

Die Tagesausflügler waren inzwischen weg und einige der Camper hatten Grillfeuer angezündet. Der Mond ging auf und Ben schaute ihm zu: ein schöner runder, fast noch voller Mond über dem sanft rauschenden und glitzernden Meer.

Ben öffnete eine Flasche Bier, trank einen tiefen Schluck und lehnte sich zurück, als das Handy sich meldete. So ein Mist, er hätte es ausschalten sollen.

Francesco schickte ihm eine Nachricht:

„Wo steckst du?"

Wie ungewöhnlich,

dachte Ben. Bislang hatte Francesco sich höchst selten von sich aus gemeldet.

„Am Meer, westlich von West Bay!", schrieb Ben zurück.

„Was machst du da?", fragte Francesco.

„Nachdenken!", schrieb Ben.

Francesco antwortete nicht mehr. Keine geheimnisvollen Andeutungen, keine kryptischen Hinweise, nichts.

Auch gut, dachte Ben.

Nachts wiegte ihn das Rauschen der Brandung in den Schlaf und Ben schlief lange tief und fest, bis er am nächsten Morgen vom Kreischen der Möwen geweckt wurde.

Er machte sich Kaffee und Toast, schlug Eier und Speck in die Pfanne und aß sein Frühstück auf der Bank neben der Türschwelle mit Blick auf das Meer.

Als er die erste Tasse Kaffee ausgetrunken hatte, beschloss er, dass es Zeit war, mit dem Nachdenken zu beginnen.

Ich sollte systematisch vorgehen, dachte er. Also erstmal ein Brainstorming:

Er schlug in seinem Notizbuch eine neue, weiße Seite auf und nahm den goldenen Federhalter heraus.

Seit zwei Wochen war sein Leben durcheinandergeraten.

Bis London hatte er ein Ziel gehabt. Von dort aus war er nach Glastonbury gefahren: Was hatte er gesucht? Hinweise über eine esoterische Sekte oder ein Paar lachende junge Augen und einen struppig-braunen Haarschopf?

Letztendlich war er davon gerannt. Weil der struppig-braune Haarschopf nicht die Lösung seiner Probleme war und weil er andere Dinge im Kopf hatte als die Geschichte von König Artus' Tafelrunde. Wenn also weder König Artus noch eine junge Frau die Lösung meiner Probleme waren, was dann?

Alles hing mit allem zusammen und sein Kopf war ein heilloses Durcheinander.

Das Blatt Papier in seinem Notizbuch war so leer wie sein Kopf. Seit Budapest war er auf der Flucht. Man hatte ihn verjagt und er war davon gelaufen. Seit zwei Wochen war er weiter und weiter gerannt. Wohin sollte die Reise jetzt von hier an weiterführen?

Er dachte über seine künftige berufliche Karriere nach. Die Finanzbranche steckte in einer Krise. Aber Ben war kein blutiger Anfänger und er verfügte über beste Kontakte, war flexibel, ungebunden und jung genug um noch einmal neu anfangen zu können.

Dann fiel ihm dieser Obdachlose aus London ein, der behauptet hatte, früher einmal einen guten Job gehabt zu haben. Warum war er in den Abgrund gerutscht? Was hatte ihn dazu bewogen, damit anzufangen, Trost in der Flasche zu suchen?

War Ben ohne es zu wissen schon auf dem gleichen Weg? Wollte Francesco mit seiner Tafelrunde ihn vielleicht genau davor bewahren? Aber hatte keinen Sinn mehr zu solchen Spielereien.

Es war angenehm warm und unten am Strand hatten sich mehrere Familien mit Kindern niedergelassen. Die Kleinen planschten fröhlich im Wasser. Ben seufzte. Eine Sekunde lang gab ihm dieser Anblick einen Stich ins Herz.

Würde er sein Kind jemals kennenlernen? Würde er die Chance haben, seinem Kind ein Vater zu sein?

Ein Stück weiter am Strand fand Ben einen Mann, der auf einem Holzschemel vor einer Staffelei saß. Er trug einen weitkrempigen weißen Hut, ein langes, kariertes Hemd und eine durchgewetzte braune Cordhose. Sein Alter war schwer zu schätzen, der graue Vollbart ließ ihn vermutlich älter wirken, als er war.

Ben trat näher. Das Bild auf der Staffelei war überwiegend in Blau- und Grüntönen gehalten, es sollte wohl eine Landschaft darstellen, aber die war nur andeutungsweise zu erkennen.

Der Maler schaute auf und Ben nickte ihm zu.

„Gefällt es Ihnen?"

„Nun ja, ich bin kein Experte!"

„Man braucht kein Experte sein um ein Bild zu mögen."

„Ehrlich gesagt ... ich erkenne noch nicht so recht, was Ihr Bild eigentlich darstellen soll!"

„Ich male eine Geschichte!"

Ben schaute den Fremden erstaunt an.

„Eine Geschichte? Ich dachte immer, man malt Bilder und Geschichten werden erzählt!"

Der Maler lachte. Offenbar hatte er diesen Kommentar schon öfters gehört.

„Schauen Sie sich um," sagte er „was sehen Sie?"

Ben runzelte die Stirn.

„Strand. Meer. Ein paar Menschen."

„Richtig. Aber was ist mit diesen Menschen? Woher kommen sie? Wohin gehen sie? Was denken sie? Was für Ziele haben sie? Sehen Sie, jeder Mensch hat eine andere Geschichte. Ich sammele Geschichten und ich bin überzeugt, auch Sie haben eine zu erzählen."

Ben lachte.

„Meine Geschichte ist viel zu konfus. Die wollen Sie gar nicht hören."

„Sie brauchen sie mir nicht zu erzählen. Nicht, wenn Sie nicht wollen. Nicht jetzt. Aber vielleicht später einmal, an einem anderen Tag. Gerade konfuse Geschichten interessieren mich."

„Um sie zu malen?"

„Um sie in ein Bild zu fassen."

„Meine Geschichte wäre ein wirres Bild."

„Dann versuchen Sie, es klarer zu machen!"

Der Maler wandte sich wieder seiner Leinwand zu.

Ben ging ein Stück weiter am Wasser entlang, setzte sich auf einen Felsen, streckte Arme und Beine von sich, schaute hinaus aufs Meer und dachte an gar nichts. Als er wieder in die Nähe seiner Hütte kam, war der Maler nicht mehr da.

Ben war ein wenig enttäuscht und freute sich um so mehr, als er ihn am nächsten Tag wieder traf, diesmal oben auf den Klippen. Er grüßte Ben wie einen alten Bekannten.

„Was für eine Geschichte malen Sie heute?", fragte Ben.

Der Maler deutete auf die kleine Bucht, die westlich unterhalb von ihnen lag.

„Erzählen sie mir, was Sie dort unten sehen!"

Ben schaute sich um.

„Ein Strand. Ein kleiner Bach, der hier ins Meer mündet. Wiesen mit Schafen darauf. Ein einzelnes Haus. Es sieht aus wie ein Pub oder ein Hotel."

Der Maler nickte eifrig.

„Das ist das Anchor Inn," sagte er, „Eine ehemalige Schmugglertaverne. Im Vorgarten liegt ein rostiger alter Anker. Der gehörte einst zu einem Schiff."

Er malte weiter und schaute zwischendurch immer wieder zu Ben.

„Vor etwa zweihundert Jahren war dieses Schiff in Seenot geraten.", fuhr er fort, „Auf einer Sandbank hier vor der Küste lief es auf Grund und sank. Am nächsten Morgen war der Strand voller Menschen. Was glauben Sie, weshalb?"

„Vielleicht um die unglücklichen Seeleute zu retten?"

„Falsch geraten. Natürlich um sich die wertvolle Fracht unter den Nagel zu reißen. Die Seeleute waren unwichtig. Man war lediglich so nett, ihnen nicht gleich die Schädel einzuschlagen."

„Das malen Sie?"

„Es geht mir darum, die Symbole zu erkennen."

„Das verstehe ich nicht."

„Stellen Sie sich vor, jemand erleidet Schiffbruch. Was tun Sie? Machen Sie sich über die Trümmer her oder leisten Sie Hilfe?"

Der Maler legte seinen Pinsel weg und stand auf .

„Wir sollten aufhören, uns darüber zu beklagen, wie schlecht die Welt ist!", sagte er, „Ich habe genug gemalt für heute!"

Er packte Pinsel, Farbpalette und Staffelei zusammen und hängte sich alles mit einem Riemen über die Schulter.

„Wohin gehen Sie?", fragte Ben.

„Ich ziehe weiter."

„Wohin?"

„Dorthin, wo ich Geschichten finde!"

„Na denn… alles Gute!"

„Vielleicht sehen wir uns wieder. Wenn Sie mich suchen, fragen Sie nach Moses!"

„Ist das Ihr Name?"

„So lasse ich mich nennen."

„Also Ihr Künstlername!"

„Etwas in der Art!"

Er streckte Ben seine Hand hin.

„Wir sehen uns!", sagte er.

Dann folgte er dem Pfad hinunter zu der Taverne. Ben schaute ihm ratlos hinterher.

Am nächsten Morgen saß Ben wieder mit einem Becher Kaffee auf der Bank vor der Hütte und schaute hinunter auf den Strand, als er ein Postauto bemerkte.

Der Briefträger stieg aus, ging zunächst zu dem kleinen Kramladen am Campingplatz und kam dann zu ihm hinauf.

„Sind Sie Ben Whitcombe?"

Ben runzelte die Stirn.

„Das ist richtig."

„Ein Brief für Sie!"

„Das muss ein Irrtum sein."

„Wenn Sie Ben Whitcombe sind, dann ist dieser Brief für Sie. Adresse und Post Code stimmen, nur bei dem Namen war ich mir nicht sicher, da die Bewohner dieser Hütte ja häufig wechseln und nur selten Post bekommen."

„Das kann nicht wahr sein! Es weiß doch niemand, dass ich hier bin!"

„Offensichtlich doch. Einen schönen Tag noch!"

Ben nahm den Brief entgegen und starrte auf den Umschlag. Da standen sein Name, die Adresse, und der Name dieses Dorfes, samt offenbar korrekter Postleitzahl. Die Adresse war mit der Hand geschrieben und die Handschrift kam ihm bekannt vor. Einen Absender gab es nicht. Doch als Ben den Poststempel von Penzance entdeckte, da wusste er Bescheid.

25.) Lyme Regis

„Jetzt übertreibst du aber, Francesco!", murmelte Ben kopfschüttelnd und riss den Umschlag auf.

Auf der Innenseite der aufwändig gestalteten Faltkarte teilte ihm die ‚Bruderschaft von Lyonesse' mit, dass die nächste Zusammenkunft übermorgen, am Freitag, dem dem 22. August stattfinden würde. Und zwar „zur siebten Stunde bei den Männern der Morgenröte".

Wo auch immer das sein mochte. Ben steckte die Karte weg.

Sollte ihn das interessieren?

Was war das für ein Spiel? Was waren das für Leute? Warum konnten sie ihn nicht einfach in Ruhe lassen? Was, um alles in der Welt, wollten sie von ihm?Sie hatten ihn gejagt. Sie hatten ihn in seinem Schlupfwinkel aufgestöbert. Das Schneckenhaus, in das er sich zurückgezogen hatte, war nicht mehr sicher, sein geheimer Rückzugsort war nicht mehr geheim.

Ben packte seinen Kram zusammen, gab dem erstaunten Vermieter den Schlüssel zurück, und fuhr los. Schon nach wenigen Minuten ärgerte er sich über sich selbst. In Lyme Regis hielt er an, parkte den Wagen und ging mit raschen Schritten die Strandpromenade entlang.

Warum hatte er sich verscheuchen lassen?

Nein, nicht eine Sekunde lang hatte er daran geglaubt, dass diese Geheimniskrämer wirklich böse Absichten haben könnten. Solange Francesco da mitspielte, brauchte Ben keine Angst zu haben. Francesco war ein Freund, auf den man sich verlassen konnte, auch wenn sein Humor gelegentlich gewöhnungsbedürftig war.

Ben schrieb ihm eine Nachricht: „Glückwunsch, das war ein Geniestreich!"

„Vielen Dank, keine Ursache!", antwortete Francesco.

„Wer seid Ihr? Was wollt Ihr?", fragte Ben.

„Finde es heraus! Du bist fast am Ziel!", kam es zurück.

Ben wusste, dass er keine konkreteren Antworten mehr erwarten konnte, stecke das Handy wieder weg und ging weiter.

Am Anfang der alten Hafenmole waren mehrere kleine Läden.

Eines davon war eine Galerie, die Aquarelle örtlicher Künstler anbot.

Die Motive wiederholten sich: verschiedene Landschaften mit Meer, Boote am Strand, Seevögel und maritime Stillleben.

Ben schaute auf die Signatur eines Bildes und plötzlich wusste er Bescheid.

Er betrat das Ladenlokal und wandte sich an den Inhaber.

„Es geht um diesen Künstler, der sich Moses nennt!", sagte er.

Der Galerist lachte.

„Die Bilder gefallen Ihnen?"

„Ich würde gerne etwas über seine Person erfahren!"

„Ein komischer Kauz ist das. Sehr eigensinnig. Ein echter Exzentriker."

„Wo wohnt er?"

„Er lebt in einem Wohnwagen direkt am Meer."

„Haben Sie seine Telefonnummer?"

„Er hat kein Telefon."

„Wie bitte?"

„Wenn er etwas möchte, kommt er her. Briefe an ihn nehmen wir bei uns in Verwahrung. In sehr dringenden Fällen kann man ihn persönlich aufsuchen."

„Wo steht denn sein Wohnwagen? Auf einem der Campingplätze?"

„O nein, nicht in diesen schrecklichen Ferienanlagen. Er versteckt sich an einer Stelle, wo kaum jemand hinkommt, direkt an der Steilküste."

„Können Sie mir sagen wo?"

Der Galerist runzelte die Stirn.

„Darf ich fragen, warum?"

„Oh…", Ben räusperte sich, „Ich könnte behaupten, ich sei Journalist und wollte ein Interview. Aber das wäre eine Notlüge. Ich möchte ihn einfach gerne kennen lernen!"

Der Galerist warf Ben einen langen Blick zu.

„Natürlich können Sie das versuchen. Allerdings muss ich Ihnen sagen, dass er Fremden gegenüber meist sehr zurückhaltend ist!"

Der Ladeninhaber holte eine Landkarte, breitete sie aus und erklärte Ben den Weg: ein paar Meilen entlang der Küstenstraße nach Westen, hinter Sidmouth nach links abbiegen, auf der Stichstraße bis Branscombe und hinter dem Dorf über einen Trampelpfad zur Steilküste hinauf.

Ben bedankte sich und fuhr los.

Er war hundertprozentig davon überzeugt, dass dieser Moses ihm einige Fragen beantworten können würde.

26.) Branscombe

Das Nebensträßchen war kaum breiter als ein Auto und zu beiden Seiten von schulterhohen Hecken gesäumt. Die Kronen der höheren Bäume rechts und links berührten einander in der Mitte, so dass man das Gefühl hatte, durch einen grünen Tunnel zu fahren.

Auf der Sohle eines langgestreckten Tales gelangte Ben in ein Dorf mit Reihen von reetgedeckten Cottages; manche weiß getüncht und fast alle mit üppigem Blumenschmuck.

Bei der ehemaligen Schmiede begann ein Fußweg. Ben wanderte an einer Wassermühle vorbei entlang eines Bachlaufs hinunter zum Meer. Kurz vor dem Strand bog er ab und stieg die Klippen hinauf. Rechts von ihm war grünes Weideland mit Schafen darauf, unmittelbar links von ihm brachen die Felsen zum Meer hin fast senkrecht ab.

Nach etwa einer Dreiviertelstunde erreichte Ben ein verstecktes Wäldchen direkt am Klippenrand und dort stand der Wohnwagen, der zur Landseite hin von Bäumen abgeschirmt war.

Moses saß davor an seiner Staffelei.

„Ich wusste, dass Sie kommen würden!", sagte er, als er Ben entdeckte, hob die Hand zur Begrüßung und schien kein bisschen überrascht.

„Sie haben mich erwartet?"

„Nicht ganz so schnell vielleicht. Aber ich habe niemals daran gezweifelt, dass Sie mich finden!"

Er legte den Pinsel ab und lud Ben ein, an einem kleinen Gartentisch Platz zu nehmen.

„Ich bedanke mich für die Einladung!", sagte Ben.

„Werden sie kommen?"

Ben setzte sich.

„Ich glaube, ich verstehe dieses Spiel noch nicht."

Moses lächelte.

„Fragen Sie! Was wollen Sie wissen?"

Ben räusperte sich.

„Wer ist die ‚Bruderschaft von Lyonesse‘?"

Moses schaute aufs Meer hinaus.

„Was haben Sie schon erfahren?", fragte er zurück.

„Über Lyonesse? Ein versunkenes Land westlich von Cornwall, in der Artussage erwähnt ..."

Moses nickte.

„Das Land Lyonesse existiert nicht mehr. Aller Wahrscheinlichkeit nach hat es niemals existiert. Es ist eine Legende. Oder ein Symbol. Wissen Sie, was ich meine?"

Ben schüttelte den Kopf.

„Was würden Sie denken, wenn ein Mensch Ihnen erzählt, er komme aus Lyonesse?", fragte Moses.

Ben zog die Augenbrauen hoch.

„Vermutlich würde ich ihn für verrückt erklären!"

„Richtig. Wenn Sie diese Aussage wörtlich nehmen, dann macht sie keinen Sinn. Nun betrachten Sie Lyonesse als eine Allegorie: Wer sagt, er komme von Lyonesse, drückt damit aus, dass der Ort, an dem er geboren und aufgewachsen ist, nicht mehr existiert. Wer aus Lyonesse kommt, ist nirgendwo zu Hause. Das Wort Heimat hat für ihn keine Bedeutung. Diesen Ort gibt es nicht. Noch nicht einmal in der Erinnerung, vielleicht als Sehnsucht. Wer von Lyonesse kommt, der ist ein Nomade, ein ewig Reisender!"

„Sind Sie so etwas wie eine..." – Ben biss sich auf die Zunge, fast hätte er „Sekte" gesagt – „...sind Sie so etwas wie eine Religionsgemeinschaft?"

Moses hob abwehrend beide Hände.

„Jeder von uns hat seine eigenen Vorstellungen darüber, an was er glaubt oder was er für richtig hält. Was uns auszeichnet, ist die Toleranz. Jede religiöse und politische Meinung ist willkommen - sofern sie die Meinung der anderen gelten lässt und sich zu allgemein gültigen ethischen Grundwerten bekennt!"

„Und die Geschichte von Lyonesse? Ist das nicht eine Art Glaubensweisheit?"

„Nein. Die Legende von Lyonesse ist ein Sinnbild. Wir erheben keinerlei Anspruch darauf, dass sie der Wahrheit entspricht. Man muss nicht daran glauben. Im Gegenteil, wir wissen, dass es sich um eine bloße Geschichte handelt."

„Was wollen Sie denn damit ausdrücken?"

„Jeder von uns ist anders. Die Legende ist das, was uns verbindet!"

„Was ist der Sinn der ganzen Sache?"

Moses verschränkte seine Hände hinter dem Kopf und lächelte wieder.

„Es geht um Freundschaft!", sagte er.

„Wie meinen Sie das?"

Moses stand auf und ging auf und ab.

„Es gibt Menschen, die eine riesengroße Familie haben. Andere Menschen haben viele Freunde und Bekannte. Aber es gibt auch Menschen, die völlig alleine durchs Leben gehen. Ob man eine große Familie hat, kann man kaum selbst beeinflussen. Mit Freundschaften ist es oft nicht anders."

„Freunde sucht man sich selbst. Wie viele Freunde man hat, hängt davon ab, wie kontraktfreudig ein Mensch ist!"

„Leider nicht immer. Freundschaften zu schließen, fällt schwerer, je älter man wird. Viele Freundschaften beginnen in früher Kindheit oder in der Schule. Wer es in dieser Zeit nicht schafft, Bindungen aufzubauen, hat es auch im späteren Leben schwer!"

„Was hat das mit Ihrer Vereinigung zu tun?"

„Nun, Freundschaften entstehen durch gemeinsame Interessen, durch gemeinsame Ideale und Ziele. In einem Sportverein, einer Kirchengemeinde oder auch in einer

Vereinigung ist dieses gemeinsame Ziel relativ offensichtlich. Schwieriger ist es, wenn man unterschiedliche Menschen zusammenbringen will, die normalerweise nie zueinanderfinden würden, weil sie an unterschiedlichen Orten wohnen, in unterschiedlichen gesellschaftlichen Schichten zu Hause sind oder unterschiedlichen Generationen angehören. Das, was diese Menschen vereint, ist der Wunsch, sich in einer offenen und kritischen Weise mit spannenden Fragen zu beschäftigen, sich dabei selbst kritisch zu reflektieren und das Ziel vor Augen zu haben, ein besserer Mensch werden zu wollen!"

„Sie sind so etwas wie eine Ersatzfamilie?"

Moses schüttelte den Kopf.

„Wahlverwandtschaft vielleicht. Aber ich denke, das Wort Freundschaft trifft besser zu!"

„Was hat das Ganze mit der Geschichte von Lyonesse zu tun?"

„Da wir ja völlig unterschiedliche Menschen sind, brauchen wir etwas, was uns verbindet. Deshalb haben wir aus dieser Geschichte heraus ein Ritual geschaffen."

„Warum gerade diese Geschichte?"

„Sie erinnert uns an unsere Herkunft aus dem Ungewissen. Und daran, dass wir Reisende sind, zu einem Ziel, das wir noch nicht kennen!"

Ben dachte lange nach.

„Wenn das so ist," sagte er schließlich, „dann ist mir die ganze Sache gar nicht so fremd!"

„Genau deshalb haben wir Sie angesprochen!", sagte Moses.

„Was soll ich jetzt tun?"

„Wir haben Sie eingeladen, uns kennen zu lernen!"

Ben lachte.

„Ich weiß. Übermorgen. Bei den Männern der Morgenröte. Wo soll das sein?"

Moses schaute ihn lächelnd an.

„Den Weg müssen Sie selber finden!"

„Wie soll ich das bewerkstelligen?"

„Es ist einfacher, als Sie denken. Ich bin überzeugt, Sie werden es schaffen!"

„Geben Sie mir noch einen Hinweis?"

„Sie haben schon genügend Hinweise. Folgen Sie einfach dem Weg, den Sie bereits eingeschlagen haben!"

Ben seufzte.

„Sie wollen mir sagen, dass ich keine weiteren Informationen erwarten kann?"

Moses berührte Ben am Oberarm.

„Kommen Sie, ich zeige Ihnen etwas!"

Sie gingen zum Klippenrand.

„Schauen Sie, dort!"

Moses deutete auf Teile eines Schiffswracks, welches sich unweit der Küste aus dem Wasser erhob.

„Das ist die 'Napoli'. Dieses Containerschiff ist im letzten Jahr hier vor Branscombe gestrandet. Mehrere Container wurden an Land gespült. Hunderte von Menschen kamen aus allen Teilen des Landes herbei, um sich die Beute unter den Nagel zu reißen!"

„Hat jemand den Seeleuten geholfen?", fragte Ben.

„Die waren zum Glück längst in Sicherheit."

, sagte Moses schaute Ben an.

„Aber Sie haben die richtige Frage gestellt!", fügte er hinzu. Dann reichte er Ben die Hand.

„Wir sehen uns!"

„In Cornwall?", fragte Ben.

Moses lachte. Die Antwort blieb er schuldig.

27.) Tintagel

Als Ben zum Auto zurückging, war er fest entschlossen, das Rätsel zu lösen. Er setzte seine Fahrt nach Westen fort und gelangte zur Autobahn, die sich hinter Exeter in eine gut ausgebaute, vierspurige Schnellstraße fortsetzte.

An einem Rastplatz im Dartmoor, kurz vor der Grenze zu Cornwall hielt er an, um die Landkarte zu studieren.

Nicht weit von hier, an der Nordküste, lag Tintagel.

War das nicht auch einer der Schauplätze der Arthussage?

Ob er dort weitere Hinweise finden würde?

Eine halbe Stunde später hatte Ben den Ort erreicht.

Allerdings war er enttäuscht: Tintagel war kaum mehr als eine Häuserzeile inmitten von grünem Weideland an einer Felsenküste. Gleich am Ortseingang war eine Wiese zum gebührenpflichtigen Parkplatz umfunktioniert worden. In einem Holzverschlag saß ein alter Mann mit Schirmmütze.

„Sie haben doch nicht etwa vor, sich die Ruinen anzuschauen?", fragte er, nachdem er den Obolus kassiert hatte.

Ben zuckte mit den Schultern.

„Was sonst führt einen in diese Gegend?"

„Das Eintrittsgeld können Sie sich sparen!", sagte der Wächter.

„Warum?"

„Hier gibt's kaum etwas zu sehen. Die paar Steine haben nicht viel zu bedeuten. Oder suchen Sie etwa nach König Artus?"

„Tut das nicht jeder, der hierher fährt?"

„Da kommen Sie tausend Jahre zu spät. Wenn überhaupt. Höchstwahrscheinlich war er niemals hier."

„Wurde er nicht hier geboren?"

„Er soll hier gezeugt worden sein. Das ist aber vermutlich alles erstunken und erlogen."

„Warum?"

Der Wächter lachte.

„Ich verrate Ihnen ein Geheimnis: Die Leute waren schon damals gut darin, Touristen übers Ohr zu hauen."

„Wie meinen Sie das?"

Der Wächter räusperte sich.

„Das, man hier sieht, sind die Überreste eines Schlosses aus dem 12. Jahrhundert. Wenn es König Arthur jemals gegeben hat, dann war er zu diesem Zeitpunkt schon seit mindestens fünfhundert Jahren tot. Strategisch machte es absolut keinen Sinn, auf diesem Felsen ein Schloss hinzusetzen. Der einzige Grund war, dass es einen örtlichen Fürsten gab, der auf diese Weise seine Herkunft auf unseren legendären Artus zurückführen lassen wollte."

Er schüttelte den Kopf und griff nach seiner Zeitung. Für einen Sekundenbruchteil sah Ben die Schlagzeile und stutzte. Konnte es wirklich sein, dass...?

„Schauen Sie sich die Ruinen ruhig an," grummelte der Parkwächter, „Aber ich sage Ihnen, es ist Zeit- und Geldverschwendung!"

Im Dorf fand Ben einen Laden, in dem es von T-Shirts über CDs mit mittelalterlicher Musik und bestickten Kissenbezügen bis hin zu blechernen Ritterrüstungen alles gab, was ein Touristenherz begehrte. Das Regal mit den Tageszeitungen stand versteckt in einer Ecke.

Ben erwarb ein Exemplar der „Times" und schlug es auf. Er hatte sich nicht geirrt:

„Britischer Investmentbanker in Rumänien verhaftet!", lautete die Schlagzeile auf der ersten Seite des Wirtschaftsteils und der weitere Inhalt des Artikels überraschte Ben dann gar nicht mehr: Jenkins hatte offenbar den eigenen Tod inszenieren wollen und war mit seiner Cessna vor der rumänischen Schwarzmeerküste ins Meer gestürzt. Dummerweise hatte ein Fischer beobachtet, dass der Pilot kurz zuvor mit dem

Fallschirm abgesprungen war. Am Folgetag hatte man ihn dann in einem Hotel verhaftet. Ben schlug sich mit der Hand vor die Stirn und warf die Zeitung in den nächsten Papierkorb.

Anschließend kraxelte er pflichtschuldig zwischen den Ruinen auf dem Felsen herum und kehrte dann zum Auto zurück.

„Hatte ich Recht?", fragte der Parkwächter.

„Selbstverständlich. Vielen Dank für den Tipp!"

„Sagte ich doch. Sehen Sie, es gibt Leute, die ihr Leben lang irgendwelchen Legenden hinterher laufen!"

„Ich bin einer von ihnen!"

„Natürlich. Sonst wären Sie nicht hier."

„Kennen Sie die Geschichte von Lyonesse?"

Bens Gegenüber lachte.

„Auch so eine Lüge. Aber da sind Sie hier falsch. Lyonesse ist weiter im Westen!"

Ben setzte seine Fahrt fort. In Newquay machte er Pause.

Am Ende einer schmalen Felsnase stand ein Pavillon, der zu drei Seiten vom offenen Meer umgeben war. Vom Westen her donnerte die Brandung gegen die Felsen. Die Gischt prasselte als salziger Regen gegen Bens Jacke. Diese Art von Meer hatte Ben in Irland auf Besuchen bei Jessicas Familie kennen und lieben gelernt.

Plötzlich rissen die Wolken auf, um ein Stück blauen Himmel hervorlugen zu lassen. Die längst niedrig stehende Sonne tauchte alles in ein zauberhaft mildes und doch intensives Licht. Als dann noch ein Regenbogen erschien, begriff Ben, was Jessica in Budapest vermisst hatte.

28.) Marazion

Ben suchte ein Nachtquartier und fand eine Bed-and-Breakfast-Pension, die von außen her einen ganz ordentlichen Eindruck machte, von innen aber eine schmutzige und heruntergekommene Bruchbude war.

Das durchgelegene Bett in dem winzigen Zimmer wies ebenso merkwürdige Flecken auf wie der Teppichboden, von dem Ben gar nicht wissen wollte, was der schon alles erlebt hatte. Gegen neun Uhr morgens klopfte die Wirtin ungeduldig an Bens Zimmertür, um ihn zum Frühstück hinunter in den Speiseraum zu beordern, wo es bitteren, viel zu dünnen Kaffee gab und glibberiges Spiegelei mit verbranntem Speck. Ben ließ es stehen, brach auf und verließ Newquay in westliche Richtung.

Am Sandstrand von Perranporth ging er eine gute Stunde spazieren, kehrte durch die Dünen zurück und gönnte sich ein zweites Frühstück. Als er seine Fahrt fortsetze, begann es zu regnen: Erst leicht, dann heftiger und schließlich einige Minuten lang wolkenbruchartig, bevor es wieder abebbte und bei Marazion dann nur noch leicht nieselte. Ben bog von der Hauptstraße ab und parkte am Strand.

Wenige hundert Meter vor der Küste lag eine Insel: Der markante St. Michael's Mount, ein spitz zulaufender Hügel, von einem schlossartigen Anwesen gekrönt und schon seit Jahrhunderten Ziel von Pilgern und Touristen. Eine Straße aus uralten Pflastersteinen führte auf einem Damm zwischen glänzenden Pfützen hindurch über die Wattfläche hinüber.

Die Häuser von Marazion bestanden aus grauschwarzem Granit und gaben dem Städtchen einen gemütlichen, wenn auch etwas verschlafenen Charakter. Die sonst in Küstenorten allgegenwärtigen Automatenspielhallen gab es hier glücklicherweise nicht, stattdessen waren da mehrere Cafés und gemütliche Restaurants. Ben flüchtete vor dem allmählich wieder stärker werdenden Regen in einen Andenkenladen, kaufte Postkarten und schrieb eine an Jessica, adressierte sie an deren Eltern in Irland und schickte sie ab.

Wenige Meter weiter war ein kleines Hotel. Ben trat ein. Im Gegensatz zu der Kaschemme in Newquay schien dieses Haus auch von innen zu halten, was es versprach und es gab glücklicherweise noch ein freies Zimmer. Ben holte sein Gepäck aus dem Auto, machte sich auf dem Zimmer ein wenig frisch und begab sich an die Bar.

„Ziemlich lausiges Wetter für August!", sagte der Barmann.

„Wie man's nimmt!", gab Ben zurück.

„Sind Sie auf Urlaub hier?"

„Urlaub oder geschäftlich… ich weiß es selbst nicht!"

„Waren Sie schon drüben?"

„Wo?"

Der Barmann deutete zum Fenster, welches aufs Meer hinausführte.

„Auf dem Felsen."

„Nein."

„Werden Sie noch hingehen?"

„Vielleicht. Lohnt es sich?"

Der Barmann lachte.

„Sie stellen Fragen! Ich kann Ihnen viele Geschichten erzählen über unseren 'Grauen Fels im Wald'."

„Ich habe hier weit und breit keinen Wald gesehen!"

„Das ist richtig."

„Wie kommen Sie dann auf diesen Namen?"

„Sie wissen, dass wir früher hier in Cornwall eine eigene Sprache hatten. Die ist inzwischen ausgestorben und wird nur noch von ein paar Enthusiasten am Leben erhalten. In dieser alten Sprache hieß der Berg da draußen: ‚Carrack Looz en Cooz', das heißt so viel wie 'Grauer Fels im Wald'."

„Eine merkwürdige Bezeichnung!"

„Natürlich wundert man sich darüber, da es ja hier, wie Sie richtig bemerkt haben, nirgendwo einen größeren Wald gibt. Aber jetzt hören Sie: Ein paar Meilen südlich von hier kann man bei Ebbe die Reste von versteinerten Baumstümpfen sehen. Es gibt die Geschichte von einem versunkenen Königreich ..."

„Sie reden von Lyonesse? Die Geschichte kenne ich. Sie verfolgt mich in gewisser Weise!"

„Selbstverständlich gibt es heutzutage keinen Menschen von gesundem Verstand, der noch daran glaubt."

Ben unterbrach ihn.

„Sagen Sie, haben Sie in dem Zusammenhang zufällig von einer Bruderschaft gehört?"

„Sie reden von König Artus? Merlin? Ritter der Tafelrunde?"

„Nein, sie nennen sich die ‚Bruderschaft von Lyonesse‘?"

„Wer soll das sein?"

„Eine Vereinigung von Menschen, die sich hier in Cornwall herumtreiben."

Der Barmann schüttelte den Kopf.

„Nie gehört!"

Ben nahm die Karte aus seiner Jackentasche und deutete auf das Bild.

„Kommt Ihnen das bekannt vor?"

Sein Gegenüber warf einen kurzen Blick darauf.

„Das sind die Merry Maidens!", stellte er fest.

Ben schaute ihn erstaunt an.

„Was sagten Sie?"

„Diesen Steinkreis nennt man die 'Merry Maidens'. Er befindet sich nicht weit von hier, mit dem Auto vielleicht eine halbe Stunde."

„Erzählen Sie mehr!"

Der Barmann lachte.

„In unserer alten Sprache nennt man diesen Ort auch den ‚Tanz der Steine', oder ‚Dans Maen'. Davon leitet sich der Name ‚Dawns Men' – oder ‚Männer der Morgenröte' ab."

Ben schlug sich mit der Hand gegen die Stirn.

Die Männer der Morgenröte!

Wie konnte er nur so blöd sein?

Eine simple Internetsuche mit den richtigen Schlagwörtern hätte ihn in wenigen Minuten ans Ziel gebracht.

Er trank sein Glas aus.

„Danke, Sie haben mir sehr weitergeholfen!"

Später am Abend schaute Ben von seinem Zimmer aus hinaus auf den St. Michael's Mount. Der war jetzt vollständig vom Meer umgeben und der Damm lag unter Wasser. Das Schloss auf dem Gipfel war angestrahlt und der Fels hob sich dunkel gegen den zum Westen hin noch ein bisschen hellen Himmel ab. Dies also ist das legendäre versunkene Königreich von Lyonesse, dachte Ben. Lag hier die Lösung zu seinem Rätsel?

Morgen würde er mehr herausfinden.

29.) Lamorna

Am folgenden Tag konnte Ben sich Zeit lassen. Gemäß seiner Einladung sollte das Treffen der Bruderschaft erst am frühen Abend stattfinden.

Ben checkte aus und fuhr nach Penzance, wo er lachen musste, als er bemerkte, dass es sich bei dem auffälligsten Gebäude in der Stadt - dem Bauwerk mit der Kuppel am oberen Ende der steilen Hauptstraße - nicht um eine Kirche, sondern um eine Bank handelte. Er besorgte sich eine detaillierte Landkarte und fuhr die Küste entlang.

Im Örtchen Mousehole gab es enge Gassen aus pastellfarbenen Häuschen, deren graue Schieferdächer von Flechten braungelblich verfärbt waren. Kinder planschten im Hafenbecken neben Freizeitbooten und Fischkuttern. An den romantischsten Ecken hatten sich Hobby-Maler auf Stühlchen mit Staffeleien und Sonnenschirmchen eingerichtet. Motive gab es genug: Alles wirkte südländisch-heiter und fast mediterran.

Ein kleines Stück weiter westlich entdeckt Ben die Bucht von Lamorna mit einem felsigen Strand und ein paar Häuschen an einer kleinen Hafenmole. Das Meer war so blau wie der Himmel und die Luft war warm und duftete nach Sommer. In einem der Häuser gab es ein Café mit Tischen direkt am Wasser.

Der Cappuccino dort war lauwarm, aber Ben hätte es wahrscheinlich auch nicht gemerkt, wenn man ihm Spülwasser serviert hätte.

Er studierte seine Landkarte und wurde zunehmend nervös. Was würde ihn an dem Steinkreis erwarten?

Kurz nach sechs Uhr fuhr er weiter, folgte einem engen Sträßchen um ein paar Kurven und Ecken bis zu einem kleinen Parkplatz. Von dort aus führte ein Pfad durch eine Hecke auf eine Wiese und da standen die Steine.

Sie waren gut einen Meter hoch, knapp halb so breit und im Abstand von drei bis vier Metern voneinander so angeordnet, dass sie einen Kreis bildeten. An einer Stelle war der Abstand etwas breiter, als ob hier ein Eingang wäre. Vielleicht fehlte auch einfach ein Stein.

Die Wiese war von einer brusthohen Hecke begrenzt, die an zwei Stellen unterbrochen war. Dahinter setzte sich die sanft grüne Hügellandschaft mit Feldern, Wiesen und Hecken fort. Insekten summten und es duftete nach frisch gemähtem Gras. Ben setzte sich neben einen der Steine und wartete.

Gegen Viertel vor sieben vernahm er von der Straße her Motorengeräusche. Ein Auto hielt an und Ben hörte, wie die Tür zugeschlagen wurde. Einem plötzlichen Impuls nachgebend, stand er auf und begab sich auf die entgegengesetzte Seite der Wiese, wo der Trampelpfad durch die Hecke hindurch führte.

Von hier aus hatte er alles im Blick und wartete gespannt. Eine Weile lang passierte gar nichts. Offenbar waren aber weitere Autos angekommen. Dann kamen ein paar Leute vom Parkplatz her durch den Pfad auf die Wiese. Mit Wanderschuhen, Jeans und Outdoorjacken sahen sie nicht anders aus als ganz gewöhnliche Ausflügler. Sie steuerten die Mitte des Steinkreises an, breiteten Decken aus und ließen sich nieder. Nach ein paar Minuten kam ein zweites Grüppchen hinzu, man begrüßte einander, setzte sich in den Kreis und dann wurden Speisen und Getränke ausgepackt. Alles sah aus wie ein ganz normales Picknick einer Großfamilie oder eines Wandervereins. Nichts deutete auf eine okkulte Zusammenkunft hin. Einige Leute hatten Campingstühle und - Tische mitgebracht, die meisten hingegen hatten es sich mit Decken auf dem Boden bequem gemacht.

Aus seiner Entfernung gelang es Ben nicht, die Gesichter zu erkennen. Francesco war definitiv nicht dabei. Es gab auch niemanden, der dem großgewachsenen alten Mann aus der Berghütte ähnlichgesehen hätte.

Was würde jetzt geschehen? Bislang saßen sie einfach beisammen, unterhielten sich und aßen und tranken. Warteten sie auf ihn? Was würden sie tun, wenn Ben sich nicht zeigen würde? Wie konnten sie überhaupt davon ausgehen, dass er ihre kryptischen Nachrichten verstanden und zum richtigen Zeitpunkt hierher gefunden hatte? Gab es etwa noch andere Neulinge, die auf ähnlich mysteriöse Weise kontaktiert worden waren?

Ben wartete ein paar Minuten, dann siegte seine Neugier.

Langsam ging er auf die Wiese zurück und schritt auf die Gruppe zu.

Einer von ihnen stand auf und kam ihm entgegen.

„Du bist der Neue?", fragte er.

„Wer seid Ihr?", fragte Ben zurück.

Sein Gegenüber lachte.

„Mein Name ist Rodriguez," sagte er, „Setz dich zu uns! Wir haben keine bösen Absichten!"

Er deutete auf eine Gruppe, die um einen Campingtisch herum saßen.

„Darf ich vorstellen?", er deutete auf einen der Anwesenden, „Das ist Jean-Claude. Wie man an seinem Namen erkennen kann, ist er Franzose."

Der Angesprochene lachte.

„Allerdings mit arabischen Wurzeln. Mein Vater kommt aus dem Libanon und meine Mutter ist Marokkanerin. Ich bin überwiegend in Spanien aufgewachsen und habe einen schwedischen Pass!"

Ben schüttelte seine Hand und stellte sich vor.

„Interessante Biographie!", sagte er.

„Wir alle sind schräge Vögel," erwiderte Jean-Claude und deutete auf seinen Nachbarn, „Patrick stammt aus Venezuela. Er ist der Nachkomme einer irischen Familie, die vor dreihundert Jahren dorthin ausgewandert ist. Jetzt lebt er allerdings in Kanada."

Sie rückten auseinander, um für Ben Platz zu machen, und luden ihn ein, sich zu ihnen zu setzen. Der Jüngste mochte Ende zwanzig sein, der Älteste vielleicht Anfang sechzig. Auf dem Tisch waren Fladenbrot, Käse, und Salate. Auf dem Boden stand ein Korb mit Flaschen: Mineralwasser, Säfte und Wein.

„Kommt Francesco noch?", fragte Ben.

„Wer?"

„Es gibt doch in Eurem… Kreis einen Francesco?"

Rodriguez zuckte mit den Schultern.

„Und einen Lucius Wroblewski? Einen Herrn Rungholt? Einen Maler, der sich Moses nennt?"

Abermaliges Schulterzucken.

„Warum sind diese Leute nicht hier?", insistierte Ben.

„Du kennst sie doch schon!", antwortete der Mann, der ihn in den Kreis geführt hatte. Er schien so etwas wie der Anführer der Gruppe zu sein.

„Das heißt, sie kommen nicht?"

„Nein!"

„Warum nicht?"

„Wir wollen die Gelegenheit nutzen, einander gegenseitig kennen zu lernen. Deswegen sind heute nur diejenigen von uns gekommen, die dich noch nicht gesehen haben!"

„Schade. Ich hatte mich darauf gefreut, Francesco und die anderen wieder zu sehen!"

„Du wirst sie wiedersehen!"

„Wann?"

„Bald!"

Ben ahnte, dass er keine konkreteren Auskünfte erhalten würde.

„Darf ich fragen, was der Hintergrund dieses Treffens ist?", fragte er.

„Wir feiern unser Sommerfest!", antwortete der dem Aussehen nach Älteste der Anwesenden.

„Gibt einen bestimmten Grund?"

„Schon von ferner Vergangenheit an war dies die Jahreszeit, in der in die Ernte eingebracht war und vorerst niemand Angst vor Hungersnot zu haben brauchte. Schon von jeher wurden um diese Zeit Feste und Jahrmärkte gehalten. Abgesehen davon ist es einfach eine schöne Jahreszeit, um zu feiern und fröhlich zu sein. Nicht wahr?"

Sie brachten ihm einen Teller und ein Glas und boten ihm zu Essen und zu Trinken an.

Ben bedankte sich. Immerhin hatte er seit dem Frühstück im Hotel kaum etwas zu sich genommen.

„Warum habt Ihr Euch diesen Ort ausgesucht?", fragte Ben.

„Niemand weiß genau, wie alt diese Steine sind.", sagte der Anführer, „Sie sind alt. Wahrscheinlich drei bis viertausend Jahre. Keltische Druiden haben diesen Ort verehrt. Aber schon damals waren die Steine alt. Später haben sich hier die Barden zum Wettstreit getroffen."

„Was ist dort geschehen?"

„Es wurden Lieder vorgetragen, es wurde getanzt, Geschichten und Legenden wurden erzählt."

Ben dachte nach.

„Bewahrt Ihr so etwas wie ... geheimes Wissen?"

„Nein. Es gibt Dinge, die wir für uns behalten. Diese Dinge sind so privat wie andere persönliche Daten, die man nicht unbedingt öffentlich weiter erzählt!"

„Was für Leute nehmt Ihr in Euren Kreis auf?"

„Würdige Menschen, die den Weg zu uns finden und an unsere Tür klopfen!"

„Warum sollte man an Eure Tür klopfen wollen?"

„Wir erwarten von einem Suchenden, dass er das selbst herausfindet. Wir erwarten, dass er uns von seinen Gründen berichtet und wenn wir diese Gründe als würdig erachten, dann nehmen wir ihn auf!"

„Wie funktioniert die Aufnahme?"

„Es ist ein sehr schönes Ritual. Über die Einzelheiten reden wir nur mit Unseresgleichen. Aber es enthält nichts Schlimmes: Nichts, was den Gesetzen oder allgemeinen moralischen Geboten widerspricht."

Ben stellte keine weiteren Fragen mehr.

Sein Gegenüber wechselte das Thema und sie begannen ein harmloses Gespräch über all jene Belanglosigkeiten, über die man sich während eines Picknicks an einem warmen Sommerabend unterhalten kann.

Es wurde später und begann zu dämmern. Als es dunkel geworden war, kam Bewegung in die Gruppe. In der Mitte wurde eine Fläche freigeräumt und mit Holzpaletten eine provisorische Bühne aufgebaut, die mit batteriebetriebenen Scheinwerfern beleuchtet wurde.

Ein junger Mann nahm auf der Bühne Platz und trug zur Gitarre eine Ballade in einer fremden Sprache vor.

Die Anderen applaudierten.

Als Nächstes trat eine Blasmusik-Band auf. Sie spielten Gipsy-Brass: Es war vor allem laut und eigentlich ganz und gar nicht Bens Geschmack, aber sie spielten professionell und wirklich gut. Es folgten andere Musiker unterschiedlichster Richtung, von zarten Streichern bis hin zum rauchigen Blues und zwischendurch wurden Geschichten und Gedichte vorgetragen.

Ben wurde nachdenklich. Es war ein netter Abend - aber war das wirklich der Grund, warum diese Leute ihm über Wochen hinweg zahlreiche geheimnisvolle Nachrichten hatten zukommen lassen?

Ben sprach seine Tischnachbarn darauf an.

„Darf ich annehmen, dass Ihr mich ... in irgendeiner Form für Eure Vereinigung rekrutieren wollt?"

Sein Gegenüber lächelte und schüttelte den Kopf.

„Nein."

„Bietet die Mitgliedschaft in Eurer Vereinigung irgendwelche Vorteile? Zum Beispiel die Möglichkeit, interessante Geschäftskontakte zu knüpfen?"

„Nein!"

Die Antworten kamen wie aus der Pistole geschossen.

„Wir bieten keinerlei materielle Vorteile," fuhr Bens Gegenüber fort, „Und wir werden auch nicht deine Probleme für dich lösen. Wir werden dich darin unterstützen, dir selbst zu helfen so wie wir auch von dir erwarten, dass du zur Seite stehst, wenn jemand Hilfe braucht!"

„Warum habt Ihr mich angesprochen?", fragte Ben, „Warum habt Ihr den Kontakt zu mir gesucht?"

„Wir möchten dir Gelegenheit geben, uns kennen zu lernen!"

„Wer oder was seid Ihr? Ich begreife es immer noch nicht!"

„Wir sind Freunde, die einander beistehen. Nicht mehr und nicht weniger."

„Warum betreibt Ihr dazu so einen großen Aufwand?"

„Es geht um Verbindlichkeit. Wer sich dazu entscheidet, unserem Bund beizutreten, der sollte bereit sein, dauerhaft dabei zu bleiben. Idealerweise für das gesamte Leben."

„Das ist eine große Verpflichtung!"

„Wer unserem Bund beitreten möchte, sollte sich zunächst selber prüfen. Dann werden wir Und wir ihn prüfen."

„Was ist der Grund für diese Prüfungen?"

„Jeder, der unserem Bund beigetreten ist, hat zuvor diese Prüfungen bestanden. Jeder von uns ist durch dasselbe Aufnahmeritual gegangen."

„Ist dieses Aufnahmeritual geheim?"

„Man könnte unser Ritual aufschreiben. Jeder könnte es lesen und es wäre nichts Geheimnisvolles dabei. Allein das Erleben ist das eigentliche Geheimnis. Manche Dinge kann man nicht beschreiben, sondern nur erfahren. Aber du brauchst keine Angst zu haben. Du wirst keinen Schaden erleiden. Und niemand wird dich zwingen, etwas Böses zu tun. Niemand wird etwas Unredliches von dir verlangen."

„Angenommen, ich würde mich dafür interessieren, Eurer Vereinigung beitreten zu wollen: Was kann ich von Euch erwarten?"

„Dieselben Dinge, die wir von dir erwarten!"

„Das wäre?"

„Aufrichtigkeit. Freundschaft. Beständigkeit."

„Sonst noch etwas?"

„Menschlichkeit und Toleranz."

„Sind das nicht Floskeln?"

„Wir beschäftigen uns mit dem Inhalt dieser Worte. Wir stellen Fragen. Wir beschäftigen uns mit allen großen Fragen der Menschheit."

„Seid Ihr doch so etwas wie eine Religion?"

„Nein. Wir beschäftigen uns mit den großen Fragen, aber wir lassen jede Antwort gelten. Wir kennen keine Dogmen. Alle Antworten sind Bilder. Manche Bilder sind mehr, manche weniger sorgfältig gezeichnet. Aber jeder Mensch malt sein eigenes Bild."

„Wenn jeder von Euch seine eigenen Ansichten hat, was verbindet Euch dann?"

„Das gemeinsame Streben nach Vollkommenheit. Und das Wissen, dass wir dieser Vollkommenheit nur näher kommen können, wenn wir beharrlich an uns arbeiten. Und die Gewissheit, dass es eine endgültige, auf ewig bestehende Vollkommenheit nicht gibt."

Ben dachte nach.

„Noch einmal angenommen, ich würde mich wirklich ernsthaft für eure Vereinigung interessieren ... Müsste ich einen schriftlichen Aufnahmeantrag stellen? Gibt es da ein Formular oder so ...?"

„Nein. Es reicht, wenn du an unsere Tür klopfst!"

„Wo ist denn Eure Tür?"

„Wir erwarten von jedem Suchenden, dass er diese Tür selbst findet!"

„Wie sollte er das bewerkstelligen?"

„Wer die richtigen Beweggründe hat und beharrlich sucht, der wird unsere Tür auch finden!"

Ben seufzte.

„Könnt Ihr mir einen Rat geben?"

„Geh weiter nach Westen! Wenn du glaubst, das Ende erreicht zu haben, dann geh einfach weiter! Wenn du uns suchst, dann wirst du uns finden!"

„Das ist alles, was Ihr mir sagen könnt?"

Der Andere schaute Ben lange an.

„Ob du unsere Tür suchen möchtest, bleibt dir überlassen.", sagte er, „Wir alle standen einst vor derselben Entscheidung!"

Damit stand er auf und reichte Ben die Hand.

Eine halbe Stunde später war das Fest zu Ende.

Ohne dass es irgendein Zeichen gegeben hätte, wurden die Scheinwerfer ausgeschaltet und die Bühne wieder abgebaut. Innerhalb von wenigen Minuten wurden alle Sachen sorgfältig zusammengepackt und einer nach dem Anderen ging zum Parkplatz zurück. Ben hörte das Geräusch von startenden und davonfahrenden Autos und dann war er wieder allein.

30.) St. Just

Ben wusste nicht, was er von der Sache zu halten hatte. Er war einerseits fasziniert, andererseits aber auch verwirrt, enttäuscht, und gleichzeitig erleichtert: Diese Gruppe hatte nichts Bedrohliches. Aber warum hatten sie ihn drei Wochen lang quer durch Europa gescheucht?

Langsam ging er zum Parkplatz zurück. Er langte in seine Tasche - und fand keinen Autoschlüssel.

Er unterdrückte einen Fluch. Der Schlüssel muss ihm aus der Tasche gefallen sein .... irgendwo auf dieser Wiese. Wie sollte er ihn jetzt im Dunkeln finden?

Er erinnerte sich, dass es nicht weit war bis nach Lamorna und dort gab es einen Pub. Mit etwas Glück würde er hier nicht nur einen Drink bekommen, sondern vielleicht auch ein Bett für die Nacht, zumindest aber würde man ihm dort weiter helfen können.

Seine erste Idee war, ein Taxi zu rufen, aber dann stellte er fest, dass das Handy im Auto lag, so wie auch die Geldbörse und alles Andere. In seiner Jackentasche fand er lediglich ein paar Münzen und kleine Geldscheine.

Er musste sich wohl oder übel zu Fuß auf den Weg machen. Ben folgte der Straße und nach einer Weile gelangte er an eine Abzweigung. Zwei asphaltierte Wege führten in unterschiedliche Richtungen. Welche führte in den Ort?

Auf gut Glück wählte Ben den Weg, der nach rechts führte. Er gelangte zu einem Gebäude: offenbar ein Bauernhof. Nirgendwo brannte Licht. Ein Hund bellte. Ben entdeckte ein Schild. Im Mondschein las er, was darauf stand: „Kein öffentlicher Weg. Betreten verboten!".

Eine Sekunde lang überlegte er, einfach an die Tür zu klopfen und nach dem Weg zu fragen. Aber das war ihm peinlich. Er hatte keine Lust, die Bauersleute zu wecken und ihnen dann erklären zu müssen, was er hier um diese Zeit ohne Auto eigentlich trieb. Abgesehen davon hatte er kein Interesse, sich zuvor noch mit dem bissigen Hofhund anlegen müssen.

Welche Alternativen blieben ihm?

Um den Hof herum waren offene Felder. Der Mond war aufgegangen, im offenen Feld würde man also halbwegs sehen können, wo man entlang lief. Ben beschloss, in weitem Bogen am Hof vorbei dorthin zu gehen, wo er das Dorf vermutete.

Es ging leicht bergab. Hinter dem Feld kam noch ein Feld und dann wusste Ben gar nicht mehr, wo er war. Mit einem Mal gab es nur noch struppiges, wegloses Gebüsch und dahinter musste das Meer sein.

Wie steil mochten die Klippen von hier abfallen? Ein einziger falscher Tritt konnte gefährlich sein.

Ben tastete sich mühsam voran und suchte ein halbwegs geschütztes Fleckchen, wo er sich auf einen flachen Felsblock setze und beschloss, hier die nächsten Stunden abzuwarten bis zum Morgengrauen.

Die Zeit verging quälend langsam. Ben unterdrückte den einen oder anderen Fluch bis er merkte, dass das an der Sache auch nichts ändern würde. Er verschränkte die Arme hinter dem Kopf und versuchte, es sich so bequem wie möglich einzurichten.

Er dachte an die lange Reise, die hinter ihm lag.

Am Anfang dieser Reise hatte er seinen Job verloren, kurz darauf seine Frau, seine Wohnung und jetzt auch noch den Autoschlüssel. Ein unehrlicher Finder könnte mit dem Auto davonbrausen und dann besäße Ben kaum mehr als das, was er gerade am Leibe trug.

Eigentlich sollte er jetzt Angst haben, dachte Ben, aber er spürte keinerlei Furcht.

Der Himmel war sternenklar und die Luft war mild, angenehm frisch und nicht zu kühl. Nicht weit von ihm rauschte die

Brandung. Wie lange war es her, seitdem er zuletzt eine Nacht im Freien verbracht hatte?

Ben war nie ein großer Fan von Zeltlagern gewesen, auch in seiner Jugend nicht, aber vor ein paar Jahren hatte er eine Afrika-Reise unternommen, deren Höhepunkt eine Übernachtung in einem Wüsten-Camp war: unter freiem Himmel. Allerdings in einem bequemen Bett, umgeben von dienstbaren Geistern. Es war eigenartig gewesen - und diese heutige Nacht war noch viel eigenartiger.

Hatte die Bruderschaft da etwa ihre Finger im Spiel? Hatten sie ihm heimlich den Schlüssel entwendet um sein Leben noch einmal komplizierter zu machen?

Ben lachte kurz auf.

Zutrauen würde er es ihnen. Aber es war unwahrscheinlich. Wenn er richtig verstanden hatte, dann würden sie ihn von nun an in Ruhe lassen. Es läge allein an ihm selbst, wieder Kontakt aufzunehmen. Wie er das allerdings bewerkstelligen sollte, wusste er nicht.

Mit einem Mal fühlte er sich ganz ruhig und entspannt, lauschte der Meeresbrandung und war neugierig auf das, was ihn hinter der nächsten Wegbiegung erwarten würde.

Irgendwann nickte er ein.

Als er aufwachte, war der Himmel im Westen noch tiefblau, im Nordosten jedoch schon ein kleines Bisschen rötlich. Der Morgen dämmerte herauf und bald war es hell genug, um sich orientieren zu können.

Die Aussicht über das Meer war atemberaubend schön. Der Klippenrand war etwa zwei- bis dreihundert Meter von ihm entfernt. Dazwischen lag eine steile, wildromantische Landschaft aus Heidekraut, Farn und Felsbrocken.

Ben war hellwach und fühlte sich energiegeladen.

Er stand auf und versuchte, herauszufinden, wo er sich befand. Rechts von ihm, am Fuß der Klippen war ein Leuchtturm. Zu seiner Linken vermutete er die Bucht von Lamorna.

Ein Stück unterhalb von seiner eigenen Position erkannte er einen Pfad, welcher parallel zur Küste verlief. Er schlug sich bis dorthin durch und wandte sich nach links. Er ging eine ganze Weile, dann wurde der Pfad breiter, knickte ab, führte landeinwärts zurück zu den Feldern und schließlich auf die asphaltierte Straße.

Endlich erreichte Ben den kleinen Parkplatz. Sein Auto stand immer noch da. Der Schlüssel lag auf dem Boden unter der Fahrertür.

Mit einem Seufzer der Erleichterung hob Ben ihn auf, stieg ein und startete den Motor. Das satte Blubbern hatte etwas Beruhigendes. Ben öffnete das Dach und fuhr los. Ein Ziel hatte er nicht. Die frische kühle Morgenluft tat ihm gut und er dachte, dass er jetzt einen starken Kaffee gebrauchen konnte.

Er folgte der Straße nach Westen und nach gut zwanzig Minuten erreichte er Land's End.

Die Straße endete vor einer Schranke, an welcher fünf Pfund Parkgebühr kassiert wurden. Hinter dem riesigen Parkplatz war ein Gebäude mit einem Torbogen. Dahinter befand sich ein Komplex aus Restaurants, Läden und Touristenattraktionen. Die meisten dieser Läden waren noch geschlossen, aber es waren schon ein paar wenige Besucher unterwegs.

Ein Pfad führte hinaus auf einen kleinen Landvorsprung. Dort stand das berühmte Hinweisschild, vor dem man sich gegen Geld ablichten konnte.

Nicht weit davon befand sich auf einer kleinen Plattform oberhalb der Klippen das „erste und letzte Haus Englands": eine Imbissbude.

Hier bekam Ben seinen Kaffee. Der war zwar grausam dünn und schmeckte nach Pappe, aber er war heiß und enthielt immerhin eine gewisse Dosis Koffein.

Ein junges Paar saß auf einer Bank. Der Mann blätterte in einem Reiseführer und legte das Buch kopfschüttelnd weg, dann zog er seine Begleiterin vor das Geländer, legte einen Arm um ihre Schulter und drückte Ben seine Kamera in die Hand.

„Könnten sie bitte ein Bild von uns machen?"

„Wir sind nämlich in den Flitterwochen!", kicherte die Frau.

„Und, ehrlich gesagt, sind wir ziemlich enttäuscht!", fügte der Mann hinzu.

„Warum?", fragte Ben.

„Weil ich gerade gelesen habe, dass das hier weder der südlichste noch der westlichste Punkt auf dieser Insel ist!"

Ben drückte ein paarmal auf den Auslöser und gab dann dem Flitterwöchner die Kamera zurück. Die Beiden bedankten sich, drehten sie sich um und verschwanden rasch in Richtung Parkplatz.

Ben schaute ihnen nach und dachte an Jessica. Wohin wäre ihre Hochzeitsreise wohl gegangen?

Jessica liebte das Meer. Ganz besonders liebte sie den Nordatlantik, den sie von Irland her kannte. Ihr würde es hier gefallen.

Ben blickte hinaus und beobachtete den Verlauf der Küstenlinie: Rechts von ihm, nach Norden hin, war hinter einer Bucht mit breitem Sandstrand und Dünen eine weitere Landspitze zu sehen, mit einem Turm darauf und zwei vorgelagerten Felsenklippen.

Er ging zum Auto zurück und erreichte kurz darauf das kleine Städtchen St. Just. Die Häuser bestanden fast ausnahmslos aus grauem Granit, was dem Ort einen besonders herben Charme verlieh. Einst war es wohl eine Arbeiterstadt, deren Bewohner in den mittlerweile längst geschlossenen Zinnminen beschäftigt waren. Jetzt gab es hier Kunstgalerien und Cafés.

Ben trank einen akzeptablen Cappuccino, aß dazu Karottenkuchen und fragte die Bedienung nach einem Hotel.

Die junge Frau machte eine hilflose Geste und ging in die Küche, um ihren Chef zu fragen.

Nach ein paar Minuten kam sie zurück.

„Mein Chef empfiehlt Ihnen das ‚Cape Cornwall Inn‘," verriet sie augenzwinkernd, „Es handelt sich um eine alte Schmugglertaverne. Wenn Sie möchten, kann ich gerne dort anrufen!"

Ben nickte.

Das Mädchen telefonierte.

„Sie haben Glück!", sagte sie dann, „Es gibt noch ein Zimmer und ich habe ihnen gesagt, dass Sie gleich kommen werden!"

Ben bedankte sich mit einem fürstlichen Trinkgeld und sie beschrieb ihm wortreich, wie er das Hotel finden würde, und gab ihm noch eine Zeichnung mit auf den Weg.

Ben verfuhr sich trotzdem und landete in einer Sackgasse, die an einem kleinem Parkplatz direkt am Meer endete. Er stieg aus.

Ein Bach plätscherte zwischen dicken, grünen Polstern aus Moos und Schilf zum Strand, wo er zwischen rundgeschliffenen Felsen, die wie riesengroße Kieselsteine aussahen, ins Meer mündete. Die Wellen rauschten sanft und ein Stück weit draußen im Wasser war ein Seehund. Nur die Schnauze war zu sehen, tauchte ab und wieder auf und das Tier schien auf der Stelle zu stehen.

Ben ging ein paar Schritte, dann legte er sich in das weiche, hellgrüne Moos, schloss die Augen, lauschte der Brandung und atmete den Duft von Salz und Tang.

Mehr als zweitausend Kilometer hatte er in den letzten Wochen zurückgelegt. Immer weiter war er gefahren, weiter, weiter und wieder weiter. War es jetzt nicht allmählich an der Zeit, anzukommen?

Ben atmete tief ein und aus und dachte an gar nichts.

Die Brandung.

Möwen.

Das Plätschern des Baches.

Summende Insekten.

Einatmen. Ausatmen.

Ein riesengroßes Schwungrad im Kopf, eine Maschine, deren Räderwerk allmählich zum Stillstand kommt.

Anhalten. Innehalten. Einatmen. Ausatmen. Nur an diesen Augenblick denken.

Weiter atmen. Aufstehen. Blick hinaus auf das Meer.

Der Seehund war immer noch da.

Jetzt und hier beginnt etwas Neues, dachte Ben.

Wenn ich mich umdrehe, beginnt ein neuer Weg. Ein Weg, von dem ich noch nicht weiß, wohin er mich führen wird. Irgendetwas wird passieren. Bald schon. Jetzt.

Aber zunächst musste er das Hotel suchen.

Ben fuhr zurück nach St. Just, fragte noch zweimal nach dem Weg und fand schließlich die Straße, die an einem Golfclub vorbei zu einer kleinen Landzunge führte, an deren höchster Stelle genau die Säule stand, die er von Land's End aus gesehen hatte.

Unterhalb davon lag ein Parkplatz und daneben standen ein paar Gebäude, die der Küstenwache gehörten. Nicht weit entfernt war das Hotel: ein zweistöckiger, weißgetünchter Bau mit Schieferdach.

Ben checkte ein, brachte sein Gepäck aufs Zimmer und begab sich dann an die Bar, um eine Kleinigkeit zu essen. Er orderte eine Cola und warf einen Blick auf die Speisekarte, als er plötzlich eine Hand auf seiner Schulter spürte.

Er zuckte zusammen, drehte sich um und riss die Augen auf.

„Francesco!"

Eine Sekunde lang fehlten ihm die Worte.

„Wo warst du gestern Abend? Ich habe dich vermisst!"

Francesco lächelte, aber antwortete nicht.

„...und wo, um alles in der Welt, ist diese Tür, an die ich klopfen soll!"

„Willst du es wissen?"

Ben nickte zustimmend.

„Würdest du anklopfen?"

„Auch wenn ich immer noch nicht weiß, was mich dahinter erwartet, ich würde es tun!"

„Du bist dir sicher?"

Ben holte tief Luft.

„Ja", sagte er, „Wenn ich weiß, wo diese Tür ist, dann würde ich anklopfen!"

Francesco lächelte erneut.

„Gut, wenn du bereit bist, dann lass uns gehen!"

Ohne weitere Worte führte Francesco Ben durch verwinkelte Flure und Gänge in einen kleinen Raum, ließ ihn eintreten und schloss die Tür hinter ihm.

31.) Cape Cornwall

Ben war allein. Um ihn herum war es stockdunkel.Er tastete sich zur Wand und suchte den Lichtschalter: Es gab keinen. Er fand die Tür und drückte die Klinke. Sie war abgeschlossen.

Ben tastete sich weiter im Raum umher und fand ein Bett. Es war frisch bezogen. Weitere Möbel gab es offenbar nicht.

Ben setzte sich und wartete. Als nach einer Weile nichts geschah, legte er sich hin und schlief ein.

Als er aufwachte, war es immer noch dunkel.

Ben stand auf und ging zur Tür. Sie war immer noch zugesperrt. Was sollte das? War das ein Gefängnis? Was würden sie mit ihm tun?

Ben klopfte.

Von der anderen Seite her kamen Schritte. Ein Schlüssel drehte sich im Schloss, die Tür wurde geöffnet.

„Tritt ein!"

Auch der benachbarte Raum war fensterlos und stockdunkel.

„Wo bin ich?"

„In einem Raum mit drei Türen!", sagte der Unbekannte, riss ein Streichholz an und entzündete eine Kerze, die er auf einem kleinen Tisch abstellte. Abgesehen von diesem Tisch und einem einzigen Stuhl war der Raum leer.

„Wohin führen die Türen?", fragte Ben.

„Aus der dunklen Kammer bist du gekommen!", sagte der Andere, „Dahin kannst du nicht mehr zurück."

Ben sah sein Gegenüber an. Es war ein Mann von vielleicht sechzig Jahren mit grauem Haar und gestutztem Vollbart. Er trug eine Art Mönchskutte aus grobem Leinen.

„Was ist mit den anderen Türen?"

Der Fremde trat einen Schritt zurück.

„Du hast alle Prüfungen bestanden!", sagte er feierlich.

„Du kannst nun durch die linke Tür hinaus gehen, zurück in das Leben, welches Du bisher geführt hast und wir würden dir alles Gute wünschen und hoffen, dass du glücklich wirst. Wenn du aber unserem Bund beitreten möchtest, dann klopfe an die rechte Tür!"

„Was erwartet mich dahinter?"

„Unsere Regeln verbieten mir, mehr zu verraten, als du bereits erfahren hast!"

Er wies auf den den schmucklosen Holzstuhl.

„Ich werde mich jetzt zurückziehen und dich deiner Entscheidung überlassen."

Er verbeugte sich und verließ den Raum.

Ben war wieder alleine. Er setzte sich an den Tisch und merkte, dass er nervös war. Ich muss mich entscheiden, dachte er. Aber habe ich das nicht schon längst getan?

Ohne zu zögern, ging er zu der rechten Tür und klopfte an.

Von der anderen Seite her hörte er Stimmen, konnte aber nicht verstehen, was sie sagten.

Dann wurden die Türflügel knarrend auseinandergeschoben.

Ben fand sich im Freien wieder. Das Tageslicht blendete seine Augen. Er brauchte ein paar Sekunden, bis er sich daran gewöhnt hatte.

Er befand sich auf einem Hof, der von drei Seiten umbaut war. Die vierte Seite war offen und dahinter erkannte Ben das Meer. Im Hof waren zahlreiche Menschen versammelt. Sie alle trugen dieselben weißen Mönchskutten. Ben schaute sich um und entdeckte Francesco. Neben ihm standen Lucius Wroblewski, der Headhunter aus Frankfurt, und Moses.

Francesco trat vor und kam Ben mit ausgestreckten Armen entgegen.

„Herzlich willkommen!", sagte er und lächelte.

„Wo bin ich?", fragte Ben.

„Bei den ‚Männern der Morgenröte'!", antwortete Francesco, „Und was die Geographie angeht, so bist du immer noch dort, wo du gestern Abend warst: Im ‚Cape Cornwall Inn' an der Küste bei St. Just."

Ben rieb sich die Augen.

„Wer seid Ihr?", fragte er.

„Unsere Bruderschaft ist sehr alt.", begann Francesco, „Niemand weiß, wann oder von wem sie gegründet wurde. Über viele Generationen hinweg wurden alle Geschichten nur mündlich weitergegeben."

„Wie ist diese Vereinigung entstanden?"

„Unsere Vorfahren waren Gaukler, die auf Marktplätzen aufgetreten sind und ihre Geschichten und Lieder vorgetragen haben. Es waren nicht die Hofpoeten, die von den Königen bezahlt wurden, um deren Lob zu singen. Im Gegenteil: Unser Bund wurde gegründet von Angehörigen des fahrenden Volkes. Sie lebten von dem, was ihr Publikum gab und die gaben; um so mehr, je pikanter die Anekdoten waren. Die Obrigkeit sah das natürlich gar nicht gern. Um sich vor Verfolgung zu schützen - und auch, um sich untereinander auszutauschen - schloss man sich zusammen und traf sich an versteckten Orten. Man traf sich und erzählte einander seine Geschichten. Die Geschichten waren das Kapital, von dem man lebte!"

„Hat man sich damals schon in Cornwall getroffen?"

„Die Bruderschaft ist immer schon an abgelegenen Orten zusammen gekommen. Man wollte ungestört sein. In Cornwall gibt es versteckte Buchten und Pfade, die niemand kennt. Die Schmugglerkneipen hatten geheime Keller und Gänge. Es gibt aber noch einen weiteren Grund."

„Welchen Grund?"

„Unter den Geschichten, die wir zu erzählen hatten, waren auch jene von König Artus und seiner Tafelrunde. Diese Geschichten waren bei den Zuhörern ganz besonders begehrt. Von daher war es eigentlich logisch, dass man die Schauplätze der Sage aufsuchte."

„Woher stammt Euer Name?"

„Viele Geschichten ähnelten einander. Oft ging es um ein verlorenes Paradies. Um Menschen, denen durch einen Schicksalsschlag der Boden unter den Füßen weggezogen wurde. Jede Kultur hat ihre Version davon. Hier in Cornwall ist es die Legende von Lyonesse."

„Warum hast du mich in diese dunkle Kammer gebracht?"

„Das war der letzte Teil deiner Prüfung."

„Wann und wo fing diese Prüfung an?"

„In dem Moment, in dem ich dir in Salzburg meine Hilfe versprochen habe!"

„Du meinst, der Ausflug zu deinem Atelier, die beiden Bücher. ..."

„...Das Gespräch in der Berghütte, das Interview in Frankfurt, das war alles Teil deiner Prüfung!"

Lucius Wroblewski reichte ihm die Hand.

„Sei uns nicht böse," sagte er, „aber die Regeln unserer Gesellschaft verlangen, dass jeder, der neu in die Bruderschaft aufgenommen werden soll, drei Bürgen braucht. Der erste Bürge ist jemand, der den Kandidaten schon seit Längerem kennt. Die anderen beiden Bürgen hingegen sollten ihn noch nicht kennen. Sie müssen unabhängig voneinander ein Gespräch mit dem Kandidaten führen!"

„Und was passiert dann?"

„Nach dem zweiten Gespräch wird der Kandidat zu uns eingeladen. Den Weg aber muss er selber finden."

„Was war der Sinn dieser Veranstaltung gestern an dem Steinkreis? Und warum warst du, Francesco, nicht anwesend?"

„Unsere Regeln sagen, dass jedes Mitglied unserer Bruderschaft der Aufnahme eines Neuen zustimmen muss. Diejenigen, welche dich noch nicht kannten, wollten sich ein Bild von dir machen. Diejenigen, die dich bereits kannten, hatten alle Hände voll zu tun, um die Aufnahmezeremonie vorzubereiten!"

Ben wandte er sich an Francesco.

„Betreibt Ihr immer so einen großen Aufwand, wenn Ihr neue Mitglieder anwerben wollt?", fragte er.

Francesco schaute ihn eine Weile an, dann lächelte er.

„Wir machen es uns nie leicht," sagte er, „aber du bist ja auch ein ganz besonderer Kandidat!"

„Wen nehmt Ihr als Mitglied auf?"

„Würdige Menschen, die den Weg zu uns gefunden haben und sich aus freiem Willen für uns entscheiden!"

Ben lachte. „Bin ich denn würdig?"

„Wir alle haben, nachdem wir dich bei dem Steinkreis getroffen haben, eine Abstimmung abgehalten. Und ich darf dir versichern, wir haben dich einstimmig für würdig befunden!"

Francesco räusperte sich.

„Wenn du in unseren Bund beitreten möchtest, dann hast du jetzt Gelegenheit, deinen Wunsch zu äußern!"

Ben schluckte.

Dann schaute er Francesco an und holte tief Luft.

„Ich bitte Euch darum, mich in Euren Kreis aufzunehmen!"

Francesco legte ihm die Hände auf die Schultern.

„Meine Freunde, lasst uns unseren neuen Bruder nach altem Brauch in unseren Bund aufnehmen!"

Francesco deutete auf eine Tür.

„Dort, in unserem Festsaal ist alles für die Aufnahmezeremonie vorbereitet!"

Er geleitete Ben nach drinnen und die Anderen folgten ihnen.

32.) Whitcombe

In einer würdigen Zeremonie, nach althergebrachtem Brauch wurde Ben in die Bruderschaft aufgenommen.

Anschließend versammelten sich alle Anwesenden zu einem Festmahl, welches den ganzen Tag bis tief in die Nacht dauerte. Auch den nächsten Tag verbrachte man gemeinsam im 'Cape Cornwall Inn'. Man unterhielt sich zwanglos, aß und trank und nutzte die Gelegenheit zu Spaziergängen am Meer.

Am Abend nahm Francesco Ben zur Seite.

„Morgen ist das Fest zu Ende", sagte er, „Wohin wirst du dann gehen?"

Ben schüttelte den Kopf. „Ich weiß es nicht."

Francesco lächelte. „Komm mit mir! Ich zeige dir ein paar Dinge, die dich interessieren könnten!"

Ben ahnte, dass er noch mit der einen oder anderen Überraschung zu rechnen hatte.

Am nächsten Morgen in aller Frühe, als es noch dunkel war, brachen sie gemeinsam auf. Von den Anderen verabschiedeten sie sich nur kurz.

„Wir mögen keine großen Abschiedszenen," erklärte Francesco, „denn wir wissen, dass wir uns bald wiedersehen werden!"

„Nächstes Jahr um diese Zeit?"

„Wir bleiben auch zwischendurch in Kontakt. Viele von uns sind häufig unterwegs. Wir begegnen einander. Wir treffen uns an unterschiedlichen Orten. Wo auch immer es sich ergibt!"

Ben war viel zu müde, um denken zu können, und war daher froh, dass Francesco sich ans Steuer setzte. Sie fuhren los. Ben schloss die Augen und schlief ein. Als er zwischendurch aufwachte, befanden sie sich auf einer vierspurigen Schnellstraße.

Francesco hatte das Radio eingeschaltet und einen Klassik-Sender eingestellt.

Ben kniff die Augen zusammen. Das Licht der aufgehenden Sonne blendete ihn.

„Wohin fahren wir?", fragte er.

Francesco antwortete nicht. Ben wusste, dass es sinnlos war, zu insistieren, und schlief wieder ein. Als er erneut aufwachte, befanden sie sich auf einem engen Landsträßchen. Es war längst hell geworden. Ben hatte jedes Zeitgefühl verloren.

„Wo sind wir?"

Francesco sagte nichts, sondern summte nur leise vor sich hin. Ben versuchte, die vorbeifliegenden Hinweisschilder zu lesen, aber er wurde nicht schlau daraus. Er schloss die Augen abermals und öffnete sie, als der Wagen nach ein paar scharfen Kurven stark abbremste.

Im ersten Moment dachte Ben, dass sie sich in einem Tunnel befänden, aber dann erkannte er, dass es ein Hohlweg war. Die Seitenwände waren mit Efeu bedeckt und weiter oben standen dichte Hecken und Bäume, deren Kronen zu beiden Seiten bis über die Mitte der Straße hinüber ragten und einander berührten. Der Hohlweg führte steil bergauf und mündete in eine andere Straße. Kurz hinter der Einmündung hielt Francesco an.

„Gehen wir!", sagte er.

Sie stiegen aus und folgten zu Fuß einem Feldweg, der von Hecken gesäumt war. Francesco öffnete ein Tor in der Hecke und gab Ben ein Zeichen, hindurch zu treten. Links von ihnen standen zwei mächtige alte Eichen.

Ben schaute sich um.

„Willst du mir jetzt verraten, wo wir sind?", fragte er.

Sie standen am Rand einer Wiese am oberen Ende eines kleinen Tales.

„Willkommen zu Hause!", sagte Francesco und lächelte.

Ben verstand gar nichts.

„Wir befinden uns Whitcombe.", sagte Francesco. Er schaute Ben an, aber der runzelte nur die Stirn.

Francesco drehte sich um und wies Ben mit einer Kopfbewegung an, ihm zu folgen.

Sie folgten einem Trampelpfad quer über die Wiese bis hinunter zur Talsohle. Dort blieb Francesco stehen.

„Vor vielen hundert Jahren war hier einmal ein Dorf," erklärte er.

Ben strich sich mit der Hand über das Kinn.

„Vor tausend Jahren wurde es zum ersten Mal urkundlich erwähnt.", fuhr Francesco fort, „Wann genau es gegründet worden war, weiß heutzutage niemand mehr. Der Name Whitcombe deutet allerdings darauf hin, dass es lange vor der normannischen Eroberung gewesen sein muss."

Ben verschränkte die Arme vor der Brust.

„Wir befinden uns jetzt auf der ehemaligen Dorfstraße," erzählte Francesco weiter, „diese flachen Hügel hier unten in der Talsohle sind Plattformen, auf denen seinerzeit die Häuser standen."

Er deutete auf die Wiesen ringsum.

„Mit etwas Phantasie kannst du noch Überreste von Terrassen erkennen, wo früher einmal Felder waren. Als Whitcombe nicht mehr existierte, kamen die Schafe. Aus den Feldern wurden Weiden. Die Häuser hatte man abgerissen. Nur der Dorfteich ist übrig geblieben!"

Er deutete auf ein eingezäuntes Gebüsch, in dem sich ein morastiger Tümpel verbarg.

Ben rieb sich die Augen.

„Wann wurde das Dorf verlassen?", fragte er.

Francesco hob die Hand und sprach wie ein Fremdenführer:

„Gegen Ende des sechzehnten Jahrhunderts lebten hier noch Menschen. Im Jahre 1603 wütete in London die Pest. Wenig später war Whitcombe verwaist."

Es war still. Nur ein paar Schafe blökten.

Sie gingen wieder bergauf und gelangten zurück zum Parkplatz. Francesco deutete auf die schmale Straße, welche sich zwischen Hecken oberhalb des Tales dahinschlängelte.

„Dies war einmal die Hauptstraße, welche aus dem Westen nach London führte. Stell dir Ochsengespanne und Postkutschen vor und dazwischen berittene Boten, Bauern, Mönche und andere Wanderer zu Fuß!"

Sie überquerten die Straße und gelangten an einem Bauernhof vorbei auf eine weitere Wiese, von wo aus sie auf einen weiteren bewaldeten Hügel blickten, welcher von einem Turm gekrönt wurde. Unten, zur anderen Seite, lag ein Dorf. Ben erkannte eine Kirche und Häuserzeilen aus honiggelbem Sandstein. Etwas weiter entfernt stand ein schlossartiges Gebäude und dahinter reichte der Blick weit über eine Ebene hinweg. Während sie über die Wiesen schritten, begann Francesco zu erzählen:

„Seinerzeit war es üblich, dass jedes Dorf einen Dorfvorsteher hatte: den ,Squire' oder den ,Lord of the Manor'. Nun gab es in Whitcombe einen Squire, der weithin berühmt war und Kontakte zum königlichen Hof in London hatte. Der König schätzte den Rat dieses Mannes aus dem fernen Westen. In seinem eigenen Dorf hingegen war er weniger beliebt: er galt als geizig und hartherzig."

Francesco schritt wacker aus. Ben hatte Mühe, ihm zu folgen.

„Im Jahre 1603 nun geschah es, dass der Squire in einer heiklen Angelegenheit nach London berufen wurde. Es war eine schwierige Zeit. Königin Elisabeth war soeben verstorben und James, der König von Schottland, erhob Anspruch auf den englischen Thron, hatte aber einflussreiche Gegner. Er brauchte deshalb dringend Verbündete im Süden und im Westen des Landes. Der Squire von Whitcombe brach also auf, um den König zu treffen. Er war noch nicht weit geritten, als er unweit seines Heimatdorfes eine Bettlerin traf. Die bat ihn um ein Almosen. Der Squire beschimpfte und verwünschte sie. Schließlich schlug er sie mit Peitsche und jagte sie davon. Dann ritt er weiter nach London ohne über die Angelegenheit weiter nachzudenken. Was er dort tat, ist nicht überliefert, aber offenbar war der König zufrieden und hat ihn in den Adelsstand erhoben."

Francesco machte eine Pause. Ben runzelte die Stirn.

„Du redest von dem ‚Earl of Whitcombe'? Es hat ihn also wirklich gegeben?"

Francesco hob die Hand.

„Während der Squire in der Fremde weilte, gebar seine Frau zu Hause einen Sohn. Aber sie starb unmittelbar nach der Geburt im Kindbett. Auch das Kind hielt man für tot."

Francesco warf Ben einen langen Blick zu.

„Kurz bevor die Frau beerdigt wurde, kam eine Bettlerin, nahm das vermeintlich tote Kind und gab ihm die Brust. Die Dorfbewohner hielten sie für eine Hexe und jagten sie davon. Die Bettlerin nahm das fremde Kind auf und sorgte für es wie für ein eigenes."

Ben hörte aufmerksam zu.

„In London wütete zu dieser Zeit die Pest. Der Squire von Whitcombe wusste das nicht und war leichtfertig in ein Gasthaus eingekehrt, wo er sich mit der Krankheit ansteckte. Kurz nach seiner Rückkehr erkrankte er und starb wenig später. Damit aber hatte er die Pest in sein Heimatdorf gebracht. Innerhalb kürzester Zeit waren alle Bewohner des Dorfes von der Seuche dahingerafft. Das Dorf war ausgerottet. Es hatte aufgehört zu existieren. Die Häuser und die Felder verwaisten."

Francesco hielt erneut inne.

„Was wurde aus dem Kind?", fragte Ben.

„Der Sohn des Squire lebte bei der Bettlerin gemeinsam mit deren eigenem Sohn im Wald. Weil sie von den anderen gemieden wurde, blieb sie auch von der Pest verschont. Beide Kinder wuchsen miteinander auf wie echte Brüder. Als der Sohn des Squire zwölf Jahre alt war, traf er auf eine Jagdgesellschaft. Der Jäger war ein entfernter Verwandter seines Vaters. Er erkannte das Amulett, welches der Knabe um den Hals trug und fühlte sich verpflichtet, das Kind mitzunehmen und standesgemäß zu erziehen. Er erzog ihn streng, ließ ihn in allen notwendigen Künsten und Wissenschaften unterrichten, aber empfand nicht viel Wärme oder Zuneigung für ihn. Da er keine Kinder hatte, setzte er ihn zum Erben ein und als er herangewachsen war, wurde er an den königlichen Hof berufen."

„Hatte er Nachkommen?"

Francesco nickte.

„Er heiratete und gründete eine Familie. Auch seine Nachkommen standen in königlichen Diensten. Oft wurden sie in die Kolonien geschickt: nach Amerika, später auch nach Indien. Aber es war, als laste ein Fluch auf der Familie: Nirgendwo konnten sie sesshaft werden. Sie hatten ihre Wurzeln verloren und waren zur Unstetigkeit verdammt."

Ben dachte nach.

„Ist die Geschichte wahr?", fragte er.

Francesco schüttelte den Kopf.

„Ich weiß es nicht. Es ist eine Legende!"

Sie schwiegen eine Weile.

Dann standen sie auf und gingen weiter den Pfad entlang über die Wiese hinunter in das Dorf. Sie passierten die Kirche und gelangten über die verwinkelte Dorfstraße zum Dorfplatz. Dort war ein altes, gemütliches Dorfgasthaus. Es war geöffnet und sie traten ein.

Francesco orderte zwei Gläser dunkles Ale. Ben runzelte die Stirn.

„Bier um diese Tageszeit?"

Francesco lachte.

„Wir müssen anstoßen. Was wünschst du dir für die Zukunft!"

Ben dachte nach.

„Eigentlich ist es ganz einfach: einen Job, ein Zuhause und ein glückliches Leben!"

„Mit oder ohne Jessica?"

„Das hängt von ihr ab!"

„Du würdest ihr also eine Chance geben?"

Ben seufzte.

„Sie hat mich tief verletzt."

„Nachdem du sie verletzt hast."

„Sie hat mir eindeutig zu verstehen gegeben, dass unsere Beziehung beendet ist."

„Das ist noch immer keine Antwort auf meine Frage."

„Ob ich ihr eine Chance geben würde? Wir müssten wohl beide noch einmal komplett von vorne anfangen. Es käme auf einen Versuch an."

„Wie würdest du es anstellen?"

„Zunächst einmal muss ich sie finden. Sie verweigert sich hartnäckig allen Kommunikationsversuchen."

„Hast du eine Ahnung, wo sie sich aufhält?"

Ben schaute gedankenverloren in sein Glas.

„Vermutlich in Irland. Ich nehme an, dass sie zu ihren Eltern gefahren ist. Mit denen habe ich mich immer gut verstanden."

„Was hindert dich daran, dort hinzufahren?"

Ben setzte sein Glas ab.

„Jessica ist wütend auf mich. Wütend und enttäuscht. Ich denke, sie hat allen Grund dazu. Ob sie mir verzeihen wird, weiß ich nicht. Ich habe keine Idee, wie ich es anstellen soll, den Kontakt zu ihr wieder aufzunehmen. Aber ich werde es versuchen."

„Du wirst also nach Irland fahren?", fragte Francesco.

Ben nickte.

„Wann?"

„Jetzt!"

„Das ist eine sehr gute Idee!", gab Francesco zurück, „Also, worauf warten wir?"

Sie tranken aus, gingen zum Auto zurück und fuhren los.

33.) Lyonesse

In Bristol verabschiedete Francesco sich von Ben.

Am Bahnhof Temple Meads stieg er in einen Zug und wollte nicht verraten, wohin er reisen würde.

Ben fuhr alleine weiter, über die Severn-Brücke nach Wales und folgte der Autobahn die Südküste entlang an Cardiff und Swansea vorbei. Abends erreichte er Fishguard Harbour.

Spät in der Nacht nahm er die Fähre nach Rosslare. Er setzte sich in einen der unbequemen Sessel, schloss die Augen und versuchte Schlaf zu finden. Es ging nicht. Zu viele Gedanken kreisten in seinem Kopf.

Er dachte an Jessica.

Ob er sie wohl finden würde?

Ob sie bereit wäre, mit ihm zu reden?

Würde er Gelegenheit haben, ihr den Ring erneut anzubieten? Würde sie ihn annehmen? Jessica hatte ihren eigenen Kopf. Mit einem faulen Kompromiss wäre sie niemals zufrieden.

Wenn es eine gemeinsame Zukunft geben sollte: wohin würden sie gehen? Es dürfte Ben nicht allzu schwer fallen, einen neuen Job zu finden. Vor allem nicht, wenn er bereit war, in ein kleineres Unternehmen zu gehen. Warum nicht in Irland?Er stand auf und ging umher. Der Boden vibrierte sanft im Takt der Schiffsmaschine und ließ die Wein- und Whiskyflaschen in den Regalen des Bordladens leise klirren.

Ben schlenderte über die verschiedenen Decks und ganz oben entdeckte er eine Bar mit breiten Panoramafenstern. Ein Angestellter polierte Gläser. Es duftete nach frischem Kaffee.

Ben orderte einen Espresso und setzte sich an einen der kleinen Tische. Als er ausgetrunken hatte, trat er hinaus ins Freie und lehnte sich an die Reling.

Im Westen war es noch dunkel aber im Osten dämmerte bereits zaghaft der Morgen. Weit draußen in der Ferne entdeckte Ben einen dünnen Streifen Land. Oder waren es nur Wolken?

Ben dachte an das geheimnisvolle Land Lyonesse, welches irgendwo unter diesen Wellen verborgen war.

Hat man jemals gehört, dass ein versunkenes Land aus den Fluten wieder aufgetaucht sei? Wer sagt, dass solche Dinge niemals möglich sein sollen?

Es gibt viele Geschichten, die noch nicht geschrieben sind, dachte Ben.

Er freute sich auf das, was vor ihm lag, und er begriff, dass seine Reise noch lange nicht zu Ende war.

Ganz lieben, ganz herzlichen Dank!

...an allererster Stelle an Dich, Katrin, die Du nicht aufgehört hast, an mich und an dieses Projekt zu glauben und mich immer wieder zu unterstützen und zu motivieren.

...an Inga Sommar für das wunderbare Cover.

...an alle Testleserinnen und Testleser für ihre Zeit, ihre Mühe und ihr wertvolles Feedback.

...an die zahlreichen netten Menschen, die mich bei den Recherche unterstützt haben zu all den kniffligen Themen, von denen ich keinerlei Ahnung hatte.

...und nicht zuletzt natürlich auch an die geheime und verschwiegene Bruderschaft von Lyonesse. Aber die gibt's ja gar nicht. Oder doch?

Wo bekommt man dieses Buch?

…überall dort, wo es Bücher gibt!

Dieses Buch lässt sich, wie jedes Andere auch, in jeder Buchhandlung bestellen. Einfach Titel, Autor und ISBN (ISBN: 9783744817585) angeben! Allerdings kann die Lieferung etwas länger dauern als bei Büchern aus großen Verlagen, also etwas Geduld bitte!

Natürlich kann man es auch über die großen Onlinehändlern beziehen.

Aber: denken Sie doch an Ihren Buchhändler vor Ort, der sie immer so kompetent berät… zeigen Sie ihm dieses Buch und können Sie ihn ja fragen, ob er nicht gleich ein paar mehr Exemplare bestellen kann…?

Lieber Buchhändler, keine Angst, dieses Buch ist remissionsfähig. Also: trauen Sie sich ruhig, dieses Buch zu bestellen, es wird seine Leser finden!

www.burkhard-sonntag.de

Liebe Leser,

Sie haben es bis hierher geschafft. Meinen Glückwunsch!

Wenn Ihnen dieses Buch gefallen hat, dann sagen Sie es doch bitte weiter!

Nicht mir, sondern Denjenigen, die es noch nicht kennen: Freunden, Bekannten, Buchhändlern, Bloggern, Journalisten und allen Menschen, die gerne lesen.

Liebe Leser, liebe Blogger, liebe Journalisten, wenn Ihnen dieses Buch gefallen hat, dann schreiben Sie darüber: Ich freue mich über jede Rezension in Blogs, auf Newsseiten, auf den Seiten der großen Onlinehänder und natürlich auch in Printmedien(bitte einfach kostenloses Ebook als Rezensionsexemplar per Mail anfordern!).

Dieses Buch ist ohne Verlag und ohne Werbeetat entstanden , deswegen ist Mundpropaganda extrem wichtig.

Gerne lasse ich mich auch zu Lesungen oder Vorträgen einladen.

Außerdem freue ich mich mich über Nachrichten und Kommentare.

Liebe Verleger: sollte Ihnen diese Geschichte gefallen, dann melden Sie sich – vielleicht können wir ins Geschäft kommen.

Herzliche Grüße,
Burkhard Sonntag

burkhard.sonntag@web.de